毒島刑事最後の事件

中 山 七 里

毒島刑事最後の事件

目次

一

不倶戴天(ふぐたいてん)

この世に共存できない、どうしても
許せないと思うほど深く恨むこと。

「大辞林」より

1

東京都千代田区大手町、午後十一時三十分。

五月の連休中にも拘わらず、この界隈のビルはどこでも窓から明かりが洩れている。政府系金融機関や大手銀行・商社はゴールデン・ウィークであっても社員全員が休暇を取れる訳ではないらしい。有名大学を出て採用された末が、ブラック企業並みの激務だというのならとんだお笑い種だ。

典型的なオフィス街であるため、この辺りは昼と夜の人口に極端な差があることでも有名だった。調べたところ、昼は七万人を超えるのに、住民登録をしているのはたったの十一人ということだ。だから居残り組がいるとはいえ、この時期この時間はまるでゴーストタウンの様相を呈する。まあ、それが目的だからこちらにとっては都合がいいのだが。

俺は少し浮かれ気分でいた。闇に紛れているが、ひょっとしたら顔がにやけているかもしれない。

真夏でもないのに、ここ数日は日中三十五度を超える猛暑日が続いた。だからだろうか、アスファルトから立ち上る余熱で、そよ吹く風も熱風と化している。歩いているだけなのに、下着の下から汗が滝のように噴き出しているのが分かる。もちろん大量の汗の理由は、暑さだけではない。

それにしてもゴーストタウンと形容した自分のセンスはなかなかのものだと思った。自らの栄華を誇るビル群も、夜の闇に眠っている。跋扈(ばっこ)しているのは平将門の悪霊くらいのものだろう。

いや、違った。

将門の霊以外にも俺というゴーストがここに存在している。姿は見えども実体はなく、闇の中にしか存在しない悪しきもの。

背中がぞくりとした。恐怖からではない。武者震いというヤツだ。大いなる使命感と、計画を実行している現実に肉体が昂奮しているに違いない。

だが焦りは禁物だ。

ゴーストは焦らない。人の目にはそうと映らず、ここぞという時に襲い掛かればいい。

読売新聞東京本社ビルを通り過ぎ、日比谷通りを歩いていると、向こう側からワイシャツ姿の男がやってきた。

ノーネクタイでカバンをぶら下げている。急ぎもせず、道路をちらちら眺めているのはタクシーを捕まえようとしているからだろう。終電には充分間に合うのに、敢えてタクシーを利用しようとしているのは財布に余裕がある証拠だ。お誂え向きに、周囲を見回しても俺とその男しかいない。

よし、彼に決めた。

俺は男とすれ違いざま、声を掛けた。

「ああ、ちょっとすみませんね」

男は俺を見て怪訝そうな顔をする。

「何でしょうか」

「このお近くにお勤めですか」

「そうですけど、何か」

「実は少しの間、ご協力いただきたいことがありまして」

一瞬、男は迷惑そうな表情を浮かべたが、特に怪しむ素振りもなく正面から俺を見た。

「何をすればいいんでしょうか」

俺はごく自然に拳銃を取り出した。

「動かないでください」

言うが早いか、俺は銃口を男の胸に向けてスライドを引いた。元々安全装置は装備されていない。男の顔色が変わる前に、引き金を引く。

ぼしゅっ。

銃口付近を厚手の布で巻いて消音器代わりにしているためか、発射音はずいぶんくぐもって聞こえる。クルマのバックファイヤの音よりもずっと小さい。

男は信じられないというような顔をしたかと思うと、そのまま倒れ伏した。うつ伏せになったので、背中から弾が貫通したのが確認できた。心臓辺りを直通したはずだが、念には念を入れてもう一発同じところを狙う。

ぼしゅっ。

男の身体は一度大きく上下したきり、もうぴくりとも動かない。

大したものだと俺は自画自賛する。たった二発で、今まで生きていた人間を静物にしてしまった。まるで名うての殺し屋ではないか。

大それた行為でも、二度目ともなれば慣れてくるし動作にも無駄がなくなる。初めて人を撃った時は急所も外したし、事切れるまでに五発も費やしたが今ではこの通りだ。ひょっとしたら、自分はこの仕事に向いているのかもしれない。

おっと、余韻に浸っている暇はない。

俺は少し歩いて工事中のビルの中に侵入した。大手町は必ずどこかしらで改築やら新築やらの工事が行われている。それだけ企業の栄枯盛衰が激しいということなのだろうが、いずれにしても俺には好都合だ。

防塵シートを潜り、真っ暗な中で着替えを済ませる。暗い中での襲撃だったから、返り血を浴びていても見過ごしているかもしれない。そうでなくても硝煙反応を考慮したら着替えるに越したことはない。そして何より、工事中のビルに防犯カメラの類いがないのが一番有難い。

上着とズボンを脱ぐと、下はTシャツと短パンになっている。丸めていたレジ袋に脱いだものを押し込んでおけば、コンビニエンスストア帰りにしか見えないはずだ。

俺は防塵シートから顔だけを出して辺りを警戒する。道を往く者はいないので、安心して地下鉄の入口を目指す。

心臓はまだ早鐘を打っていたが、至って冷静でいるように努める。びくつくことはない。世の中に蔓延る害虫を一匹始末しただけだ。蚊を叩き潰すのと、あまり変わりはないではないか。

上着を脱いだので体感温度は下がっているはずだったが、相変わらず汗が噴き出し続けていた。

2

「世の中が連休中でも、クソッタレは休んでくれんらしい」

麻生（あそう）が現場でつい愚痴を洩らすと、横にいた御厨（みくりや）検視官がじろりと睨んだ。非難しているのではなく、この場合は同調の意味だ。

現場にはいつもとは異質の緊張感が漂っている。ふと道路の向こう側に視線を転じれば皇居外苑が見える。

皇居を目前とした場所での発砲事件――捜査員たちの醸し出す緊張感の正体はそれだった。

大手町一丁目の路上で会社員風の男が死んでいるのを巡回中の警官が発見し、通報したのが三日の午前四時十四分。七分後に丸の内署の強行犯係と鑑識、機動捜査隊が現場に到着し、殺人事件の可能性ありと判断。警視庁捜査一課の庶務担当管理官が事件性を確認した上で、捜査一課麻生班の出動と相成った。

「至近距離で撃ったな。射入口周囲に煤暈（ばいうん）の他、火薬輪が認められる。二発ともそうだ」

御厨は渋面のまま、呟くように言う。

「最初の一発が心臓を貫通した時点で、被害者は即死に近かっただろう。背中に撃った二発目は念のためだ」

「手慣れたやり方ですね」

「とは限らん。職業的に手慣れているのなら、却（かえ）って余分な弾は使わない。一発で絶命させる自信がある。手慣れているように見えるが、手口が同じなら慌てふためくのは最初だけだ」

何やら含みのある言い方に麻生は反応する。

「先週の事件と同一犯ですかね」

「鑑識が使用弾を見つけてくれればすぐに判明することだが、たとえ同一犯だったとしても驚きゃしないさ」

「検視の段階で共通点がありますか」

「犯人は死体を怖がっている。とどめを刺しているのはその証拠だ」

「死亡推定時刻はどんなもんですか」

「昨夜十一時から深夜一時にかけて。司法解剖しても、それほどの誤差は生じないように思う」

麻生は忌々しい思いとともに先週の事件を顧みる。四月二十八日の午前一時二十一分、やはり大手町一丁目で同様の射殺事件が発生している。今回の現場とは五百メートルと離れていない。近接した場所で、同時間帯における同様の射殺事件。同一犯を疑わない理由は何一つない。

先週殺害されたのは商社に勤める泉谷宏茂(いずみやひろしげ)という四十歳の会社員だった。残業を終えて本社ビルから出てきたところを襲撃され、身体に五発もの弾丸を食らっていた。ポケットに入っていた札入れは手つかずだったことから、捜査本部は怨恨もしくは通り魔的犯行の線で調べている最中だ。

　これが連続射殺事件となると容疑者が絞られてくる代わりに、事件の更なる拡大が懸念される。専従に指名された麻生班には痛し痒(かゆ)しの展開だった。それは構わないものの、事件が拡大されるとあのクソ管理官が俄(にわか)に色めき立つことだろう。麻生には何よりそれが鬱陶しかった。

　考えを巡らせていると、すらりとした長身の男が近づいてきた。動作はゆったりしているが、歩幅が大きいので俊敏な動きに見える。

「薬莢(やっきょう)と銃弾、ありました」

　犬養隼人(いぬかいはやと)はそう告げて、ポリ袋に入った薬莢と銃弾を掲げてみせる。

　犬養は二年前から一課に配属されたばかりの捜査員だった。いささかとうが立っているのは中途採用だからだが、前歴が俳優養成所というのが振るっている。確かに黙っていても女が寄ってきそうな男ぶりだ。

「ちょっと見ですけど、先週の射殺事件で使用された弾丸に似ていますね」

　だからといって断定しないのが、この男の慎重らしいところだった。こういう態度は褒めてやっていい。

「薬莢もボトルネック型です」

「同一犯だと思うか」

「被害者の共通点がどれだけ見つけられるか、ですね」

今回撃たれたのはメガバンクに勤める山場(やまば)譲司(じょうじ)三十二歳。この銀行と前回の被害者泉谷が勤める商社はグループ企業でもなければ提携関係もない。本人たちの年齢も離れているので、現状では共通点が見出せない。

「じゃあ便乗犯だと思うか」

まさか、と言って犬養は軽く首を振る。

「他人の尻馬に乗るにしても、前の事件から五日しか経っていない現場で犯行を重ねるなんて無謀過ぎます。俺なら他の場所を選びますね」

慎重且つ目のつけどころも悪くない。現場二年目の捜査員としては合格点をやれる。このまま順調にノウハウを蓄積していけば、いずれ一課を引っ張っていく人材に育つだろう。

ただし順調にいけば、だ。

不意に麻生は不安に駆られる。配属以降、犬養のトレーナー役は同じ麻生班の毒島(ぶすじま)に任せているが、あの男にはどうしても全幅の信頼を置きかねる。

刑事としての勘は抜群、捜査手法は鉄壁。いち捜査員としての評価は高いが、それと人間性は別物だ。犬養に学んでほしいことは多々あれど、学んでほしくないところもある。何しろ皮肉を言わせれば日本一、毒舌に至っては天下一品という男だ。あんなところを見習われたら先が思いやられる。

いずれにしても事件が長期化する可能性が高くなったのは事実で、麻生は人知れず嘆息した。

鑑識の仕事は迅速だった。麻生たちが警視庁に戻って間もなく、早々に使用弾の鑑定結果を報告してきた。

麻生と犬養の読み通り、やはり使用された弾丸は前回と同じく7.62mmトカレフ弾だった。言い換えれば使用された銃もトカレフと考えてまず間違いない。しかも線条痕も一致したので、同一犯であると断定もされた。

7.62mmトカレフ弾は弾頭が重くないので大口径の銃よりは射程が劣るものの、装薬量が多いために貫通力が高い。前回今回のように至近距離で射殺するにはお誂え向きの銃と言える。

トカレフは元々五〇年代旧ソ連軍の制式拳銃として使用されていたが、近年では中国をはじめとした共産圏の国々でもライセンス生産が行われ、殊に中国製トカレフは劣化コピー品が日本にも大量に流れ込み、暴力団の抗争にもしばしば武器として登場している。

「だが厄介なのは、今日びネットで簡単に入手できることだ」

麻生は犬養を前に愚痴をこぼす。

「闇サイトじゃあトカレフ一丁十五万円、実弾もひと箱五千円で堂々と売っていやがる。入手経路が特定できんから、エンドユーザーになかなか辿り着けない」

「一般人が犯人である可能性ですね」

「あくまでも可能性だが、やり口がヤクザとは違う。ヤクザなら一度使った銃なんざ海か山奥に廃棄するさ。二束三文の銃をケチったばかりに足がついたら目も当てられん」

「しかし班長。二束三文の銃を惜しんで足がついたら目も当てられないのは、一般人だって同じですよ」

「だからだ。この犯人が危険を承知で同じ銃を使用しているのには、別の理由があると思わないか」

麻生はじっと犬養の口が開かれるのを待つ。刑事として模範解答ができるかどうかの試験でもある。

「一種の犯行声明、ですか」

「そうだ。この二件の射殺事件は自分の仕事だと吹聴したがっている」

「すると享楽殺人の可能性もありますね」

「もちろん見せかけということも有り得る。何にせよ、二人の被害者の接点を見つけないと現状ではまるで手探り状態だ」

「一応、二つの会社に照会をかけてみたんですが」

犬養はどこか言い訳がましく説明を始める。

「泉谷の商社と山場のメガバンク。資本提携もありませんし、株の持ち合いもない。それは近くですから、商社の社員がメガバンクの顧客である場合もあるでしょうが、これは蓋然性の問題です」

「個人的な繋がりはどうだ。鑑取りも進んでいるだろう」

犬養は、これにも首を横に振る。

「出身地、出身大学、社内サークル、趣味。同僚や知人、家族にも当たってみましたが、今のところ共通する要因は何もありません。ただお互いの勤務地が大手町一丁目にあるという事実だけです」

「だが、何かあるはずなんだ」

麻生は誰にともなく言う。

「気になるのは、泉谷も山場も最初の一発を至近距離から食らっていることだ。普通、見知らぬ人間に銃を突きつけられれば、大抵の人間は背を向けて逃げ出そうとする。それが二人とも正面から撃たれているのは何故だ」

「二人の被害者に共通する顔見知りの犯行だった……」

「ああ、そう考えるのが妥当だ。だからこそ二人には共通点がなければ理屈に合わん。まだまだ調べ方が浅い」

「怨恨についてはどう思われますか」

　泉谷が射殺された際、捜査本部では怨恨の線を主張する向きもあったが、麻生自身は懐疑的だった。理由は同僚、家族からの訊き込みで、およそ泉谷本人に殺される理由が見当たらなかったためだ。

　たとえば泉谷の同僚だった女性社員の証言は次の通りだった。

『社内で泉谷さんに恨みを持っている人ですかあ？　うーん、そういう人はいないと思いますよ。同期の中で特別昇進が早い訳でも、恨まれるほど優秀な人でもなかったですからね。良く言えば普通、悪く言えば十人並みでしたよ』

『和気藹々とした職場だったということですか』

『いえ、そういうんじゃなく、とにかく泉谷さんという人はフツーの善い人で、良くも悪くも話題に上らないんです。上昇志向も人並みだけど、いなくなっても苦にもされない人って感じですね。性格が悪い訳じゃないから疎まれることもないし、そうかといって頼りにされる訳でもない』

まるで宮沢賢治の詩に登場する人物ではないか。部下から証言内容を伝え聞いた時、麻生はあまりの手応えのなさに舌打ちをしたくなった。

麻生の落胆は続く。泉谷の妻に事情聴取したところ、やはり同様の証言が返ってきたからだ。

『ウチの人が撃たれたと聞いて、ホントに訳が分からなくなってるんです。決して他人さまから恨みを買うような人じゃなかったものですから』

『家ではどんなご主人だったんですか』

『家族と顔を合わせるのはお休みの日くらいでしたけど……言ってみれば空気みたいな人でした。いても気づかないけど、いてくれないと困る、みたいな。ウチは娘が二人いるんですけど、もう父親離れしたというか、べったりという感じじゃないんです』

『家族間の仲が悪かった訳ではないんですね』

『他所さまと似たようなものだと思います。でも、だからと言って悲しくないはずもありません。お父さんが死んだと聞かされた時にはわたしも娘たちも呆気に取られて……何かの冗談だとしか思えませんでした。そのくらい、お父さんが拳銃で撃たれたなんて有り得ない話だったんです』

『ご近所とのトラブルとかはありませんでしたか』

『日頃からご近所とは碌に接点がなかった人ですよ？　トラブルが起こる原因すらありませんでした』

結局、鑑取りでは容疑者を絞り込むどころか、候補者を挙げることさえできなかった。

「それで班長。山場さんの勤務先と実家に連絡したところ、上司と親御さんが遺体の確認に出頭することになりました」

「ちょうどいい。三人から事情聴取しておけ」

「毒島さんがまだ取調室に籠もってるんですけど」

毒島は昨日から別件の容疑者を落としに掛かっている最中だった。容疑者から自供を引き出すのも毒島の得意とするところだが、だからこそ中断させては後で何を言われるか分かったものではない。

「分かった。聴取には俺が同席しよう」

最初にやってきたのは山場の上司で、営業部長の栗橋という男だった。栗橋は死体を山場と確認したものの、至近距離から拳銃で撃たれたと聞いて目を丸くした。

「撃たれたって……じゃあ誰かに殺されたってことですか」

「少なくとも自殺の線は薄いでしょうね」

犬養は捜査情報の秘匿に抵触しない範囲で状況を伝える。しかし最小限の情報ですら衝撃だったらしく、栗橋はしばらく絶句していた。

「有り得ませんよ」

やっと搾り出した言葉がそれだった。

「ヤクザの抗争に巻き込まれたのか、さもなきゃ人違いに決まっている」

「山場さんは職場ではどんな人だったんですか」

「至って普通の男でしたよ。営業成績が突出しているということはありませんが、中堅として頼れる存在でした。人付き合いがよく、かといって顧客とズブズブの関係にはならない。冷静さと情熱のバランスが取れる男でした」

「恨まれたり憎まれたりということはなかったんですか」

「山場くんがですか。まさか。一目置かれる存在ではありましたが、他人から恨まれるような人間ではありませんでした」

「営業成績に限らず、人間関係でトラブルめいたことはありませんでしたか。たとえば恋愛沙汰ですとか」

すると栗橋はぶんぶんと首を振った。

「それこそ一番彼には縁のない話です。何しろ三次元の女性にはまるで興味がないと自己申告していましたからね」

「三次元？」

「二次元の女性にしか興味がない。つまりオタクですよ。まあ人の趣味ですから口を差し挟むのは無粋というものですが、彼も三十二歳でしたからそろそろ所帯を持てと周囲からプレッシャーが掛かっていました。そのプレッシャーを無効化するための方便だったかもしれません」

「三十二歳で周囲から結婚を勧められるんですか」

「下手（へた）をすると出世に響くんですよ。銀行というのは信用が全てですから、勧めている行員にも世間体や常識が要求されます。三十五を過ぎて独身のままでは何か人間的な欠陥があるんじゃないかと勘繰られることがないとも限らない」

「少し偏見のような気がしますね」

「今のご時世ではそう思われる方もいらっしゃるでしょう。しかし堅い仕事は身持ちの堅さも求められるものです。ところが山場くんは独身貴族を満喫したいらしく、そういう色恋沙汰にはとんと縁がなかった」

犬養は栗橋の目を直視すると、こちらに向かって静かに首を振った。栗橋の証言に嘘はないらしいという素振りだ。

俳優養成所出の犬養には特筆すべき能力がある。相対する者の言葉が真実か嘘かの見分けがつくらしいのだ。惜しいことに男性相手にしか機能しない能力だが、それでも事情聴取の際には役に立つ。

「彼も完全な人間ではありませんでしたから、プライベートでは激することがあったかもしれません。しかし断じて撃ち殺されるような人物でなかったのは、わたしが保証しますよ」

念のため、この男は知っているかと泉谷の写真を見せたが、栗橋の反応は皆無に近いものだった。

正午を過ぎると、栃木から両親が駆けつけてきた。息子の死に顔を見るなり母親は取り乱し、父親は矢継ぎ早に質問を投げつけてくる。二人が落ち着いて話ができるようになるまで、結構な時間を必要とした。

「何が何だかもう……どうしてあの子が殺されなきゃならないのか」

聴取が始まっても、母親の恨み節は尽きることを知らなかった。父親が物思いに耽っている横で、母親の繰り言は尚も続く。

「折角、いいところに就職してさあ身を固めようという時に、誰があんな惨いことを」

「我々は一刻も早く犯人を検挙しようと、全力を挙げて捜査しています。ですからご両親にもご協力をいただいて……」

「譲司は子供の頃からよくできた子で、テストで七十点以下なんて取ったことがなかったんです。わたしたちの言いつけもよく守って、決して変な友だちは作りませんでした。その譲司が殺されるだなんて何かの間違いに決まってます」

「ええ。ですからわたしたちはその理由を探ろうとしてですね」

犬養は丁寧に説明しようとしているが、母親は聞く耳を持たない様子だった。

「あの子はリーダーシップがあるから、わたしはどこかの省庁で力を発揮してほしいと思ってたんですけど、あの子は何を考えたのか銀行に就職してしまって。文句はなかったんですけど、行員さんは拘束時間が長くて、なかなか女性と知り合う機会がないから社内結婚がほとんどだと聞いて、それなら早いうちにいい話が聞きたいものだと思って待っていたのに、三十を過ぎても浮いた話一つ寄越さず、ずっと気を揉んでいたのに、まさかこんなことになるなんて」

犬養が助け舟を乞うように父親を窺うが、彼は我慢してくれとでも言わんばかりに視線を逸らす。

喋っていないと精神の均衡が崩れるのか、母親はその後十五分間に亘って語り続けた。そのほとんどが息子の私生活に関するもので、何とか要点を纏めれば山場は昔から人と争うことを好まず、女性関係は皆無に近かったのだと言う。

「リーダーシップというのは確かにあったでしょう」

母親の饒舌が一段落したのを見計らって、やっと父親が口を開いた。

「しかしわたしが見る限り譲司は調整型のリーダーで、俺が俺がというタイプではなかった。多分に他人との衝突を避けていた向きもあります。そういう人間だからカリスマ性はない代わりに、妙な嫉妬や憎悪を抱かれることもなかった。ですからね、刑事さん。わたしも妻と同じく、どうして息子が撃たれなきゃならないのか見当もつかんのですよ」

最後に犬養は泉谷の名前を告げて写真も見せたが、二人の反応はやはり芳しいものではなかった。


射殺事件が発生した時点で丸の内署には帳場が立っていたが、今回の山場の事件を受けて捜査本部の捜査員が増員されることになった。

五月三日夕、大手町連続射殺事件としては一回目の捜査会議が開かれた。ひな壇に座る面々は丸の内署署長と専従の麻生、そして鶴崎管理官。捜査本部長は丸の内署署長の任だが、実質的な指揮は管理官が執る慣習になっている。

「今朝がた、またもや大手町で射殺事件が発生した」

鶴崎は無意味に大きな声を上げる。聞き手の注目を集めるには大音声が一番と信じる、呼び込みのバイトと同じではないか。

「言うまでもなく、大手町は日本経済の中心地であるばかりでなく、皇居のお膝元でもある。その場所で銃を使用した事件が連続している事実は決して看過できない。皇居を狙ったテロリストの可能性があるからだ」

実際、捜査本部には警備部からの問い合わせが続いている。噂では公安部もテロの可能性に留意しているらしい。もっと言えば警察のみならず宮内庁を巻き込む案件であり、捜査本部の動向に対する注目度もすこぶる高い。

出世欲の強い鶴崎にこれ以上うってつけの舞台もあるまいと、麻生は意地の悪いことを考える。

「畏(おそ)れ多くも陛下のお膝元で起きた事件であり、換言すれば日本警察への挑戦とも取れる。これを早期解決できなければ我々の名折れである」

鶴崎の言っていることは至極もっともなのだが、この男の口から出た途端に胡散(うさん)臭いものに聞こえるのは何故なのだろうか。これはもう人徳としか思えない。

「我々の一挙手一投足に国民の目が注がれていると思え」

鶴崎はひときわ高い声で居並ぶ捜査員に発破をかける。多くの捜査員たちの顔に緊張が走るが、鶴崎の人となりを承知しているらしい何人かは白けた様子でひな壇を眺めている。白けている理由が手に取るように分かるので、こちら側に座っている麻生は居心地が悪くて仕方がない。刑事は何も国民の目とやらのために靴底を磨り減らしている訳ではない。理不尽に殺されていった被害者と遺族の無念を晴らすために猟犬になっているのだ。

しかし進行役を任されている自分が席上で不貞腐れる訳にはいかない。麻生は鶴崎が満足げになったのを見計らって声を出す。

「では始める。最初に鑑識からの報告」

鑑識課の捜査員が弾かれたように立ち上がる。

「今回使用された弾丸は7.62mm×25mm規格。通称トカレフ弾と呼ばれるもので、四月二十八日の射殺事件で使用された弾丸と同一、また線条痕も一致しました」

「今、聞いた通りだ。二十八日の泉谷殺しと今回の山場殺しは同一犯である可能性が極めて濃厚だ。従って捜査本部では二つの事件を連続したものとして捉えるので、各自捜査もその線に沿って進めてほしい。では現場の遺留品について」

「往来であることから無数の不明毛髪と下足痕が採取されています。前回遺留品と共通しているものは、まだ照合作業中で特定に至っておりません」

「次、地取りの結果」

これには丸の内署の捜査員が立つ。

「前回の事件が午前一時二十分頃。そして今回が午後十一時から深夜一時の間でいずれもゴールデン・ウィーク中のしかも深夜帯であり、通行人がほとんどいない時間帯ということもあり、目撃者はいません。わずかに皇居前警備派出所の巡査がバックファイヤらしき音を耳にしたと証言しているだけです」

千代田区、殊に大手町の夜の閑散さは周知の事実なので、これは仕方のないことだろう。逆に言えば、それこそが射殺犯の狙いかもしれなかった。泉谷と山場がゴールデン・ウィーク中でも勤務していること、そして二人の就業時間を把握していれば絶好の機会だったと言える。

だが、これは捜査陣にとって都合のいい解釈でもある。この推論を進めれば自ずと容疑者は絞られていき、早期解決に繋がるからだ。

当然のことながら最悪のケースも考えられる。犯人が無差別に犠牲者を選んでいる場合だ。無差別殺人であれば、今後も犯行が続き、しかも現場が大手町に限定されなくなる。容疑者の範囲は拡大し、以後の累犯を防ぐ必要から捜査本部は更なる増員が必要になっていく。

捜査本部の面々を見渡しながら麻生はぞっとする。増員すれば捜査効率が上がるとは限らない。過去、そうした増員を重ねながら遂に迷宮入りした事件も少なくない。通り魔的な無差別殺人は動機があってないようなものだから容疑者を絞り切れないこともあるが、一番の問題は陣頭指揮を執る人間の資質だろうと麻生は思っている。

　事件が社会問題化し拡大していけば、横槍を入れようとする勢力が必ず現れる。捜査本部の舵(かじ)を取る者にはそうした雑音を撥(は)ね返し、尚且つ膨れ上がる捜査員を自分の手足のように使役する管理能力が求められる。ではその能力が鶴崎に備わっているかと問われれば、首を捻(ひね)らざるを得ない。

　おそらくここに居並ぶ捜査員の何人かは鶴崎の指導力に疑問を持っている。緊張感の一部には紛れもなく危機感が混じっているのだろうが、当の鶴崎は気づいてもいない。

　そして懸念材料はもう一つある。仮に捜査が難航し万が一にも迷宮入りが濃厚となった時、全ての責任を負うような甲斐性は鶴崎にない。捜査本部長である丸の内署署長か現場指揮を担当する麻生に責任転嫁して、自分は頬かむりを決め込む。鶴崎管理官というのはそういう男だ。

「鑑取りはどうなっている」

　これに犬養が立ち上がった時だった。

「やあやあやあやあ、すみませんすみません」

大会議室のドアを開けて、あの男が入ってきた。

毒島真理（しんり）、麻生班所属。階級は警部補、年齢は麻生の二つ上。善人らしい顔を貼りつけて申し訳なさそうに最後列の席に座る。別件の事情聴取が終わった足で、会議に駆けつけたらしい。

ひな壇の鶴崎は口を開きかけてやめた。遅れてきたばかりか緊迫感をぶち壊したのだ。これが別の捜査員なら一喝や小言の一つも言いたいところだろうが、相手が毒島では分が悪い。忌々しいことに毒島の検挙率は警視庁随一、成績では誰も文句が言えない上に、一を話せば十も反論が返ってくるような能弁だ。一度ならず鶴崎もその洗礼を受けているのか、毒島に対してだけは腰が引けている。

犬養もその辺りの事情を弁（わきま）えている。ちらと毒島を一瞥（いちべつ）すると、また正面に向き直った。

「第一の被害者泉谷宏茂と第二の被害者山場譲司。二人の接点を幼稚園の時代まで遡（さかのぼ）って調べてみましたが、現在に至っても特定できていません。出身校、学生時代の部活動にサークル活動、趣味、ゼミ、専攻学科とどれを取っても関連がありません。勤め先がそれぞれ大手町一丁目にあるというのが唯一の共通点です」

ここで鶴崎が口を挟んだ。

「しかしそれぞれの会社は至近距離にある。毎日通勤していれば顔見知りになる機会だってあるだろう」

「そう考えて、二人のケータイの履歴を洗ってみましたが、番号登録も通話記録も認められません。少なくともケータイでのやり取りは皆無とみていいと思います」

今の時代、お互いの携帯端末に連絡先が存在しなければ、ほぼ無関係だろう。当てが外れて、鶴崎は眉間に皺を寄せる。

「次、凶器について」

これはまた麻生班の敷島が答える。犬養ほどには度胸がなく、鶴崎を前に緊張を隠しきれない様子だ。

「発見された銃弾の種類から、使用された銃はトカレフと推定されます。組対五課の協力を仰ぎ、暴力団ルートで同一の銃が使用されたかを照合してみましたが、ヒットしませんでした。現在は闇サイトに探りを入れて購入者の特定を急いでいますが……」

敷島の歯切れは悪い。その理由も、ここに集った者なら全員が承知している。

いかにネットを介した取引でも、接続履歴を辿っていけば最終的には当事者を特定できる。ところがその知識が広まって、サイトを犯罪に利用しようとする者は〈ダークウェブ〉と呼ばれるネットにアクセスするようになったのだ。このダークウェブは匿名化ソフトを介さなければアクセスできない仕組みで、サイトの運営者から訪問者まで全てが匿名では摘発も困難になる。その利点があるために違法薬物や銃、口座の売買はダークウェブの独占市場になった感さえある。

いずれにしても問題のトカレフがダークウェブ経由で流れたものなら、この方面からの捜査は難航が予想される。鶴崎の眉間は更に深い皺を刻む。

「テロ関連の可能性はどうなんだ」

声を上げたのは桐島だった。麻生と同じく班を束ねている立場だが、今回は専従でない分、気楽に発言できるのだろう。ひな壇に座る者には一番触れてほしくない話題を敢えてぶつけるところが、桐島の桐島たる所以だ。

「場所が皇居のお膝元なら、当然対策なり別方面への捜査なりが検討されていて然るべきだろう。宮内庁や警備部、公安部の動向も視野に入れているのだろう？」

質問は明らかに麻生へ向けられたものだから答えない訳にはいかない。

「宮内庁および政府から問い合わせ等はまだきてないと聞いている。警備部とは早晩連携を取るつもりでいる」

「公安部はどうだ」

「桐島班長も知っての通り、あそこは情報を抱え込んでなかなか外に出そうとしない。こちらから連携を図ろうにも相手にされないんでは」

「だがな、麻生班長。犯人は安物のトカレフを捨てずに連続で使用している。明らかにヤクザの手口じゃない。もしテロが現実のものとなった場合、いったい誰が責任を取るというんだ」

一瞬、ひやりとした。

今の質問も麻生に対してだが、実は鶴崎への問い掛けになっている。ただ鶴崎本人を叩けば角が立つので、麻生をサンドバッグ代わりにしているに過ぎない。

このタヌキ野郎め。

どう答えたものか思案を巡らせていたその時だった。

「テロの可能性はちょっとないなあ」

場違いとも思える間延びした声が、会議室中に響き渡った。一同はぎょっとして、その方向に振り向いた。

声の主は毒島だった。

「確かに場所柄を考えれば左翼ゲリラやテロの臭いはするけど、もしその類いがやったことなら誇らしげに犯行声明を出すんじゃないですか?」

あっさり返された桐島は憤然と毒島を睨みつける。しかし毒島の方はカエルの面に小便で、穏やかに——というか人を小馬鹿にしたように笑っている。

「第一、テロだとしたら大手町なんかより霞が関や永田町の住人をターゲットにするんじゃないかしら。ゴールデン・ウィーク中の深夜帯だったら、あそこでも人通りの少なさはいい勝負でしょ。大手町にはマスコミ各社も集まってはいるけど、彼らもとどのつまりは一般のサラリーマンであって、革命の生贄にするにはちょっと力不足」

軽い口調だが、内容には説得力がある。桐島は負けじと言い返す。

「しかし万が一ということもある」

「いやあ、僕は捜査方針にケチをつけようってんじゃないんです。ただ可能性の優先順位はつけといた方がいいかな、と」

「それじゃあ毒島さんは、テロリストや通り魔以上にどんな可能性があると言うんですか」

「ええっとですね、それより先に犯人像を特定した方が早いと思いますよ」

「ほお、あんたの頭には既に犯人のプロファイリングが出来上がっているのか」

「そんな大層なもんじゃありませんけどね。まあ動機らしきものなら」

そのひと言に、再び一同が振り向く。こうなってくると桐島も後に引けなくなる。

「いよいよあんたの推理をご開陳してもらわなきゃならなくなった」

「推理なんて大層なもんじゃありませんけど」

「その大層じゃないものが閃かないヤツのためにも聞かせてくれ」

「ええっと」

毒島は言葉を探すように天を見上げる。普通なら慎重な態度に映るはずだが、この男がやると自分より知能の低い者にどう説明するか迷っているようにしか見えない。

「もちろん大手町に勤めているのは一般のサラリーマンさんなんですけど、そのほとんどは大手企業の本社勤務。言い換えたらエリート社員さんたちなんですよ。もちろん俺は違うって言う人もいるだろうけど、少なくとも大手企業に縁のない人の目にはそう映っているんであってさ」

「エリート社員だから狙われたというのか」

桐島は半ば呆れたように訊き返す。呆然としているのはひな壇の連中も同じだ。鶴崎に至っては口を半開きにしている。

「それじゃあ、あんまり漠然とし過ぎている」

「でもですね、桐島班長。大手町に勤めているという以外、被害者二人の共通点は何もないんでしょ。だったらいくら意外であってもどんなに胡乱であっても、最後に残ったそれだけが検討に値する要因です。違いますか」

桐島は忌々しそうに口を噤む。

「この格差社会ではですね、大手町に勤める正社員というだけで親の仇みたいな目で見る人たちが歴然と存在しています。まあ正体は逆恨みだったり、誇大妄想だったりするんですけど。だけど逆恨みや誇大妄想って理屈じゃないから余計にタチが悪い。で、理屈で修正できないのはテロリストと同じ。だから犯人はテロリストじゃないかもしれないけど、同等の慎重さと周到な捜査が必要だと思います。以上終わり」

結局鶴崎管理官の勇ましい進軍ラッパは、毒島の軽妙な語りによってすっかり毒気を抜かれたかたちとなった。鶴崎は会議室から退出する際、射殺すような視線を毒島に浴びせていたが、話した内容は理路整然としているので反論もできない様子だった。

だが毒島を野放図にしたままだと、自分の管理能力が問われる。麻生は鶴崎の姿が消える寸前、聞こえよがしに毒島を呼んだ。

「困りますよ、毒島さん」

鶴崎がちらりと振り向いた。これで禊（みそぎ）は済んだので、麻生は毒島とともに鶴崎に背を向ける。

「仮にも相手は管理官や別働部隊の班長でしょう。もう少し面子（メンツ）を立ててやってください」

「面子？　そんなもの立ててたら、他のものがポシャッちゃいますよ。あの流れでずるずるいった場合、テロ対策に捜査本部要員の何分の一かを割けって話になりかねない。桐島班長の提言だったら本部も無視できないし、大体騒ぎが広がれば広がるほど燃えちゃう人でしょ、管理官って」

いや、あのと言い掛けて麻生は返事に窮する。聞けば皮肉と揶揄のオンパレードだが、毒島の意見が会議の方向性を修正したのは紛れもない事実であり、しかも鶴崎の性格を読んでの言動なので文句の言いようもない。

「しかし言い方ってものがあるでしょう」

「あのね、班長。相手が馬鹿だからって常時こちらがレベル合わせていると、ボキャブラリーが乏しくなってきますよ。で、ボキャブラリーが乏しくなるって思考範囲が狭められることでもあるんですよ。あなた、自分の班をラッパ一本でバンザイ突撃するような無能集団にしたいんですか」

こういうことを毒島は鼻歌を歌うように話す。頭脳明晰で理論派ながら、上司の多くが毒島を使いたがらない理由がこれだ。

正直自分も毒島を使いこなせるとは思っていない。何しろ麻生の二年先輩で、同じ警部補同士だった時分には教えられることも多かった。本来であれば自分より上にいってもおかしくないのに、ずっと警部補のまま燻っている。おまけに本人が現状を愉しんでいるらしいので忠告も進言もできない。

一度、酒の席で真剣に訊いたことがある。あなたなら楽々昇任試験もパスできるだろうに、どうして出世しようとしないのかと。

すると毒島は何を今更という顔でこう答えた。

だって出世したら、直接追い詰める対象が身内に限定されるからね――。

半分冗談かと思ったが、半分はなるほどと納得してしまった。この男は生まれついての猟犬で、獲物を見つけて追い詰めていくのが楽しくて仕方がないのだ。ただし普通の刑事は足を使うのに、毒島はもっぱら言葉を使う。容疑者を落とすことにかけては警視庁一、と謳われるのは伊達ではない。

「それはそうと別件の容疑者、落ちたんですか」

「落ちる前に泣いちゃったけどね」

毒島は事もなげに言う。

「本人のプライドをずたずたにしないと吐きそうになかったから奥の手使ったんだけど、調書取ってる最中に、急に大声で泣き出してさ、まるで中学生を相手にしてるみたいだった。うふ、うふふふふ」

何が泣いちゃった、だ。あんたが泣かせたんだろうが。

「それより班長。今回の連続射殺事件、どこから突くんです」

先刻の捜査会議では、サイバー犯罪対策課と連携して闇サイトでのトカレフ購入者を洗い出すこと、加えて地取りと鑑取りを強化することが当面の方針とされた。月並みと言えば月並みだが、犯人を特定できそうな物的証拠がない以上、初動捜査の範囲を広げるしかない。

「班長ならとっくに分かっていると思うけどさ、捜査のロスって兵隊には存外応えますよお。ローラー作戦って一つタイミングを間違うと消耗戦にしかならないから」

「何ならあなたが最前線で旗を振ってくれてもいいんですよ」

「あ、僕はそういうの向いてませんから。犬ちゃんなら若いからうってつけなんだけど」

後ろで二人のやり取りを聞いていた犬養は、舌の上に不味（まず）いものをのせたような顔をする。

「じゃあ毒島さんには何かアイデアでもあるんですか」

「ないこともない」

思わず麻生は身を乗り出した。

「……それ、合法なんでしょうね」

「違法だと非難されない程度には合法。だけど班長、そういうの気にするよね」

「刑事が法律守るのは当たり前でしょうが」

「射殺犯は堂々と理不尽なことしてるのに、捕まえる方は雁字搦（がんじがら）めだから嫌になるよね。犬ちゃん、そう思わない？」

「民主警察ですから」

「んー、模範解答だね。百点あげるよ」

一応褒めてはいるが、毒島のことだからどこまで本気かまるで分からない。

「それで毒島さんのアイデアというのは何なんですか」

「餌を撒く」

「公安部ならともかく、刑事部でのおとり捜査は違法ですよ。断じて賛成できません」

「おとり捜査じゃないって。犯人の劣等感を刺激するような餌を撒くだけ。犯人はさ、思った以上に単純なヤツかもしれないよ」

毒島は両方の口角を上げてみせた。

3

目覚めた時、ネットニュースのトップには早速心沸き立つ見出しが躍っていた。

『大手町で深夜の連続発砲』

『被害者はともに会社員』

『大手町にテロリスト？』

俺は見出しを眺めながら昏（くら）い快感に身を委ねる。時限的なものであったとしても、今この瞬間は自分が世界の中心になっている。無論、顔や名前が載っている訳ではないが、〈大手町のテロリスト〉という称号がその代行を果たしてくれる。いや、今や俺自身が〈大手町のテロリスト〉だった。賀来翔作（かくしょうさく）という取るに足らない男は、称号を得ることによって別の存在に生まれ変わったのだ。

俺は今年で二十九になる。未だ定職と呼べるものはなく、短期のバイトで何とか食いつないでいる状態だ。

こんなはずではなかったという思いが常にある。都内の有名大学に見事入学を決めた時には、田舎の両親ともども喜んだ。元よりエリートになるために有名大学を目指し、有名大学に入るために進学校を選んだのだ。大企業の社員か銀行員もしくは官僚。それ以外の人生など何の価値もない。一般大衆・庶民の暮らしなど自分には縁のないものだった。

この頃社会的にも輸出産業の好転で雇用環境は回復、新卒者の求人倍率は急上昇し売り手市場と言われた。俺も四年後には一流企業の社員かメガバンクの行員、前途洋々たる未来が約束されたも同然と思い込んでいた。

ところが二〇〇八年のリーマン・ショックを境に就職状況は一変する。銀行をはじめとした大手企業が軒並み減収となり、新卒者の求人を縮小した。二〇〇九年卒業予定者の内定取り消しが続出し、世に言う新就職氷河期が到来したのだ。

その時期、就職活動を始めていた俺も就職難に喘(あえ)いだ一人だった。どれだけ企業説明会に足を運んでもどれほど企業研究しても二次選考までいけばいい方で、面接に辿り着けないものがほとんどだった。

夏を迎えて内定が一つももらえなかった時点で、就職浪人を決意し大学院に進んだ。いくら何でもこれほどひどい就職状況は一、二年で回復すると考えたからだ。

だが就職状況は回復するどころか更に冷え込んでしまった。二〇一〇年大学新卒者の就職率は60・8パーセントにまで減少し、超氷河期とさえ呼ばれた。大学院も去る時を迎え、遂に俺は無職のまま社会に放り出された。

そこから先は忍従と屈辱の日々だった。既に新卒の身分を返上した人間にとって大手企業の門戸は銀行の地下金庫並みに堅牢だった。二十代半ばに近かったから書類選考の段階でふるい落とされた。

ランクを下げることにひどく自尊心が傷ついたが背に腹は代えられない。二部上場、非上場の会社にエントリーしたがここでも軽々に扱われ、何ということか滑り止めに考えていた企業からもそっぽを向かれた。

仕送りを止められ仕事もないままでは家賃も払えず、やむなくバイトを始めた。コンビニエンスストアのスタッフとして採用されたが、元より正社員として就職するまでのつなぎだったので本気になれるはずもない。他のバイトや店長は人生の負け組だと蔑んでいるのが態度になって表れるらしく、人間関係を含めて勤務評価がよくなるはずもない。俺はすぐに不良店員の烙印を押される羽目になった。そして不良店員と烙印を押されれば面白くなくなり、深夜勤務で他人の監視がない時には碌に品物出しもせず時間を浪費した。

連日の熱帯夜を記録した日にはふとした悪戯心でアイスクリームの冷凍庫に横たわり、自撮りした動画をネットに投稿した。この投稿動画は四十万以上の視聴回数を稼いでいっとき俺の自己顕示欲を満足させたが、忌々しいことに、ほぼ同数の非難コメントが返された。驚愕したのは、二日後にフランチャイズ本部で当該店舗のフランチャイズ契約を解除、店舗も一カ月後に閉店となったことだ。

解雇は当然として、俺には莫大な損害賠償金が請求された。しかし俺自身はもちろん実家の両親にもそんなカネはなく、未だ民事で係争中になっている。

『だからこいつは正社員になれなかったんだ』

『やっていることは五歳児だよな』

『恥ずかしいったらありゃしない』

『働くってことの責任は正社員だろうがバイトだろうが同じなんだよ。こいつはそれを知らない段階でクズ』

『死んじゃえよ、もう』

ネットに巻き起こった非難と誹謗中傷の数々にいちいち目を通し、反論してはまた非難され、非難されては反論を繰り返す。無視するのはプライドが許さなかった。

けっ、お前ら下等民が何を偉そうに説教していやがる。お前らこそ死んじまえ。

大体、お前らに俺をとやかく言えるような資格なんてないんだよ、この小市民が。腐れネット民が。どうせ本人を目の前にしたらひと言も口にできないヘタレ揃いなんだろ。

俺はなあ、リーマン・ショックさえなかったら今頃エリート街道驀進中の人間だったんだよ。大手町辺りで、肩で風切って歩いてたんだよ。お前らとは住む世界が違うんだよ。

それをたかが動画一本の失敗で好き勝手なことほざきやがって。分を弁えろ、分を。

お前らは俺の上げた動画をひたすら有難がって拝見すればよかったんだよ、クズどもが。

正社員になれなかっただと。ふん、そんなもの、なろうと思えばいつでもなれる。いったいどこの大学出たと思っている。俺はまだ本気出していないだけなんだよ。

このクソめらが。クソめらが。

だがいくらネットに向かって咆え立てても、実生活に返ってくるのは窮乏と惨めさだけだ。生きていくためには悔しいかな働かなきゃならない。俺はまたバイト探しの日々に明け暮れた。

忌むべきことに先のアイス冷凍庫事件は現実世界にも広く拡散され、書類選考の段階で俺の旧悪はすぐに露見した。コンビニエンスストアにスーパー、ガソリンスタンドにレンタルショップ、どこを受けても門前払いを食らった。十六社目でやっと採用されたのが、今の中華料理店の下働きだ。

熱気の籠もる厨房の片隅で、まるで奴隷のようにどやされ、こき使われる日々が始まった。店主の怒号やスタッフたちの蔑視の目は日毎に自尊心を苛(さいな)んだが、ここを辞めても他にいく当てもなく、俺は最下層の待遇に耐えるしかなかった。

くたくたに疲れ果て、侘(わび)しいワンルームに戻っても気が晴れるようなイベントは何もない。店の余り物で空腹を満たしていると、否応なく敗北感に苛まれる。

いったい、どこで間違ってしまったのだろう。大学合格を決めた日は、世界の王になったような気分だった。晴れて通学し始めた頃は、何にも負ける気がしなかった。死ぬまでこの全能感が続くものとばかり思っていた。

それなのにこの現状は何だ。見るからに学のなさそうな中華屋の親爺に罵倒され、これまた学歴の低そうな店員たちに嘲笑され、しかも三食のうち二食は店のもので間に合わせている。これでは完全な負け犬ではないか。

鬱屈を晴らす手段はネットを荒らすことしかなかった。巨大掲示板にブログ、ツイッター。ハンドルネームで人格攻撃や嫌がらせのできるものには大抵書き込んだ。ネットの世界は自由だ。かつて自分がされたように、高い場所からどんな卑劣な言葉を浴びせても責任を追及されることはない。匿名は無敵の盾だ。実名さえ伏せておけば何をどう言っても、絶対自分に跳ね返ってはこない。

そうして目についたサイトやブログに難癖をつけ続けていると、ある日〈彼〉と邂逅（かいこう）した。

そうだ。

あの邂逅が俺の人生に劇的な変化をもたらしたのだ。

〈大手町テロリスト〉のニュースで悦に入っていた俺は、入店の時間が近づいてもまだご機嫌だった。

中華料理店〈上海楼（シャンハイろう）〉の仕込みは朝七時から始まる。早起きが苦手な俺には辛い時間だが、調理スタッフより遅く入店すればまたどやされる。

「賀来う。これ、仕込んどけ」

調理スタッフの一人、桑田（くわた）の野郎が鍋一杯の玉ねぎをでんと目の前に置く。この玉ねぎの皮を剝き、スライスしてから水にさらし、水気を切るまでが仕込み担当の仕事だ。単純作業ではあるものの、二百個三百個と皮剝きとスライスを繰り返せば指も疲れるし目も真っ赤に腫れ上がる。

つい思いが口に出た。

「仕込みのスタッフ、増やしてくれませんかね」

「んだとお」

どちらかといえば桑田は短気な方で、しかも相手によって態度を変える男だ。そして調理スタッフの中では一番若手の桑田が威張れる相手は俺か相川しかいない。

「あのな、足りないのは調理場なんだよ。食材の仕込みに三人も四人も要るかよ」

「けど、これだけ玉ねぎ仕込み終わっても、他の野菜やら肉類の仕込みが」

「下ごしらえなんて皮剝きとスライスくらいのもんだろ。調理に比べりゃどんだけ単純作業なんだよ。量さえこなせりゃ御の字じゃねえか」

「でも俺と相川さんの二人だけだと、ちょっと」

「ざけんなよ。相川の方がお前より早く入店してるのは店のモンだったら全員が知ってる。一時間当たりの仕事量がお前の倍近いのもな」

桑田はネズミをいたぶる猫のような目で俺を睨め回す。

「それなのに、自分の仕事量を減らしてくれだと。おやっさんが聞いたら、また叱られるぞ。

それでなくてもお前は問題なのによ」

何が問題なのかは聞かずとも分かる。だがこちらが答えなくても、わざわざ説明するのが桑田らしいところだ。

「日本中から総スカン食らったサイテー野郎だってことは、いつも自覚しとけよ。本当だったら不採用だったのを、人手不足で仕方なく仕方なあく雇ってやってるんだからな」

何もお前に雇われているんじゃない——そう言いかけて、すんでのところで堪えた。桑田は感情で話す人種だ。俺が理路整然と論破したら、怒り狂って拳を振り上げるに違いない。対して俺は徹頭徹尾論理的な人間なので、拳と拳で会話しようなどとは微塵も考えていない。というよりも腕力で女子供以外に勝つ自信がない。

俺が口答えしないのをいいことに、桑田の悪口は次第に熱を帯びてくる。

「大したものだよな。悪戯一発でコンビニ一軒潰しちまったんだから。あの店の経営者、どえらい損害食らったから弁償してくれって訴訟したんだろ。それなのにお前とお前の家族ときたら、未だに逆らっている最中っていうじゃないか。本っ当、生き方も性格も何から何までクソだよな、お前」

当たり前だ、と俺は胸の内で反駁する。冷凍庫の中に横たわったくらいで数千万円の損害賠償など馬鹿げている。罰は罪に応じて与えられるものだ。あれしきの行為で数千万円を支払えというのは暴力に近い。

「大体、仕事の仕方を見ているだけでも、お前の性格が分かる。碌に喋りもしないから真面目にやってるように見えるとでも思ったか？　あのな、皮の剝き方一つでやる気があるのかないのかくらいは分かるんだよおっ」

お前だって、店主や他の調理スタッフの言葉をそのまま真似ているだけだろう。

元々、俺は飯を作ってもらう立場の人間だから、皮を剝く能力なんて必要ないんだよ。そういうくだらない仕事はお前ら下々の人間の仕事と昔から決まっているんだ。

「ふた言目には大学出た大学出たって言うけどよ、それにしちゃあ齢が合わないよな。二浪か、それとも留年か？　どっちにしたって社会に出遅れたのは間違いないよな。出遅れた上に能力なし、その上やる気もないんじゃ、どーしよーもない。何考えてるか分かんねえし分かるつもりもないけど、お前、このままだったら一生負け犬の人生だぞ」

何を考えているか分からなくて幸運だったな。

俺は顔がにやけそうになるのを抑えるのに必死だった。

俺の考えや野望は、所詮お前みたいなゴミには絶対理解できないだろう。

俺が〈大手町のテロリスト〉だと知ったら、こいつはどんな顔をするのだろうか。驚くか、怖れ慄くか。いずれにしても今まで俺にとってきた態度を猛烈に後悔するだろう。その様を想像するだけで、飯が三杯は食えそうだ。

「おい、返事は。何とか言ったらどうなんだ」

本音を言えば殴られる。頭を下げれば自尊心が傷つく。それなら黙っているのが一番だ。

「都合が悪くなると、すぐだんまりを決め込みやがる。いい加減にしとけよ、このクズ」

桑田は唾でも吐きかねない様子だった。

「これ以上怠けていたら、おやっさんに言っとくからな」

はらわたが煮え繰り返りそうな思いを、自分は恐怖の大王だという自負が辛うじて押し止める。

懸命に作り笑いをこしらえて頭を下げる。

まあ、いい。この場では情けない一般市民のふりをして見過ごしてやる。

「……っとに、どーしよーもないヤツだな」

捨て台詞(ぜりふ)を吐いた桑田の背中に、俺は心の中で何発もトカレフの弾を撃ち込んでやった。

飲食関係はどこでもそうだがランチタイムで繁忙のひと山が訪れる。皿洗いに加え、食材の仕込みも追加されるのでいっときも気を抜く時間がない。一段落ついたのは午後二時を回った頃だった。

精神も肉体も疲弊しきった時には、他人からの称賛が一番の特効薬だ。俺は厨房の裏口から抜け出し、スマートフォンで〈大手町のテロリスト〉にどんな声が集まっているかを検索する。

キーワードを入力すると出るわ出るわ、画面はたちまち関連記事で埋まった。再び胸が優越感に満たされる。政治や経済や芸能人のゴシップを抑えて、今は〈大手町のテロリスト〉が国民の耳目を集めているらしい。

『手掛かりなし　捜査本部は目撃情報を収集』

『被害者二人のプロフィール』

『アルカイダとの関連はあるのか　公安部に訊く』

『過去に起きた官公庁街のテロ　連続企業爆破事件との類似性』

いいぞ、いいぞ。

もっと騒げ、もっと怖れろ。

皆、この俺にひれ伏せ。

大手の新聞社は洩れなく事件を扱っているようだった。特に読売新聞と産経新聞は犯行現場が本社の近所であることも手伝ってか、何と社説で警戒感を前面に押し出していた。

『連休中に発生した大手町連続射殺事件は単なる刑事事件として看過できないものがある。

それは犠牲者となった二人の勤務先、犯行現場に選ばれた場所が日本の中心地の一つであるからだ。過去、東アジア反日武装戦線によって引き起こされた連続企業爆破事件を思い出してほしい。それぞれに標的とされた理由はあるものの連続爆破の末に醸成されたのは不安と恐怖であり、この二つはともにテロリズムの普遍的な目的といっても過言ではない。今回の連続射殺事件は、このテロリズムの目的に沿ったものであり……』

記事に対する反応、個人の呟きは更に厖大だ。ざっと眺めてみると、恐怖と不安が九割、あとは虚勢に似た揶揄が一割といったところか。

読めば読むほど昂揚感がせり上がってくる。今こうして油塗れの厨房服に身を包んだ賀来翔作は世を忍ぶ仮の姿に過ぎず、正体は世間を恐怖のどん底に落とした〈大手町のテロリスト〉だ——そう念じると、今まで受けてきた理不尽な扱いが全て帳消しになったような気がした。

古くから存在する物語の一類型に貴種流離譚というものがある。本来は貴い身分の若者が故郷を離れ、他国を放浪しながら英雄として成長するという概念だ。俺はこの概念を甚く気に入っている。物語の中で若き英雄は様々な敵、様々な悪意と闘うのだが、これこそは自分のために語り継がれたストーリーのように思えたのだ。

生まれながらのエリートでありながら、不景気という理不尽のために放浪せざるを得なくなり、往く先々で謂(いわ)れのない迫害を受ける。しかしいつしか賀来翔作は本来の使命に目覚め、英雄としてこの地に降臨する——素晴らしい。何もかもが自分のために用意された筋書ではないか。

貴種流離譚の結末は大抵若者が故郷に帰還し、末永く英雄として君臨することになっている。その伝でいけば、賀来翔作もまた逮捕されることなく稀代の英雄として生き続けるという結末なのだろう。

では先見の明で〈大手町のテロリスト〉を英雄扱いしているサイトなりネット民はいないだろうか。もし存在するのなら、本人降臨として返事をしてやってもいい。

画面を次々スクロールしていくと、やがて気になる文言が目に留まった。

『担当捜査員は語る。犯人は下層階級の人間か？』

脊髄(せきずい)反射で指が止まる。

下層階級だと。

不快さ半分、怖いもの見たさ半分で件(くだん)の記事を開いてみる。記事はネットニュースから配信されたもので動画もついていた。俺は震える指で動画を再生する。

画面は記者が刑事らしき男にインタビューしている構図だった。刑事らしき男は首から上を映していないが、声は変えていないようだ。

『事件を担当する刑事さんですよね？』

『そうですよー』

声の調子はひどく柔らかで、人の善さそうな印象だった。

『大手町の連続射殺事件、犯人はテロリストではないかという声がありますが……』

『テロリスト？　そんなはずないでしょ。これは、ただのチンピラの犯行だと思いますよ』

チンピラ、という単語に自尊心が歯ぎしりをする。

『でも犯行現場は大手町で、皇居の真向かいなんですよ』

『それもね、多分偶然。本物のテロリストだったらあんなやり方はしない』

『あんなやり方というのは？』

『言っちゃあ悪いけど、被害者になったのは善良なる一般市民。大手町に本社を持つ会社の重役でもなければ、政治家でもない。殺害したところで政治・経済に何らかの影響が出る訳でもない。もし犯行目的がテロリズムにあるのならそういう大物を狙うはずだし、サラリーマンを一人ずつ射殺するよりは大使館や警察署を爆破するくらい景気のいい犯罪をするよ。その点からみても、犯人はテロリストなんて大層なものでないことが分かるじゃない』

『しかし、結果的にこうして世間が騒然としているじゃありませんか』

『騒然としているのは、あなたたちマスコミが必要以上に煽（あお）っているからじゃないのさ。これってね、要は場所だけの問題で、犯行現場が地方都市だったり辺鄙な田舎だったりすると、こんな大騒ぎにならないはずなの。喩えて言えばさ、ガソリンスタンドで喫っても野原のど真ん中で喫ってもタバコはタバコでしょ。同じ喫煙だけど場所の相違でとんでもない行為に映るだけ。それを単純化せずに自分の妄想膨らませるから、この世の終わりみたいな文脈になるだけでさ。結局はぜえんぶ、あなたたちの思い込みみたいなものだから』

『でも、射殺事件ですよ。我々の感覚で射殺事件というと、どうしてもプロによる犯行というイメージが強いのですけど』

『ほおら、それそれ』

『え』

『今さ、いみじくもあなたはイメージと言ったでしょ。今日び拳銃だろうが違法薬物だろうが、暴力団以外の人間でも容易に入手できるんですよ。だから射殺イコールプロの犯行というのも単なる思い込み。そういう思い込みの部分を全部削ぎ落としていったら、犯人は理念も思想もないただのチンピラだっていうのが分かる。いや、そんなこと言ったらチンピラに失礼かなあ』

　刑事の物言いは次第に揶揄と嘲笑の色合いが濃くなってくる。聞いていると、俺の自我がきりきりと締めつけられるのが分かる。

『チンピラに失礼、ですか』

『だってさ、街の害虫であるチンピラにすら一応の仕事らしきものはあるでしょう。たとえ社会から嫌われようと、どんなに卑劣で見下げ果てた行為であっても、ノルマだったり成績だったりがある訳でしょう。でも、おそらくこの犯人はニートか、さもなきゃ仕事とも言えない仕事をしている下層民。付け加えるならおそらく精神的な貧乏人』

ニート。

下層民。

精神的な貧乏人。

言葉の一つ一つが槍となって胸に突き刺さる。

『それはプロファイリングか何かによる考察なのでしょうか』

『考察なんてレベルの高い話じゃなくて、長年の経験と勘、みたいなものかしら。言ってみれば、現場の様子を見てベテランの空き巣か初心者かを判断するくらいのレベル』

『……少し楽観的な見方にも思えるのですが』

『あなたたちが悲観的に過ぎるだけじゃないの。今からそんな報道しているとね、いざ犯人が逮捕された時、想像していた犯人像とのギャップで眩暈(めまい)を起こすかもしれないから注意しておこうね』

『あ、あの、犯人像についてもうひと言』

『だからさあ、こんなチンケな犯人について語る言葉なんて、身体を逆さにしたって出てこないんだったら』

動画はそこで切れた。

切れたのはこっちも同様だ。怒りで目の前が真っ暗になりそうだった。

想像と実際のギャップで眩暈を起こすだと。

俺について語る言葉がないだと。

「ふ、ふざけやがって」

我知らず声が出た。慌てて周りを見回したが、幸い自分以外に人影は見当たらない。そして瞬時に警戒した己の小心さに、また腹が立った。

この無礼極まりない下衆（げす）な刑事はどこのどいつだ。

ネットを検索しても担当の刑事というだけで所属も氏名も顔も出てこない。担当というからには丸の内署の強行犯係か警視庁捜査一課の所属なのだろうが、それすらも不明だ。

安月給の木（こ）っ端（ぱ）お巡（まわ）りが偉そうなことを言いやがって。いったい誰に向かって唾を吐いたか分かっているのか。

よせばいいのは分かっていても、つい動画を再見してしまう。最初は善人そうに聞こえた声質も、二度目からは粘着質で底意地悪い人間のそれに変わった。目を皿のようにして凝視してみるが、当該の刑事は中背らしいということくらいしか判明しない。

頭とはらわたが沸騰していた。何としてもこの刑事にひとあわ吹かせてやらなければ気が済まない。いや気が済まないどころか、このまま放置していたら神経が病んでしまう。

畜生。

目にもの見せてやる。

「賀来っ、いつまで油売ってるんだあっ」

俺は桑田から呼ばれ続けていたのにも気づかなかった。

〈上海楼〉での仕事を終えて自宅に戻ると、もう一つの仕事に取り掛かった。

さすがに大手町で三人目の獲物を漁(あさ)るのは無謀というものだろう。これだけ世間が騒げば捜査本部も増員して警戒に当たるはずだ。丸の内は警察署が近くにあるので、尚更危険極まりない。それこそ飛んで火に入る夏の虫ではないか。

俺は少しばかり考え込む。大手町・丸の内以外でエリートたちの集う街といえば他にどこがあるのか。

すぐに思いつくのは有楽町周辺だった。以前は朝日新聞と読売新聞の本社が存在したところで、未だにサラリーマンの街という印象が強い。調べてみれば有名企業の本社も多く、本来の目的を果たすには充分と言えるだろう。

本棚の最上段、函(はこ)がすっかり黄ばんでしまった〈広辞苑〉を引き抜く。中学の卒業祝いに学校から贈られたもので辞典として使ったのはほんの数回だが、今では他の用途で重宝している。函から本体を取り出して表紙を捲(めく)ると、中は拳銃の形にくり貫(ぬ)かれていた。収められているのはダークウェブを介して購入したトカレフと弾丸。弾丸はまだ八発も残っている。

持ってみると、ずしりと重たい。銃把もごつく、出自が旧ソ連というのも頷(うなず)ける。極寒の地で、兵士や警察官が手袋を嵌(は)めたまま使用することを念頭に設計されたからだ。

最初に拳銃を握った時には、その重量感に身体中が痺れた。両手で構えると無敵になったような気分だった。いや、至近距離なら実際に無敵だろう。前に撃った二人は抵抗らしい抵抗もできなかった。今の俺と互角に闘えるのは、警察官か自衛官くらいのものだろう。

店から持ち帰った麻婆豆腐と炒飯を電子レンジで温める。冷凍ものよりは美味(お)しいが、所詮残り物なので侘しさも一入(ひとしお)だ。それでも戦闘前の食事は必要不可欠なので、胡坐(あぐら)をかいて飯を掻き込む。不思議なもので、作戦を練りながら食事をしていると自分が兵士になったような気分になる。

いや、決して気分だけの問題ではない。戦闘服に身を包み、似非(えせ)エリートを征伐するために俺は戦場に赴く。戦闘目的があり、敵が存在し、武装もしている。これが兵士でなくて、いったい何だというのか。

現在時間は午後十一時五十分。有楽町界隈の人通りが絶えるのは深夜一時を過ぎてからになるだろう。

そろそろ出陣だ。

俺はTシャツに短パン姿となり、戦闘服とトカレフを詰めたリュックを背負った。時刻は深夜零時三十分。有楽町線の終電時間も過ぎ、ほとんどの通勤客も帰路に就いている。今、路上にいるのは終電を逃して寝泊まりする場所を探している者か、さもなければ朝方まで遊び明かすのを決めた者だろう。

ぶるり、と身体が震える。エリート狩りを始めてから癖になった例の武者震いだ。これを体験すると自分が生まれ変わる。まるで甲冑(かっちゅう)を着込んだように勇気が出る。

待っていろ、あのクソ刑事。お前が挑発したせいで、〈大手町のテロリスト〉は〈千代田区のテロリスト〉に成長してしまった。犠牲者はこれからも増え続け、お前はその責任を取らされる羽目になる。良くて停職、悪ければ懲戒免職。声の調子では中年のようだったから、これから先の再就職は茨の道だ。せいぜい喘いで生活苦に苛まれるがいい。

俺は高笑いしたいのを堪えて部屋を出る。

ＪＲ山手線の高架下を潜り、東京交通会館の前を通り過ぎる。時刻は午前一時十四分。予想通り人の行き来は絶え、日中は賑わう有楽町イトシア前も今は俺以外の人影はない。最前、公衆トイレで戦闘服に着替えたので、狩猟気分は最高潮に達している。トカレフに弾丸が装塡してあるのも確認済みだ。

京橋口の前には交番がある。いくら俺が勇敢でも、交番の前で発砲するような無鉄砲さは持ち合わせていない。中に巡査の姿は見当たらなかったが、待機しているかどうかは関係なく君子危うきに近寄らずというヤツだ。

そのまま直進して今度は高速道路高架下を潜る。正面には外堀通りが延び、向こう側にオフィスビルが立ち並んでいる。ここまで来ると住居表示は銀座に変わり、そろそろ何人かの酔客が現れ始める。

俺はビル街の前を堂々と歩く。未だ開いているバーやスナックのネオンで歩道はまだまだ明るい。そのせいで歩行者はさして警戒感を抱かない。

こうして夜の街を歩いていると、ますます自分が世界の王になったような気分になる。夜の銀座が〈千代田区のテロリスト〉に怯(おび)え、息を潜めているのだと想像する。

快感だった。昼間の賀来翔作とは別人の俺がいる。やはりこっちが本来の賀来翔作であり、昼間の中華料理店のバイトは仮初の姿に違いない。

しばらく歩いていると向こう側から背広姿の中年男が近づいてきた。少し千鳥足になっているところを見ると、一杯引っ掛けた帰りなのだろう。街灯の明かりで表情も浮かび上がる。ひと目で善人と分かる穏やかな顔だ。酔っていても人懐っこさが滲み出ている。着ている背広は上等そうだから、おそらくこいつもエリート風を吹かせているヤツの一人なのだろう。

辺りを見回してみても、幸い近辺には俺と男以外の人影はない。神が英雄だけに与えてくれた千載一遇のチャンスに違いなかった。

「ああ、ちょっとすみません」

俺が声を掛けると、男は焦点の定まらない目でこちらを見た。額に入れて飾っておきたいほどの善人顔だった。

「この近くにお勤めの方ですか」

「はい、そうですよ」

どこかで聞いたことのあるような声だと思ったが、顔に見覚えがないので話を続けることにした。

「実はご協力いただきたいことがあるんです」

この調子なら上手く仕留めることができそうだ。だが念には念を入れておこう。銀座の大通りで拳銃をぶっ放すのは躊躇する。もっと人の通りそうにない暗がりに移動するべきだろう。

「お手数ですが、こちらにきてください」

丁寧な言葉で男を細い路地へと誘い込む。街灯の明かりもネオンの光も届かぬ暗闇、それこそが俺の領域だ。

「僕にできることなら喜んで」

男はそう言って俺の後についてくる。俺の演技力もさることながら、こうしてほいほいついてくるのはやはり人の善い証拠だ。

そして俺がホルダーに収納していたトカレフに手を伸ばした時だった。

「因みに先手を取ることもできますよ」

まさか。

男が俺に銃口を突きつけたのだ。

まるで金縛りに遭ったように動けずにいると、いつの間に近寄っていたのか何者かに背後から羽交い締めにされた。それだけではなく、男の背後からわらわらと警官たちが現れ、俺はあっという間に四肢を拘束された。

「いやあ、ちょっとびっくり」

善人そうな男は俺の顔を覗き込んでそう言った。

「一応、引っ掛けるつもりではあったんだけどさ。まさか餌を撒いたその日に掛かるのは予想外だったなあ」

粘ついた口調でやっと思い出した。こいつは動画でインタビューに答えていた刑事だ。

「罠だったのか」

「少し考えたら予測がつきそうな罠なんだけどさ。怒りに我を忘れた人間って、大抵視野狭窄になっちゃうんだよね。だからこんな簡単な罠にも引っ掛かる。よおく見てごらんよ、周りのお巡りさんたちの腕」

街灯の下に引っ張り出された俺は、警官たち全員の右腕に〈交通安全〉の腕章が巻かれているのを知った。

「ありきたりの見分け方だけど、それだから効果もある。自分一人が異彩を放っていたことに全然気づかなかったでしょ」

憎たらしい刑事は俺の着ていた警官の制服を指差す。

「確かにその恰好なら夜道を歩いていても声を掛けられても、誰も不審には思わないだろうけどさ。それにしたって、とてもとても注意力散漫だったよね。ホント、大笑い海水浴場」

4

銀座の路上で賀来翔作が緊急逮捕されたことによって、大手町連続射殺事件の捜査は大詰めを迎えた。

賀来が不法所持していたトカレフは即刻押収され、先に使用された弾丸と線条痕が一致、着ていた制服からも硝煙反応が検出されたため、必要な物的証拠は揃っている。後は供述調書さえ取れれば、何の苦もなく賀来を送検できる手筈だった。

麻生は迷うことなく、毒島を取調主任に命じた。容疑者を落とすことに定評のある毒島は適任であったし、賀来を緊急逮捕できたのも毒島の発案によるものだ。むしろ担当を命じない理由が見当たらない。一つ懸念があるとすれば、毒島の尋問が苛烈にならないかという点だけだが、これは事件の重大性を鑑みれば多少やむを得ない事情もある。鶴崎管理官も、冤罪にならない限りは毒島の裁量に任せようと言っている。

ところが毒島本人は至って気軽な様子で、取調主任を命じられてもおよそ気負いというものが感じられない。今からルーチン業務をこなすかのように、淡々としている。

「それにしても、よく警官の制服からユーザーを辿ろうなんて思いつきましたね」

褒めてやろうと話を振ってみたが、当の毒島は何も不思議はないという風な顔を向ける。

「ダークウェブというのは秘匿性が高い一方、取引価格がバカ高いからね。拳銃や非合法のドラッグなら仕方ないけど、それ以外のものなら通常のオークションで入手した方がずっと割安になる。この数カ月以内に警察官のコスプレ衣装を落札した人間なんてそうそういるものじゃない。後は鑑識に協力を仰げば容疑者は絞られてくる。実際、簡単だったでしょ」

毒島の言う通りだった。この半年間でオークションに出品された警官の制服はおよそ四十点。その落札者を特定していくと首都圏に居住しているユーザーは十八人に絞られた。毒島は更に十八人の中から定職を持たない者たちを拾い上げ、賀来を最重要の容疑者としたのだ。

「しかし、犯人が制服もダークウェブで購入した可能性も捨て切れなかったでしょうに」

「もちろんありましたけど、犯人が経済的に恵まれていないことを考えると、可能性は小さいかなと。それに本物でなくても、暗がりでそれっぽく見えるクオリティならＯＫなんだから大枚をはたく必要もなし。で、実際そうだったし」

賀来に目星をつけて身辺を洗ってみると、確かに容疑者としては最重要だと麻生は思った。進学校から都内有名大学に入学、三年次より就職活動に奔走するもののどこからも内定をもらえず、仮面就職浪人をしながら大学院を卒業。定職を得られないままバイト先で炎上騒ぎをやらかし、莫大な損害賠償を民事で請求されている。現在はワンルームに居住し中華料理店でバイト中。大手町の企業に勤める社員たちを逆恨みするとしたら、これ以上条件に適った容疑者もいなかった。

「コスプレ用だと言い繕ったところで警官の制服なんてのは特殊過ぎるから、犯行の度に洗う訳にもいかない。硝煙反応が出るのも織り込み済みだったもの」

後は賀来が三つ目の事件に動いてくれるのを待つだけでよかった。昵懇にしている記者に毒島を取材させ、その動画を流させたのも全て毒島の発案だった。

「しかし毒島さん、よく自分でおとりになろうなんて言い出しましたね」

「現行犯で逮捕されたら、向こうも抗弁のしようがないしね。それに僕って声を掛けやすいらしいから、絶対釣れると思ったんだよね」

声の掛けやすさというのは本当だった。毒島の人となりを知らない人間なら、その朴訥そうな風貌に最初から警戒心を解いてしまう。麻生自身一緒に往来を歩いていると、毒島に道を尋ねる者がまま存在するのを実感できるのだ。

「全然怖くなかったと言えば嘘になるけど、僕だって防弾チョッキ二枚重ねで臨んでいたから、その辺は抜かりなし。それにプロでない限り、自分の標的を漁っている時は自ずと警戒心が緩む。まさか自分が自宅からずっと尾行されているとは、夢にも思わなかっただろうねえ」

「あれだけの物的証拠が挙がってるんですから、供述で否認されても充分公判で闘えますよ」

麻生にしてみれば手を緩めろとは言わないまでも、あまり度の過ぎた取り調べをするなという牽制のつもりだった。ところが毒島は手をひらひらと振って、麻生の牽制をあっさり弾き飛ばす。

「否認なんてさせないよ」

にこやかに口を開けて笑うが、麻生には獲物を前にしたヘビがちろちろと舌を出しているようにしか見えなかった。

「法廷で供述を翻(ひるがえ)す気にもならないように、徹底的に落としてあげる。おっと、もちろん容疑者には一切、手を触れないし足も出さない」

そんなことは今更言われなくても承知している——麻生は愚痴りたくなる。

直接的な暴力に訴えなくても、苛烈な尋問をするから釘を刺したのだ。

賀来の取り調べには犬養を記録係として同席させていた。犬養も容疑者を落とす技量に秀でているが、彼のやり方はあくまで正攻法だ。伸びしろを考えれば、毒島の手法を見せておくのも今後の糧（かて）になるだろう。

麻生は取調室に隣接した部屋から、マジックミラーの窓を通して様子を窺う。全ての取調室にマジックミラーが備えられている訳ではないが、今回のような重大事件では取り調べの一部始終を確認する必要がある。

「さてと、それじゃあ始めましょうか。賀来さん」

毒島が口火を切る前から、賀来は不貞腐れた態度だった。

「好きなようにすればいいさ。どうせ証拠は揃ってるんだろ」

「うん。山のように揃ってる。どんな検察官に任せても必ず有罪を勝ち取れるくらいに揃ってる」

「それなら供述取るまでもないだろ」

「そういう訳にはいかないよ。供述ってのは言ってみればストーリーなんだからさ。これが首尾一貫していないと折角の証拠も充分な説得力を持たない」

「首尾一貫したストーリーって何だよ」

「エリートに憧れていた賀来翔作という人間がいかに挫折し、性格をこじらせ、他人を逆恨みし、人の道を踏み外すまでに至ったのか。その行程を細大洩らさず綴（つづ）らないとさ、三人の裁判官と六人の裁判員全員を納得させられないから」

「……よくも目の前の人間に向かって、それだけ悪し様に言えるものだな。それが警察のやり方かよ」

「うーん。少なくとも問答無用で他人を撃つ誰かさんよりは、よっぽど民主的だと思うけど」

「勝手にしろ」

「うんうんうんうん。取りあえずあなたのプロフィールと、泉谷宏茂さんと山場譲司さん殺害の犯行に至るまでを朗読するから、遺漏とか間違いがあったらその都度指摘して」

早速、毒島は賀来の出自と経歴を語り始めた。四月二十八日と五月二日の犯行については、その細部までが明らかにされている。トカレフと変装用の制服の入手経路。そして使用された弾丸と所持していた拳銃との線条痕の一致、アリバイの有無、被害者を見つけて発砲するまでの詳細。毒島と犬養の纏め上げた内容には何一つ矛盾がなく、これに賀来本人の署名と捺印があれば百点満点の供述調書になる。動機もエリート憎さが昂じての逆恨みとすれば、相手が裁判員でなくとも万人を充分に納得させられる。

だが何故か毒島は、それだけでは不足と考えているようだった。

「で、以上が犯行に至るまでの流れなんだけど、ここまではいいかな」

「まあ、間違いはないな」

「それなら、あとは欠けているピースを拾う作業だね」

「欠けているところなんてないよ」

「根本的な問題。あのさ、賀来さん。今度の犯行、これってあなたが自分で立案したのかしら」

いきなりの展開に記録を取っていた犬養が顔を上げた。意外だったのは麻生も同様だ。まさか共犯がいるのかと、賀来の反応を注視する。

賀来は一瞬意表を突かれた様子だったが、すぐに態勢を立て直した。

「何言ってんの。一から十まで俺が考えたに決まってるじゃない」

「そうは思えないんだよね。家宅捜索であなたの部屋にあった本棚を拝見したけど、総じて文系の書籍が多くてさ。あ、あとゲームの攻略本と熟女専門雑誌」

「ひ、人の趣味だろ、そんなもん」

「でさ、銃関連の本なんて一冊もなかったんだよね。中学からの経歴をみてもサバゲーに耽溺していた過去はなし。それなのに犯行に使用する銃にトカレフをチョイスするのは、ベストの選択でね。射程はないけど貫通力に優れる。つまり命中率の低い銃初心者はどうしたって接近戦にならざるを得ないんだけど、その場合トカレフは性能的にも価格的にもベスト。

銃に関して素人のあなたが、どうしてそのチョイスだったのか。それが不思議で不思議で」

「それくらいの知識はあるさ」

「仮にも人を殺すのに、〈それくらいの知識〉程度で済まそうとするのは不自然なんだよ」

「長い時間をかけて計画を練ったんだよっ」

「あ、それ嘘。あなたが警官の服をネットオークションで落札したのは今年の三月二十一日。第一の犯行から一カ月しか遡らない。だからもっと言うと、標的に接近するために警官に変装するのもあなたのアイデアとも思えない。少なくとも理性よりは感情が先に立つ人間の発想じゃない」

「俺はいつだって理性的で」

「理性的なバイトくんなら、コンビニの冷凍庫に潜り込んだり、その様子を自撮りしてネットに投稿したりするなんて馬鹿で愚かで見境のないことしないでしょ」

「馬鹿で愚かって」

「だってさ、折悪く就職超氷河期にぶち当たって職に就けなかったとあなたは言ったけど、それも状況判断できないお馬鹿さんの都合のいい解釈だから。確かにその頃が氷河期だったのは間違いないけど、あなたが就活していた二〇〇九年頃は求人数も就職率も決して低くなかった。本当に優秀だったり真面目だったり堅実だったりした学生さんたちは、それなりの職を得ている訳だしね。従ってあなたが落とされたのは外部要因もあるけど、それよりもあなた自身に起因するところの方が大きい。更に言うと、大手町の勤め人を逆恨みしたというのも、本当は自分の能力のなさを認めたくないばかりにこしらえた必死の言い訳」

歌うように喋り続ける毒島を前に、賀来は顔を怒りの色で染めていく。

「違う」

「いーや、いっこも違わない。あなたは自らの劣等感をひた隠しにしたいからルサンチマンじみた言動を繰り返して、しかもそれに酔っている。そんなガキに拳銃の選択だとか変装だとかできる訳ないじゃん」

「俺は俺を認めない社会に復讐しようと」

「だーから、そういうポーズが既に三文芝居なんだったら。本当に社会への復讐を考えているのなら、匿名なりとも犯行声明くらいは出していたはずだよ。しかもあなたには、自分の狼藉（ろうぜき）ぶりをネットにアップした前科もある。承認欲求丸出しのあなたがそれでも犯行声明を出さなかったのは、アイデアが他人のものだったから？　それとも犯行声明を出したら、次の犯行が困難になると誰かからアドバイスされたから？」

賀来の顔色が変わる。どうやら痛いところを突かれたようだった。

「図星だったみたいだね。ほら、誰か共犯がいたのなら今のうちに吐いちまいなよ。後になればなるほど心証を悪くするよ」

「今更、心証よくしたってどうにもならないだろ」

「そっ。どうにもならない。送検してこのまま起訴されたら、あなたにはほぼ間違いなく死刑判決が下る」

瞬間、賀来の目が大きく見開かれる。

「手前勝手な理屈で、何の罪もない真面目なサラリーマンを二人も殺害した。計画的で、警官に変装した点はこの上なく狡猾。物的証拠も充分で同情できる部分は皆無。冤罪の可能性も全くないから、法律で定められた通り判決確定から六カ月以内に法務大臣が死刑執行命令書にサイン」

「嘘だ」

「嘘じゃないんだったら。勤勉なる刑務官によって、それから五日以内にあなたは太いロープで吊るされる。キュッ、ドタンッ、ブラーン。医官が死亡を確認するけど念には念を入れて、死体は五分間そのまま放置。もちろん括約筋が緩むから失禁と脱糞のフルオーケストラ。もったいなくも有難いことに、あなたの亡骸は刑場施設の手続きに従って荼毘に付され、遺骨がご両親の許に届けられる。もっともご両親が引き取ってくれない場合は無縁仏として埋葬。実際はこっちのパターンが圧倒的らしいんだけどさ」

毒島は身振り手振りで死刑執行の様子を再現してみせる。趣味が悪いと麻生も思うが相手に対する効果は抜群で、哀れ賀来は顔色を失って小刻みに震え出した。

「あれ、ひょっとして怖くなった？　駄目じゃないの今更。人を殺すと決めた時点で自分も殺されるのを覚悟しておかないと」

「そんな、死刑だなんて」

「あ、これは言い忘れていたけど、殺された二人はやっぱりエリートの一員ではあったんだよ。特に山場さんは法学部出身だから、彼の同窓生が現在は検察庁や裁判所で幅を利かせている」

ああ、まただと麻生は思う。今、毒島が言ったことは麻生も初耳だ。十中八九出鱈目（でたらめ）に決まっている。しかし極限にまで追い詰められた人間には、こんな出鱈目すら真実味を帯びてくる。

「あなたが社会に復讐心を抱いているのと同様に、あの人たちにも復讐心はある訳だからさ。同窓生を無残にも射殺した凶悪犯はさぞかし憎いだろうねえ。うふ、うふふ、うふふふふ」

そんな、そんなと呟きながら賀来はますます青ざめていく。二人も殺しておきながら極刑の可能性を直視しなかった賀来も賀来だが、これは毒島の追い詰め方が周到なせいもある。いや、賀来が認識不足だったからこそ、毒島はこの攻略法を選んだのだ。

「絞首刑の場合も絶命までには個人差があってさ、肺活量の差なのか首の丈夫さによるのか、長いヤツだったら十分以上も苦悶することになる。布で覆われているから表情は見えないけれども、空中で見苦しく身体を捩るんだって。すると身体を吊り下げたロープが左右にぶうらぶら。ついでに軋む音も盛大らしいから、ちょっとしたショーだよね。もちろん主役はア・ナ・タ」

もう賀来は反駁さえできないようだった。震え方は更に大きくなり、放っておいたら精神が崩壊しそうに映った。

「たださ、共犯がいた場合には減刑の可能性も出てくるんだよ」

途端に賀来の顔に生気が甦る。

「本当、ですか」

「うんうんうん。共犯者の支配力が圧倒的な場合には情状酌量が認められないこともない。もっとも公判の場でそんなこと言い出しても後出しじゃんけんみたいに捉えられかねないから、吐くんだったら今のうち」

毒島は賀来の反応を確かめるように、いったん言葉を切る。

取調室に沈黙が流れ、賀来は逡巡するように俯き続ける。

まさか本当に共犯者がいたのか——マジックミラー越しに眺めていた麻生も、知らず知らず両手を握り締めて息を詰める。

一分ほどの黙考の末、やっと賀来は口を開いた。

「共犯と呼ぶのかどうかは知りませんけど、そういう人はいました」

「はっきりした共犯じゃない。それってつまり、教唆されたってことかしら」

「色んなサイトやＳＮＳに絡んでいたら、ある日その人にアクセスされたんです。カリカリしているみたいだけど、よかったら話を聞かせてくれないかって」

「どんな話をしたのさ」

「就活に失敗してからは碌なことがなかったって。親身に聞いてくれるから、俺より無能な癖して安穏な生活をしているヤツらが憎くて堪らないって訴えたんです。そうしたら、捕まらずに似非エリートを始末できる方法があると持ち掛けられて……」

「銃の入手方法も変装のアイデアも、その人物の指示だったのかい」

賀来は力なく頷いてみせた。

「そいつの名前は」

「向こうも匿名だから本名は知りません。アカウント名が憶えにくい横文字で、途中からはニックネームでやり取りしていました」

「ニックネームを教えて」

二

伏竜鳳雛

まだ世に知られていない
大人物と有能な若者のたとえ。

「大辞林」より

1

七月二日午前十時四十五分、文京区音羽。

双龍社一階ホールの受付に座っていた蓼科香織は、眼前を通り過ぎる社員を漫然と見送る。まだこの時間は来客が少なく、受付にやってくるのは配達員など出入りの業者がほとんどだったが、著名な作家が来社することも少なくない。

双龍社は日本最大の総合出版社だ。明治四十二年に創立というのだから老舗中の老舗といっても過言ではない。自由な社風と高給で知られ、新卒者の人気就職先ランキングでは常に五位以内に入っている。

香織自身は契約社員だが、誰か正社員で見栄えのいい男はいないかと目を光らせている。首尾よく捕まえられれば、玉の輿とは言わないまでもそこそこ安定した生活が約束される。出版社全般がそうなのかもしれないが、双龍社は拘束時間が長いために社内結婚が多い。香織に勝算がなくもなく、男性社員を吟味する目は日に日に鋭くなっている。

出社する男性社員に向ける目が鋭くなる一方、来客への審美眼も肥えてきた。出入り業者はともかく、来客の品定めをするのが香織の密やかな趣味だ。総合出版社で文芸もコミックも扱っている関係上、小説家や漫画家も訪ねてくる。前述の著名作家たちはさすがに誰に見られても恥ずかしくない恰好をしているが、漫画家というのはお洒落に無頓着な人が多いのか、いかにも自由業という印象が強い。ただし、お洒落に無頓着な漫画家ほどとんでもないヒット作を抱えているというのは業界あるあるだろう。

中には著名な作家や漫画家ではなく、素人の志望者が原稿を抱えてやってくることもある。所謂、持ち込みだ。十代から六十代までと年齢は様々だが、担当者を待っている時の態度は皆同じだ。きょろきょろとホールの中を見回したり時計を気にしたりと落ち着かないこと甚だしい。しかも大抵の者が門前払いを食らって、すごすごと引き返す羽目になる。

初対面の人間と会う時にはアポイントを取るのが常識なのを知らないのかと香織は呆れるが、そもそも常識を知らないので、こういう輩は性懲りもなく同じことを繰り返す。今日もまた肩を落として帰っていった志望者たちが数人いた。

一階ホールは三階分の吹き抜けになっており、天井が相当に高い。自社刊行物がガラスケースの中にずらりと並んでいる様は壮観ですらある。

窓口の横には来社カードが備えてあり、社員以外の来訪者は氏名等を記入したカードを受付に提出してICチップ内蔵の入館証を渡される。帰りは警備員の常駐する窓口に返却する仕組みだ。

香織はカウンターの裏に積み重ねられた来社カードの枚数を見積もる。大方三十枚といったところか。

正午直前になると訪問者が増えるので、十一時四十五分から受付は二人になる。二人になれば退屈も紛れるので、香織は早く時間が過ぎないかとうずうずし始める。

座っていると、ホールの隅に立っていた警備員がこちらにやってきた。

「あの、ずっとホールをご覧になってましたよね」

警備員は少し気遣わしげに訊いてくる。

「はい。お客さまの相手をしていたので、ずっとという訳ではないんですけど」

「あの紙袋はどなたかの忘れ物なんでしょうか」

警備員が指差す方向には来客用の長椅子が並んでおり、そのうち一脚の真下に紙袋が置いてある。周囲に持主らしき人影は見当たらない。

紙袋に視線を固定して、分からないと答えようとした瞬間だった。

突然、轟音が耳を劈いた。

世界が振動し、時間を停止させた。

同時に長椅子とガラスケースが破砕し、ホールにいた人間が宙を舞った。香織も例外ではなく、爆風でカウンターの外に投げ出された。

何だ。

何が起こった。

爆発かあるいは落下の衝撃か、聴覚が途絶した。痛覚も麻痺したのか、ガラス片を浴びたはずの顔面も強打した後頭部も何も感じない。

音も時間感覚もなく、ただ目だけが天井を覆い始めた黒煙を追う。

やがてゆっくりと感覚が戻り始めると、煙に触れた目と鼻が猛烈に痛み出した。

ホールの四方から警報ブザーと呻き声が聞こえてくる。鼻は鋭痛の後にキナ臭い空気を吸い込んだ。全身に呼吸困難なほどの激痛を覚えたのは、それから間もなくのことだった。

*

双龍社一階ホールで爆破事件が発生すると直ちに機動捜査隊と大塚署の強行犯係が到着、次いで警視庁捜査一課の麻生班がおっとり刀で駆けつけた。

既に社屋の前は二台の消防車と三台の救急車に占拠され、パトカーは離れた場所にしか停められない。消火と救護活動に立ち働く隊員たちを遠巻きに撮影している報道陣は、おそらく双龍社の社員だろう。彼らの顔にも余裕は見えず、むしろ自社の破壊を目の当たりにして悲愴な表情が浮かんでいる。

表に面する一階部分の窓ガラスは全て割られ、中からは黒煙と白煙が絡み合うように噴き出ている。建物から十メートル以上も離れているのに目と鼻の粘膜がちくちく痛むのは、そのせいだ。

爆破事件とはいえ、大規模火災にならなかったのは僥倖というものだろう。第一報を聞いた限りでは重軽傷者十二人が出たものの死人はおらず、社屋も一階部分の被害で事なきを得たようだ。

しかし普段は現場に出てこない麻生が現れたのは、被害状況こそ小さいものの、これが看過できない重大事件と捜査一課長が判断したからだった。

早速麻生が犬養を従えて爆破現場に踏み込むと、爆煙と消火剤の混じった刺激臭が粘膜を刺す。麻生は慌てて鼻と口をハンカチで押さえた。火の気は収まったものの、床は水浸しの上、燃えカスと消火剤で斑に染まっている。壁という壁は焦げ跡だらけで、元は煌びやかだったであろうポップはただのゴミに堕ちていた。

麻生はすぐに、現場を指揮していた消防隊長を捕まえる。

「ご苦労様です。捜査一課の麻生と申しますが、爆発物は特定できましたか」

「調査員が這い回っている最中ですが、爆発の瞬間を目撃した者がいます。フロアで受付をしていた女性社員が、長椅子の下に置かれていた紙袋がいきなり爆発したのだと証言しています」

火災原因調査員が動いている最中なら、爆発物の特定はもう少し先になるだろう。それよりも爆発の瞬間を目撃したという女性社員に会う方が先決と思われる。

それにしても、と麻生はホール全体を見回す。

「惨状の割に死者が出なかったのは幸いでしたね」

何脚かあった長椅子は全て吹き飛び、中央に設えられていたガラスケースは完膚なきまでに破砕している。ガラス片が広範囲に飛散したのが容易に予想されるだけに、死者がゼロというのは奇跡のような気がした。

「一つにはホールの広さが幸いしました。爆発は密閉された場所で効果を上げますが、ここは三階まで吹き抜け構造であったがために、爆発の力が分散されたのです。当時、ホールに人が少なかったのも不幸中の幸いでしたよ」

だから、と隊長は言葉を継ぐ。

「デモンストレーションでない限り、爆破の犯人は素人ですよ。破壊や殺傷を目的とするプロの仕事なら、こんな仕掛け方はしません。もっと狭い場所、人間の密集する部屋を狙うでしょうね」

どこか醒めた口調ながら、眼差しは苛烈そのものだった。

火災原因調査員が天井を見上げている中、やっと鑑識課の人間が作業に入った。ここから先は消防署との情報共有になっていくのだろう。麻生班の仕事は目撃証言の収集ということになる。

すると犬養が小声で話し掛けてきた。

「あのクルマ、警察車両ですよね」

見れば道路の向こう側に白いヴァンが停まっている。8ナンバーではないが、身内には歴然と分かる警察車両だ。

「ありゃあ公安だな」

公安部のそれも第一課、すなわち極左関係だろうと麻生は当たりをつける。昨今は極左集団自体が縮小傾向にあるため人員も削減されているが、企業爆破となれば当然のように乗り込んでくる。ただし今回も表立った捜査はせず、消防庁と刑事部の捜査資料を横から掻っ攫うに違いない。

「この事件、テロだったらどうしますか」

「テロだろうが爆弾マニアだろうが、挙げるのは俺たちだ。その後は上が決めりゃあいい」

麻生はすっかり煙臭くなったハンカチをポケットに捻じ込みながら外へ出る。思想犯であろうと愉快犯であろうと、ガラス片を雨あられと浴びた被害者たちの無念を晴らせずに何が警察官かと思う。

被害者が緊急搬送された病院に赴くと、双龍社の関係者たちは一カ所に集められていた。爆発の瞬間を目撃したという蓼科香織は、顔中を包帯で覆われた無残な姿だった。

香織から事情を聴取するなら若い男前の方がいいだろうと、犬養に質問をさせる。案の定、切り傷の残る唇ももどかしげに香織は証言を始めた。

「あ。これ、見掛けほどひどくないですから」

香織は気丈に振る舞ってみせる。

「ガラスがとにかく刺さって……目に入らなかっただけ、めっけもんでした」

「しかし、その、顔でも相当痛いでしょう」

「お医者さんの話だと、今の形成外科の技術なら痕は残らないらしいです」

でも、と香織は口調を一変させた。

「犯人は許せないです。絶対に仇を取ってほしいです」

犬養は深く頷いてから証言に耳を傾ける。

証言内容を信じれば、爆弾は長椅子の下に置かれた紙袋に仕掛けられていた可能性が大きい。鑑識からの報告では、爆発の中心部からは放射状に紙切れが四散していたとの報告も上がっている。双龍社の正面玄関が開くのは午前十時きっかりなので、爆弾は警備員が紙袋に気づいた十時五十分までの間に仕掛けられたものだろう。

「どんな袋でしたか」

「手提げで大きさはA３サイズ、厚みは……靴が入るくらいでした。あずき色の袋だったと思います」

「持主だった人物、人相と風体は憶えていますか」

すると香織の口ぶりは途端に重くなった。

「十時に受付がスタートするんですけど、特に目立つようなお客さまはいらっしゃらなくて……」

「来社した人の記録はあるんですよね」

「来社カードに記入してもらっています。爆発が起きる前、三十枚ほど処理していたはずです」

爆発の際、カウンターの内側も爆風で一切合財が吹き飛ばされている。来社カードが一枚も焼失していないのを祈るしかない。

「紙袋が長椅子の下に置いてあったということは、誰かがそこに座っていた訳ですよね。その人物について憶えていらっしゃいますか」

「出社する社員で溢れていた時間帯だったし……あの、ウチの会社はタイムカードとかなくって、特に編集部はみんな出社時間がばらばらなんです」

麻生も聞いたことがある。締め切り間際の原稿を待つような仕事は、どうしても深夜過ぎの勤務になる場合が多い。そのため編集部員には出社時間を特に定めず、勤務時間だけを管理している出版社もあるという。

「でも、営業とか広告宣伝とかは世間一般の就業時間に合わせているので、十時から十一時が出社のピークになります。編集部も正午までには出勤する人が多いので……」

「つまり、あなたが受付に座っていた時間帯は出社時間のピークで、来社する客一人一人の振る舞いまで観察している暇がなかったということですか」

香織は無言のまま頷いた。

「何か、他に気づいたことはありませんか」

これにも首を横に振る。

「確か、帽子を被(かぶ)った人がいたと思うんですけど、それくらいしか……」

突発事件の直後、怪我をした被害者が一時的に記憶を混濁させるケースはままある。しばらくすれば回復するので、麻生は初回の質問を切り上げることにした。

次に訪れたのは警備員の病室だった。双龍社が契約している〈シティ・ガード〉の社員で、近藤という男だった。

爆発の瞬間、近藤は破砕されたガラス片を背中に受け、その上で大理石造りの床にしたたか打ちつけられていた。裂傷と全身打撲で香織よりも重傷とされていた。

それでも警備員の職業意識が働くのか、麻生の質問に懸命に答えようとした。

「不審物に気づけなかったのは、本当に迂闊でした」

近藤の証言は謝罪で始まった。まるで爆破事件の全責任は自分にあるとでも思っているのか、包帯の縛めさえなければその場に土下座せんばかりの口調だった。

「わたしの不注意で双龍社と社員さんをあんな目に遭わせてしまいました。申し訳なくて申し訳なくて……」

「そう思うのなら捜査に協力してほしい。今のあんたにできるのは、それくらいだ」

職業意識が強固な人間相手なら、そこを刺激してやるのも親切のうちだ。

「犯人は爆弾を置いたら、すぐに離れていったはずだ。誰だって危険なものからは遠ざかりたいからな。誰が置き去りにしたか、記憶を掘り起こしてくれ」

「それが……今から思うと、あまりにもありふれた恰好だったので注意していなかったような気がします。帽子を被っていたのは憶えているんですけど」

「帽子を被って紙袋をぶら提げているだけで、結構目につくんじゃないのか」

「漫画の持ち込みにくる人は大抵普段着みたいな恰好で、抱えているのもリュックや紙袋がほとんどなんです。一階ホールには必ずそういう人が一人や二人いるので、いつの間にか気にも留めなくなっていました」

「言い換えれば紙袋を提げていても目立たないのは、そういう恰好をした人物ということだな。ホールにはもちろん監視カメラが設置されていると思うが」

「玄関付近とエレベーター・ホール付近の二カ所に設置してあります」

監視カメラについては、ひと足先に到着した機動捜査隊が既に押収している。今頃は鑑識で解析作業が始まっているはずだった。問題の紙袋を置いた人物がビデオから特定できれば、今後の捜査も容易になる。

麻生の考えはこうだった。爆発物を忍ばせた人物は出社ラッシュとなる午前十時から五十分の間に現れ、長椅子の下に紙袋を置くなりホールから撤収する。従ってビデオが捉えていたとすれば、ホールに入ったものの誰とも面会せずにそそくさと退出していく普段着の人物が映っているはずだった。

近藤からの聴取を終えた麻生たちは病棟の廊下で、ある人物が現れるのを待った。搬送された社員たちを見舞いに、双龍社の関係者が来院しているからだ。

やがて病室から出てきた恰幅のいい男を捕まえると、果たして双龍社の関係者であることを認めた。

「総務局長の市村と申します」

市村の顔には未だ驚愕が貼りついている。麻生は市村の緊張を和らげるべく、彼を待合室に誘導する。

「現状、対策室ができるまでは総務局が当座の窓口になっています。わたしでお答えできることでしたら何なりと」

「重軽傷者十二人。死者こそ出なかったものの大変な被害でした。まだ分析は済んでいませんが相当、威力のある爆弾だったと思われます」

「死人が出なかったのは僥倖だったと仰るのですか」

非難めいた視線を投げられたが、麻生としては更に憎まれそうな質問を投げ返さなければならない。

「そうじゃありません。それだけ強力な爆弾を使うには相応の理由がなければなりません。ただ無差別殺人を行いたいのであれば、もっと人の密集している場所なり時間帯なりを選べばより多くの人間を死傷させることができる。この事件は双龍社を標的にしたものと考えて間違いないと思いますが、いかがでしょう」

「双龍社が標的にされたのは否定しません。過去にも狙われたり、社屋を包囲されたりしたことがありましたから」

「最近ですか」

「最近というより、ウチみたいに様々な分野を扱う総合出版社では宿命のようなものです」

「具体的にお願いします」

「たとえば総合雑誌で皇族に関する記事を掲載したり、朝鮮半島の危険性を報じたりすると、たちまち脅迫電話が入りますね。怪しい文書も届きます。逆に右翼の街宣車に包囲されたこともあります」

「今回のように爆破事件に類した事件が起きたことはありますか」

「昭和の頃、爆弾の部品を送りつけられたことはありますね。最近では暴力団追放キャンペーンを張ったところ、玄関先に銃弾を撃ち込まれたこともあります。ああ、それから……」

市村はまるで社史を語るように、過去の事件を羅列していく。ネタにした芸能人が編集部を襲撃した事件、雑誌編集長が待ち伏せしていた国粋主義者に暴力を受けた事件——多くはマスコミでも大々的に取り上げられたので麻生も既知の事件だったが、こうして並べ立てられると出版社というのは常にトラブルと背中合わせなのだと知れる。

「最近で、何か大きなトラブルはありましたか」

問われた市村は思案顔で考え込む。身に覚えがないのか、それともあり過ぎて選ぶのに迷っているのか。

「最近となると千田宣親先生へのバッシングでしょうか。著作や言動を巡って、ずいぶん左翼がかった人や組織から非難をいただきましたから」

あまり本を読まない麻生でも千田の名前と騒動は聞き知っている。何百万部と売れた著作が戦争賛美とも受け取られかねない内容であったためにネット界隈からアンチが増殖し、これにまた千田本人がＳＮＳで反論を試みて大炎上を招いた経緯がある。

「千田先生の場合も脅迫文や非難の電話が弊社に殺到しました。しかし言い方を換えればその程度で済んでいて、こんな爆破事件を誘発するなんて思いもしませんでした。大体ですね、千田先生の著作絡みでいうなら、弊社よりも幻冬舎さんで出している本の方がもっと右寄りですよ」

どうせ爆破されるのなら双龍社よりも他社が先だろうと言わんばかりの口調だ。

「では千田先生以外のトラブルで極左や右翼から攻撃対象にされたことはありませんか」

「さっきも言いましたが、社屋が街宣車に囲まれたことはありますが、それも三年前のことです。最近はそうした実力行使に出るよりは、ひたすらネット上で叩くというのが主流ですからね。大塚署に確認していただいても結構ですが、最近は被害届も出していません。ですから別に弁解をするつもりはないのですが、弊社がテロ行為を受けるような心当たりというのは、現状考えられないのです」

最後は憤懣遣る方ないといった口調だった。死者こそ出ていないものの、多数の負傷者と大規模な損害を出した企業の人間としては当然の反応だった。

「ただし弊社は総合出版社です。中には政治や経済、特定の思想や宗教に対して歯に衣着せない論調で批判した刊行物も多数あります。そうした刊行物を出版した事実に、当事者から反感を買われた可能性も否定できません」

殴った人間は忘れても、殴られた本人は決して忘れない。同様に書いた方は失念していても、書かれた側はいつまでも恨み骨髄という訳だ。

「しかし言論には言論を以て応えるべきであって、暴力に訴えるのはならず者の行為でしかありません。これは弊社社長が発表する予定の声明ですが、今回このような悲劇を起こした犯罪者を許すことができません。双龍社一丸となって言論テロに立ち向かう所存であり、そのためにはどんな捜査協力も惜しみません」

市村は麻生を正面に見据える。出版人が己の矜持と覚悟を示しているように思え、麻生は目を逸らすこともできない。

「警視庁および大塚署署員の皆さんには一日も早い犯人検挙を願ってやみません。爆破現場となった弊社一階ホールは証拠物件の山です。捜査が終わるまでは捜査関係者以外立ち入り禁止にしても構いません。別館からでも本館への出入りは可能ですから」

「それで業務に支障は出ませんか」

「弊社の顔とも言える玄関口を閉鎖するのですから、当然有形無形の支障は出るでしょう。しかし事件解決・犯人検挙の前では些末事です。だからこそ、捜査関係者の皆さんには相応の成果を期待せずにはおられません」

慇懃な言い方だが、麻生なりに翻訳すると「これだけ捜査協力をしたにも拘わらず犯人が検挙できなければ、お前たちを公然と無能呼ばわりする」と言っているに等しい。何しろ被害者は日本最大の総合出版社だ。双龍社が全社を挙げて警察へのネガティヴ・キャンペーンを行えば、それこそ有形無形の支障が出るのは間違いなかった。

双龍社の決意を伝えたら、管理官の鶴崎はさぞかし捜査会議の壇上で熱弁を振るうことだろう——麻生はその様を想像して、思わず舌打ちしそうになる。

被害者からの事情聴取を終えた麻生たちは、捜査本部の置かれた大塚署に戻った。

既に鑑識からの報告書が届いており、麻生はひったくるようにして目を通す。

まだ第一報とはいえ鑑識の迅速さは評価に値する。押収した監視カメラの画像からも明白だったが、やはり爆発物は長椅子の下に置かれた紙袋の中に仕込まれていた。報告書に添付された連続写真には紙袋が破砕し、爆炎が上がっている瞬間が写っていた。

問題は紙袋を置いた人物の画像だった。わらわらとホールを通過する社員たちに紛れ込み、背が高いのか低いのか分からない。つばの広い帽子を被っており、長椅子に座り紙袋を足元に置く際も終始俯き気味でカメラの方向には決して顔を向けていない。

「この帽子、明らかに人相を隠すための道具ですね」

横から画像を見ていた犬養が寸評を洩らす。麻生も同意見だった。

「さすがにフードを被ったりしていたら不審過ぎて入館もできなかっただろうからな。つば広の帽子がぎりぎりの妥協点というところだな」

報告書には採取された破片から再現された爆弾の仕様も添えられていた。

「使われたのはアンホ爆薬だ。成分は硝酸アンモニウムと燃料油。こいつが鉄製の容器に入っていた。容器から雷管に繋がっていて、この雷管が電気式で起爆剤に着火する仕組みになっている。着火装置はスチール・ウールに用いられる細い鉄線が接続点に続いていて、９Ｖ程度の電気が流れれば火が点く」

「アンホ爆薬。確か最近のテロリストが頻繁に使用している、安価な爆薬でしたね」

しれっと意外な知識を披露する男だ。入庁わずかで捜査一課に配属されたのも、こういう爪を隠し持っているからだ。

「ああ。安価で安全性が高いから、貧乏なテロリストたちにはお誂え向きだそうだ。硝酸アンモニウムと言やあ、肥料のことだからな」

「電気を流す仕組みはどうなっていますか」

「時限装置だな。555とかいうタイマーICにコンデンサーを接続している。起動させるのはスマホで遠隔操作が可能、だとよ」

「説明を聞く限りではえらく単純そうですが、そもそも素人に製造できるような代物なんですか」

「報告書には高校生程度の化学知識と材料さえあれば誰でも作れるらしいと書いてある。鑑識の言う高校生というのがどれくらいのレベルなのかはともかく、少なくともアルカイダから講師を招くような必要はないってことだ」

「でも思想犯、テロリストの可能性が払拭された訳ではないでしょう」

「もちろんだ。こんな風采の上がらない野郎に見えて、正体は指名手配中の海千山千だったりしてな。だからこそ公安の連中も興味津々で現場をうろついている」

喋りながら麻生は苛立ち始める。講釈を垂れたところで、犯人がテロリストか素人かの違いで今後の捜査方針は大きく変わってくる。ここは最低限的を絞っておきたい気持ちがある。

「来社カードは回収できたんですか」

「ああ、二十八枚回収できた。一部は燃えているが、それでも記載内容は確認できる。問題は、来社カード自体に大した情報が網羅されていないことだ」

報告書には二十八枚の来社カードのコピーも添付されている。

「記載される項目は氏名・連絡先・担当者名・アポイントの有無と約束時間。ところがな、この氏名ってのが本名とは限らん。漫画なり小説の持ち込みをする時、自意識過剰なヤツはペンネームを書くらしいんだな」

「ペンネームって……原稿持ち込みなら、まだデビュー前ということでしょう」

「そこが自意識過剰たる所以なんだが、とにかく本名を書かなきゃならないって決まりはない。そうなると連絡先も怪しいもんで、カードの信憑性も疑ってかからなきゃならん」

説明を聞いていた犬養は胡散臭げな表情を浮かべる。当然の反応だと麻生は思う。

「初動捜査は、この二十八人の特定作業から始まる。それぞれのカードに付着した指紋は、現在鑑識で採取作業の真っ最中だ」

「前科（マエ）のあるヤツがヒットしたら万々歳、ですか」

「マエのあるヤツが、そんなヘマはせんだろうな」

こんな場合、あの男ならどこに見当をつけるのか気になった。

「毒島はどうしてる」

「また賀来の取り調べ中ですよ」

犬養は物憂げに首を振りながら言う。

「賀来なら全面自供したんじゃなかったのか」

「毒島さん、〈教授〉なる人物に拘っていましてね。まだ吐かせ足りないって、賀来を雪隠詰めしているんですよ」

2

事件の二幕目が告げられたのは七月四日正午過ぎのことだった。

「まだ二日しか経ってないぞ」

第一報を受けた麻生は、つい犬養にきつく当たる。

「いったい、どういう料簡していやがる」

「同一犯か模倣犯か、まだ分かりませんよ」

どこか弁解じみた犬養の声を振り切って、麻生たちは第二の爆破現場へと向かった。

「標的になったのはトレジャー社。やはり出版社ですよ」

「被害状況は」

「現場は同様に一階フロア。ただし双龍社と異なり、床面積はさほど広くないそうです」

「それなら被害も軽微だったのか」

「逆です」

犬養は憮然とした表情で言う。

「狭い場所に人間が密集していました」

千代田区一番町はイギリス大使館とパラグアイ共和国大使館を擁する、警視庁警備部にとって重要拠点の一つだ。その二つの大使館に挟まれるかたちで、トレジャー社が本社を構えている。

トレジャー社は創立五十年というから、まだまだ新しい会社と言えるだろう。出版社としての規模も中堅どころ、扱う書籍も婦人雑誌・ファッション誌が主体だという。

麻生たちが到着した時点で、惨状は未だ進行中だった。一階部分の窓ガラスは全て破砕し、全開になった正面玄関からは次々と負傷者が搬出されてくる。前面の道路が四メートルと手狭である上に路上駐車のクルマが邪魔をして、消防車も社屋に接近できない。仕方なくホースを伸ばして放水している有様だった。

担架で運び出されてくる怪我人を眺めていると、胸が痛んだ。そのほとんどが若い女性だったからだ。

応急処置で手当てはしてあるが、包帯からは血が滲み出ている。隙間から覗く目は、どれも一様に怯えきっている。中にはうわ言のように何事か叫び続けている者もいる。

道路が狭いので、救急車も並列で駐車することができず、収容し終えた救急車が路地を抜けていくのを待って、次の救急車が玄関前に貼りつく。喩えは悪いがトコロテンのような方式で怪我人を運ぶしかない。

「ファッション誌が主体の出版社らしく、一階フロアではモデルとの打ち合わせや撮影所も兼ねていたらしいですね。フロアにいた関係者の多くが女性なのは、そういう事情です」

横に控えていた犬養は平坦な口調で報告するが、この男が口調を抑える時は逆に感情が昂ぶっている時と相場が決まっている。女心を読むのが不得手な男だが、弱者に対する眼差しは一課の誰よりも強い。

「フロア内に火災が起きたか」

「待合室には机の他、書類や雑誌が置いてあったそうです。爆発の際に燃え移ったんでしょう」

ただし窓からは白煙が棚引いているだけで、室内が焼けている印象は薄い。

道路一つ隔てると高い塀が巡らされている。塀の向こう側はイギリス大使館の敷地だ。その塀に沿って白のヴァンが一台停まっている。二日前に見掛けた公安の警察車両に相違なかった。

「また来てますね、奴さんたち」

「大使館に隣接した、それも二日前と同じく出版社だ。テロの可能性がますます強くなったとでも考えているんじゃないのか」

麻生は吐き捨てるように言う。

爆破事件の全容を究明するという大義が同じであっても、刑事部と公安部では目的とアプローチの仕方がずいぶん違う。更に言えば全容が究明できたとしても、そこから先の処し方が違う。刑事部ならば犯人を送検して公判で審判を仰ぐだけだが、公安部の場合は被疑者を勾留した後、徹底的に情報を搾り出す。犯人の確保よりも情報収集を優先させているような印象が強い。

何より麻生が気に食わないのは、被害の有様を遠巻きに見るだけで決して被害者たちに寄り添おうとしない態度にある。隠密行動に徹するという特殊性は仕方ないとしても、およそ被害者の無念を晴らすという執念の感じられない素振りにどうしても反感が募る。

ようやく負傷者の搬送が終わり、鑑識課が現場に入る。おそらくこの現場でも火災原因調査員との情報共有になるのだろう。

鑑識によって歩行帯が確保され、一階フロアの入口まで進入が許された。麻生と犬養は遠慮がちにシートの上に足を踏み入れる。

爆発は密閉された場所で効果を上げる――フロアの中を一瞥した途端、消防隊長の言葉が甦った。フロアの床面積はおよそ40㎡、中規模の会議室といった広さだが、破壊の度合いが凄まじい。打ち合わせに使われていた机は一脚残らず壁側に吹き飛ばされ、爆心地と思われる床は黒焦げになって陥没している。元はベージュだった壁は四方とも煤で真っ黒になり、散布された消火剤が斑模様に染め上げている。

壁に掛けられてあったポスターはことごとく引き千切れ、観葉植物は根元から捥げている。辺りには紙の焼けた臭いと消火剤の臭いが立ち込めているが、双龍社の時とは明らかに違う臭いも混じっている。

血だ。

床の至るところにどす黒い血溜まりができており、紙切れや足跡を朱に彩っている。何と床には明らかに人の手首と思しき物体が転がっていた。救急隊員が目ざとく見つけて、すぐに回収していく。

麻生は思わず嘔吐感を催した。

「現場を汚さないでください」

床を這っていた鑑識課員に注意され、麻生はすごすごと後ずさる。

「班長。搬送されたのは十八人、うち八名は爆心地に近かったために、かなりの重傷だそうです」

「双龍社の時よりも被害が大きいな」

「ええ、人数も重篤さも深刻です。重傷者の何人かは未だ意識不明だそうですから」

せめて死人は出てくれるなと願うが、こればかりは本人の体力と運任せだ。柄にもなく心中で神仏に手を合わせる。

対応窓口となる総務部の責任者は怪我人とともに最寄りの救急病院に向かったという。麻生たちも病院に向かわねばならず、双龍社の事情聴取よりも後味が悪くなるのは覚悟しておくべきだろう。

果たせるかな、搬送先の病棟は野戦病院のような恐慌ぶりだった。医師と看護師たちが廊下を駆け抜け、怒号と指示が飛び交い、静謐(せいひつ)さなどは微塵もない。

被害者たちの収容されている病棟まで赴くと、ようやく総務部の責任者を見つけた。

「総務の曳舟(ひきふね)です」

現場の煙が沁(し)みたのか身内の惨状が耐えられないのか、曳舟の目は充血して真っ赤だった。

「仇を、取ってください」

麻生が口を開く前に、曳舟は搾り出すような言葉を洩らす。

「こんな酷いことをしたヤツを許せない。被害者の中にはプロのモデルの子もいます。彼女たちにとって、顔や身体に傷がつくのがどれほどの絶望になるのか」

曳舟は感情を抑えようと懸命になっているようだが、それでも語尾の震えを止められなかった。

「彼女たちだけではなく、一階フロアにいたのは大抵若いスタッフたちです。前途ある有望な彼らがこんな目に遭うなんて。て、手首を欠損した者もいるんです。いったい、彼らが何をしたっていうんですか」

話を続けさせればさせるほど感情が昂ぶりそうだったので、麻生は曳舟を待合室に誘う。椅子に座らせてしばらく待つと、本人も少し落ち着いたようだった。

「申し訳ありませんでした。何だか抑えきれなくなってしまって……」

「単刀直入にお伺いしますが、テロに狙われるような理由を思いつきますか。刊行物が思想的なものだったとか、会社の方針が反感を買うようなものであるとか」

「滅相もありません。弊社の社是は『社会と人を楽しませよう』というもので、エンターテインメントの面白さは追求しても、思想や宗教にどっぷり浸かることはしません」

「しかし、出版されているものの中には嫌韓本もあるようですね」

犬養が二人の話に割り込んできた。曳舟の答えを促す問い掛けなので、麻生も止めなかった。

「嫌韓本としては異例の売り上げだったような記憶がありますが」

「あれは単に嫌韓ブームだったからですよ。節操がないように聞こえるかもしれませんが、ウチは好韓本も嫌韓本も両方出版しています。特定の思想に与するものではありません」

刊行物の詳細については後で確認できるだろう。では、表に出ていないことを質問しよう。

「今までテロあるいはテロじみた脅迫や暴力を受けたことはありますか」

「脅迫じみた文書や電話は以前に受けたことがあります。嫌韓本に絡んでのクレームですが、この時は麴町署に届けています。実力行使となると、まだ一度もありません」

「つまり今度の事件は身に覚えがないということですか」

「はい、まさに青天の霹靂です。だからこそ社長以下全社員が驚愕し、右往左往している状態なのです」

曳舟の狼狽ぶりを見ている限り、とても嘘とは思えなかった。

次に事情聴取したのは受付に座っていた諸井由美という女性社員だった。トレジャー社の受付はフロアから離れた場所に位置しており、お蔭で爆風に煽られたものの由美自身は軽傷で済んでいた。

「爆発の起きた時、フロアの中では八組が打ち合わせ中でした」

外傷は軽度であっても精神面での傷が浅いとは限らない。由美は今にも吐きそうな顔で話し始めた。

「来訪者は、やはりカードか何かに記入するんですか」

「来客記録といってB5サイズの用紙に、来訪者の名前と担当者の名前、約束の時間を記入してもらいます。受付から連絡して、担当者からOKが出たら、フロアに入ってもらうようになっています」

受付から入室までの手続きは双龍社とほとんど変わりない。違うとすれば来社記録が一枚もののカードか一覧表かの違いだけだ。

「来訪者に不審な人物はいませんでしたか。たとえばつばの広い帽子を被っていた男とか」

「あ、いました、そういう人」

双龍社爆破事件と同一人物か——目を合わせた犬養も、さっと目の色を変えた。

「人相を言えますか」

由美は面目なさそうに目を伏せる。

「それが……帽子は目深に被っているし、ずっと俯き加減だったので人相までは。髭もなかったし、メガネも掛けてなくて、あまり印象に残っていないんです」

「しかし、つばの広い帽子を被っていたことは憶えている」

「来客記録に書いた名前も、ちょっと変わっていたんです。〈滝沢ＤＱＮ〉とかで」

滝沢馬琴のもじりか。連続爆破の犯人にしてはふざけた名前だ。

「その場で担当者に連絡するんですよね。その滝沢ＤＱＮは誰に面会しようとしていたんですか」

「担当者は分からないって言ってました」

「自分の担当者も分からない人物を通したんですか」

「とんでもない。名前が明らかにペンネームだったから、文芸編集部に繋いだんです。それで滝沢ＤＱＮというお名前を告げると、待たせろと言われたんです」

「受付周辺とフロア内に監視カメラは設置されているんですか」

「正面玄関の上に一台。フロア内には一台もありません」

「どうしてまた」

経営不振のコンビニエンスストアじゃあるまいし、という言葉は呑み込んだ。

「フロア内では外部に洩れたら困るような話をすることもありますから。三年前はカメラが二台設置されていたんですけど、提携しているプロダクションからクレームが入ったので取り外したんです」

業界内のトラブル回避か。だが、その秘密主義が今回は災いした。爆弾を置かれた状況も爆発の瞬間も録画されていないから、頼りになるのは被害者たちの目撃談だけとなる。

人間の記憶は曖昧に過ぎる。十人いれば十通りの目撃談が存在する。そうした十人十色の目撃談を補正する役割として映像記録を重宝するのだが、今回は望むべくもない。

だが進展もある。滝沢ＤＱＮという人物は編集部の誰かと知り合いらしい。仮に双龍社を爆破した犯人と同一なら、一気に容疑者を絞り込める。

「滝沢ＤＱＮという人がフロアから出ていって、しばらくしてから爆発したんです。それは間違いありません」

麻生は逸(はや)る気を抑えながら、話のできる被害者たちから目撃情報を集めた。

「爆発音が起こるまで、フロアの中では全員が打ち合わせに集中していたと思います」

「爆発音はフロアの中央からしたようです」

「目の前で大きな机が天井近くまで吹き飛んで」

「わたしは机と人が同時に舞い上がるのを見ました」

「何人かは窓の外まで飛ばされて」

「机の下敷きになった人もいましたが、机がなかったら何人かはバラバラになっていたかもしれません」

全員が恐怖心を堪えながら健気(けなげ)に証言してくれたものの、何者かが爆弾を置いた瞬間を目撃した者は一人としていなかった。

最後に担当医師に尋ねたところ、爆心地近くにいたと思われる四人が最も重態であり、当分は面会謝絶とのことだった。この四人の証言こそ重要と考えていた麻生は残念でならない。

滝沢ＤＱＮについての証言を得るため、麻生たちはトレジャー社に取って返す。社内は未だ混乱の最中にあり社員全員が待機していたので、件の編集者もすぐに見つけられた。

「編集部の上村です」

名乗り出たのは三十代と思しき女性編集者でクール眼鏡が知的な印象を醸し出しているが、さすがに今は驚愕と心細さが唇を震わせていた。

「お伺いしたのは、本日面会にきた滝沢ＤＱＮという男の件です。上村さんの知人ですよね」

「知人というよりは投稿者です。弊社はファッション誌が主体ですが、文芸の方も〈このミステリーがとんでもない！大賞〉という新人賞を主催していまして、滝沢さんは一昨年の最終選考に残った大賞候補の一人です」

しめた、と麻生は思った。最終選考まで残った投稿者なら本名や連絡先も知られているはずだ。

「事件の重要参考人です。彼の本名と連絡先を教えてください」

「捜査に協力は惜しみませんけど……無駄だと思いますよ」

「まさかペンネームしかご存じないとか」

「いいえ。ただ、今日受付にきた滝沢ＤＱＮさんは偽者じゃないかと」

麻生は思わず声を上げそうになった。

「受付から滝沢さんが面会に来ていると聞いて、まず驚いたんです。最終候補とはいえ落選した投稿者ですからね。別に担当者がつく訳でも、懇切丁寧なアドバイスをする訳でもなく、こちらとしては再度挑戦してくれとしか言えないんですもの」

「でも、いったんは会おうとしたんでしょう」

「それは東京くんだりまで足を運んでくれたんですから門前払いする訳にもいきません。それで会う用意をしている途中、一階フロアが爆破されて……」

「どうして彼が偽者だと判断したんですか」

「フロアが爆破されたと聞き、滝沢さんも巻き込まれたんじゃないかと不安になって、投稿作に添付されていたメールアドレスに安否確認したんです。そうしたら滝沢さんからすぐ返事があって。『わたし、今愛媛にいますよ』って」

「愛媛ですって」

「滝沢さんの住まいですから。聞いたらここ二年ほど愛媛から離れたことがないという答えでした。だから、受付にきた滝沢さんは偽者に間違いありません」

「しかし上村さん。彼とはメールを交わしただけなんでしょう。東京にいながら偽った可能性も否定できない」

「できます。だって滝沢DQNさんて女性なんですよ」

うっ、と麻生は妙な声を洩らす。

「弊社の新人賞は一次から選考結果をホームページに公開しています。最終選考まで残った候補者も、もちろんペンネームと職業くらいは掲示されますけど、性別は明かされません。だからうっかり滝沢DQNさんを名乗ってしまったんだと思います」


トレジャー社爆破事件は早速当日の夕刊を賑わせた。新聞のみならず各メディアは双龍社の件と併せ、出版社連続爆破事件として報道、襲撃対象が同じマスコミということも手伝い、犯人を烈(はげ)しい論調で断罪した。

『爆破テロ、出版社を対象か』

『言論弾圧許すまじ』

『言論の自由を守れ』

普段は慎重な論調の新聞までが絶叫調の見出しを躍らせているのを見て、麻生は嘆息する。

マスコミが注目すればするほど、鶴崎は発奮する。発奮自体は悪いことではないが、それが被害者の無念を晴らすのではなくマスコミや警視庁上層部に評価されたがる方向に働くのだから、駒にされる捜査員は素直に従えなくなる。そういう捜査員たちを鼓舞しなければならない麻生たち現場指揮官の気持ちなど、まるで知ろうともしない。

捜査本部に戻ると、はや鑑識からの第一報と双龍社爆破事件の第二報が併せて届けられていた。併せて報告書が届けられたのは、鑑識が二つの事件に連続性を認めている証左でもある。

麻生は猛烈な勢いで報告書を読み始める。鑑識特有の硬い文章を翻訳していくと、己の顔が次第に強張っていくのが分かった。

「あまりいい報告じゃなさそうですね」

犬養が醒めた口調で話し掛けてきた。必要以上に気を遣わないのが、この男の美点だ。

「まず双龍社の来社カードだが残存する二十八枚の照会が取れた。うち二十七枚は双龍社の実在する商売相手で、現役作家や漫画家もいた」

「残り一枚。ひょっとして、それが滝沢ＤＱＮでしたか」

「残念ながら、カードに書かれていた名前は天馬虎太郎だ」

「それもペンネーム臭いですね」

「ああ、いかにも過ぎてくすりともできん。笑えん理由がもう一つあってな。双龍社は〈双龍社新人賞〉というのを主催しているんだが、天馬虎太郎というのは三年前に最終選考まで残った候補者らしい」

「じゃあ滝沢ＤＱＮと同じパターンですか」

「念のために事件当日の天馬虎太郎の消息を確認したが本人は現住所の北海道にいた。最終選考の候補者は双龍社『小説双龍』に職業とペンネームが記載されるから、これもトレジャー社と同じパターンだ。来社カードの〈天馬虎太郎〉と来客記録の〈滝沢ＤＱＮ〉、簡易鑑定だが両者の筆跡が一致した」

聞いている犬養は沈黙している。おそらく己の中で怒りを溜めているのだろう。

「生憎、指紋は採れていない。受付嬢の証言では手袋等を嵌めてなかったというが、指先だけなら接着剤を塗っておきゃ指紋は付着しない。ただし、それでも同一犯である証拠の一つが挙がっている。トレジャー社の爆破に使用されたのはアンホ爆薬。タイマーＩＣの５５５もコンデンサーも全く同じ型が採取されたそうだが、これは指紋と同様の意味を持つ。犯人は他人のペンネームを拝借して両出版社に潜入、爆弾を仕掛けた直後に脱出したんだ」

説明しながら、麻生は見えぬ敵に憎悪を募らせる。テロは公安部の管轄かもしれないが、己の主義主張のために無辜(むこ)の人間を傷つけるやり方は外道そのものだ。

「公安に知り合いがいない訳じゃない。あいつらの握っている情報を横流しして……」

言い終わらぬうちに背後で声がした。

「それはどうだろ」

場違いなほどのんびりした声。振り返ると毒島が座っていた。

「いつからそこにいたんですか」

「〈双龍社新人賞〉云々(うんぬん)の辺りから。いやいやいやいやすいませんね、出遅れちゃって。賀来の事情聴取が長引いたものだから」

「もう、そっちはいいんですか」

「本人からは訊くだけ訊いたし。もう出涸(でが)らし状態」

「今、爆破事件について何か言ってましたね」

「出版社連続爆破事件は専従班でなくても耳に入るから。えっと麻生班長。班長がテロリスト憎しと思うのは間違ってないと思うけど、爆破事件の犯人、多分違うと思う」

「何が違うんですか」

「班長、ミステリー小説とかあまり読まないでしょ」

「日常で犯罪捜査に明け暮れているんです。小説読む時くらいは犯罪と離れていたいクチでしてね」

「それだと着眼点が違っちゃうのも無理ないか。あのさ、〈双龍社新人賞〉というのは四十回を超える老舗も老舗の新人賞。で、一方の〈このミステリーがとんでもない！大賞〉というのは国内最高額の新人賞。二つとも広義のミステリーを対象としているのが共通点。犯人はさ、両賞のファイナリストのペンネームを騙って社屋に潜入したんでしょ」

毒島の言わんとすることに気づき、麻生は声を洩らしそうになる。

「別にテロリズムを礼賛する訳じゃないけどさ。この事件の動機はそんな向こうを張るような大層なもんじゃないよ。もっともっともおっと矮小で情けなくてさもしい理由。そう考えておかないと、方向間違っちゃいますよ」

3

「ちょっと待ってくださいよ、毒島さん」

麻生は半ば呆れていた。毒島ならではの物言いとはいえ、事もあろうに企業の連続爆破事件の動機が矮小で情けなくてさもしいというのはどういう理屈なのか。

「仮にも公安が首を突っ込んでいる事案なんです。そう単純にプロファイリングしてもらうと、誤導になりかねない」

「だからさ、テロリズムが重大で、よくある逆恨みの犯行が些末っていうのは短絡的だと思っちゃうんですよ。っていうか、両者は同根で対比するようなものじゃありません」

毒島は上司であるはずの麻生に向かって、何の物怖じもしない。入庁が先だからといってタテ社会である警察機構には馴染まない態度のはずだが、毒島の人となりがそれを許してしまう。好人物だからではない。真逆だ。皮肉屋で寸鉄人を刺すような能弁家で、おまけに実績を積み重ねているから軽薄な口調でも信憑性は担保されている。

「テロリズムなんて大層な言い方をしますけど結局は世界が自分の思い通りにならないから実力行使をしているだけでしょ。規模の大小はあれ、逆恨みとどこが違うっていうんですか」

「毒島さんの着眼点は、両社とも文芸の新人賞を主催しているという共通点でしたね。犯人がテロリストじゃないというのなら、毒島さんが思い描いている犯人像というのはどんな人物なんですか」

「僕のプロファイリングなんて聞きたくないんでしょ」

毒島はくすくす笑ってみせるが、麻生を嗤うつもりまではないらしくすぐに言葉を継いだ。

「はっきり言って二つの出版社に強烈な恨みを持つ者。その中には幾度となく投稿を繰り返しながら、未だ日の目を見ていない連中も含まれる」

「落選者か。しかし新人賞の公募に落ちたくらいのことで、主催した出版社を爆破しようなんて思いますか」

「えっと。麻生班長は太宰治って知ってますか」

「『人間失格』の作者でしょうが。それくらいは」

「読んだことは？」

「まあ、趣味じゃなかったから……」

「文豪として名高いけど、結構女々しい男でさ。デビュー間もない頃、創設されたばかりの芥川賞の候補になったんだけど落選。自分の作品をこき下ろした選考委員の川端康成に対して、『刺す』とか『大悪党だと思つた』とか書いてるんだよね。その一方でやっぱり選考委員だった佐藤春夫に『第二回の芥川賞は、私に下さいまするやう、伏して懇願申しあげます』とか『私を忘れないで下さい。私を見殺しにしないで下さい』とか、挙句の果てには『芥川賞をもらへば、私は人の情で泣くでせう』とかさ。人間らしいっちゃ人間らしいんだけど、まあそんな体たらく。文豪と呼ばれる彼ですらそうなんだから、文豪どころか三文文士にもなれないような作家志望者が、胸の奥にどろどろしたもの抱えていたって何の不思議もない」

「何やら偏見のような気がしますが」

皆の前では偏見と窘めたものの、実は麻生本人もそれに近い印象を抱いている。所謂文学青年や子供ならいざ知らず、いい齢をした大人が小説家を目指すなど真っ当ではない。堅気の仕事、真面目な生き方を放棄しているとしか思えない。

「うんうん、偏見はその通り。だって僕は当事者じゃないから、作家志望者の何割がまともで何割が社会不適合者だなんて正確な数値知らないしね。でもその集団の中に、かなり歪んだ思考を持つサンプルが存在する可能性は否定できない。企業爆破は確かに社会秩序を崩壊させかねない重大事件だけど、それはあくまで社会通念であって、元々社会通念が乏しく常識の欠落している人間、および誇大妄想気味の人間には犯行の重大さと罪の深さが理解できない。だから出版社への恨みと爆発物の知識さえあれば、軽々と犯罪の埒を乗り越えてくる」

不思議なもので毒島の口上を聞いていると、突拍子もない可能性が次第に現実味を帯びてくる。

いかん——麻生は頭を振って自らを戒める。どれだけ頭が切れようが、どれほど検挙実績が素晴らしかろうが、毒島に誘導されてはならない。この男の口車に乗せられたばかりに道を誤り、失職の憂き目に遭った管理職が何人いると思う。

「不安ですか、麻生班長」

「前回もあなたはおとりになった。違法捜査だし、とてもじゃないが勧められる手法じゃない」

「おとり捜査じゃないですよ。賀来が誰を襲うかなんて、予想できないことでしたから。あれは不測の事態」

「……何で不測の事態に数人の警官が待機していたんですか」

「それはほら、僕は慎重居士と異名を取るほどの男だから」

「あなた、そんな綽名じゃないでしょう。毒島原発って言われてるの、自分で知ってるでしょうが」

有益だが、近くには居たくない――そういう意味だ。

「まあまあまあ、原発だって使い方次第。御し方で上司の器が分かろうってものです」

「あなたねえ」

「ここは考えどころだよ、班長？　もし落選した作家志望者の中に容疑者が潜んでいたら万々歳。獲物を先に攫われた公安の面子は丸潰れ、代わって事件を解決に導いた捜査一課麻生班長の勲章がまた一つ増える」

「もし空振りだったら」

「空振りでも、僕が無駄な時間と労力を費やしたというだけで終わり。班長は僕の捜査勘のなさを犬ちゃんたちの前で詰(なじ)ればいいでしょ」

言われてみればその通りだった。当ての外れる捜査など山のようにある。もちろん捜査の失態は班長の責に帰するが、動いたのが毒島という話なら誰もが麻生を気の毒がってくれるはずだ。

これでも損得勘定が遅い方ではない。麻生は不本意ながらも毒島の提案に乗ることにした。

「……逐一、報告はしてくださいよ」

「毎回、ちゃんとしてるでしょ」

「時々怠るから言ってるんですっ」

「じゃあ報告は犬ちゃんにさせればいいじゃないですか。犬ちゃんだったら、どんな仕事でもそつなくこなすんだから」

今更ながらに気がついた。

毒島が捜査に出向くのはパートナーも行動をともにすることを意味している。横目で様子を窺うと、案の定犬養は新品の靴で泥濘(ぬかるみ)に踏み入るような顔をしている。

「それにこの捜査、犬ちゃんのトレーニングにもちょうどいいんだよね。組織の中枢に渡りをつけるテクニックなんて、こんな機会がなきゃなかなか身につかないもの」

「え」

思わず聞き咎めた。

「毒島さん、今のどういう意味ですか」

「いや、だから双龍社にしてもトレジャー社にしても、投稿者の個人情報を提供する訳だから」

麻生は途端に不安に駆られる。

個人情報取扱事業者の中にあって、出版社は義務規定の適用除外を援用できる。しかも使用目的が犯罪捜査に供するものとなれば二重に規定から逃れられる。

だが出版社はいずれも表現の自由という御旗を掲げている。換言すれば表現の自由・表現しようとした者の個人情報保護義務を簡単に放棄できないはずだ。

「毒島さん、まさかと思いますが投稿者の情報取りは正規の手続きに則ってくださいよ」

「うーん、それはちょっと困難かもしれないなあ」

毒島は麻生の思惑をからかうような口ぶりだった。

「照会書一枚で出版社が全面協力してくれると考えるのは甘いんじゃないかしら」

「しかし彼らは被害者なんですよ。彼らを含むマスコミもテロリズム許すまじの論調を継続している」

「だからなんですよ。いくら社員の仇を討つためであっても、出版社が投稿者全員の個人情報をほいほい開示したら、必ず非難する輩が出てくる。第一、この捜査はテロリスト洗い出しとは無関係だから、そっちの文脈で逃げる訳にもいかない。双龍社もトレジャー社も名のある出版社だから、その動向は余計に注目される。おいそれと捜査本部の意向に従ってくれるかどうか、僕なんかは甚だ疑問に思うんですけど」

「それじゃあ毒島さんはどんな手段を使うつもりなんですか」

「班長にはあまり言いたくないなあ」

毒島は神妙そうな顔をするが、わざとらしくて笑う気にもなれない。

「自慢できない交渉で、大っぴらにできないことを向こうにさせる訳だから。こういうのは指揮官よりも現場の一兵卒が知っていた方が都合いいんだよね」

毒島原発が暴走しようとしている——麻生の頭の中で警告が鳴り響く。この男のことだから勝算あっての計略だろうが、何しろ相手は出版社だ。万が一のミス、あるいは出版社の逆鱗に触れて捜査本部に火の粉が飛んでこないとも限らない。いや、火の粉くらいならまだいい。火炎ビンやミサイルが飛んできたらどうする。

犬養は更にうんざりという顔をしている。コンビを組まされて、毒島の捜査手法は身に沁みているはずだ。勘も鋭い男なので、早くも危険の香りを嗅ぎ取ったらしい。

損得勘定は遅い方ではない。犬養が第二の毒島に育ってしまった場合、麻生にはメリットが大きいのか、それともデメリットが大きいのか。

　二つの問題を検討すると、そうするより他にないという結論に至った。

「毒島さんにはわたしが同行します」

「班長が？」

「出版社のお偉いさんに談判するんでしょう。それならこちら側も責任の取れる人間が行った方が交渉しやすいでしょう」

「うふふふふ、さすが麻生班長は男だねえ」

　毒島はさも嬉しそうに両手を揉む。こういう仕草の一つ一つが癇に障る。

「部下を護らなきゃならない、組織を護らなきゃならない。もちろん自分の身も護らなきゃならない。ホントに管理職って大変だ」

「あなたが部下でなけりゃ、そんな気苦労も半減するんですがね」

「え。半分程度だったんですか」

　思わず殴ってやろうかと思った。

　双龍社へ向かうクルマの中で、麻生はハンドルを握る毒島をちらちらと盗み見る。

　同じ釜の飯を食うようになって久しい。いつの間にか上司と部下の関係になってしまったが、同じヒラ刑事の頃から毒島は得体が知れない男だった。多彩な捜査手法と類いまれな洞察力、温和な表情に反した辛辣な物言いと執拗さ。刑事としては確かに優秀ながら、人間として全幅の信頼が置けないところがある。

「これは直接、捜査に関係のないことなんですが」

「はいはいはい」

「さっき文芸の新人賞について創設の古さやら賞金額やら説明していたでしょう。毒島さんが物識りなのは今に始まったこっちゃないんですが、ひょっとして毒島さん自身がかつては文学青年だったんじゃないんですか」

「まさか、と言いたいところだけど、班長いいとこ突いてますねえ」

ぎょっとした。半ばあてずっぽうで言ったことが的中するとは。

「いやいやいや、僕が小説家目指していたなんてことはないんですよ。まあ人並みに本は読んでますけど、甥がこじらせちゃって」

毒島に兄弟係累がいると聞いたのは、これが初めてではないか。もちろんいたとしても何の不思議もないが、ことこの男に関しては当たり前の情報すら新鮮に聞こえる。

「こじらせる？」

「文学青年とやらが作家を目指して日々創作に励む、なあんて格調高い話じゃなくて、大学卒業したものの自分の好みの就職先に拾われずに浪人、真面目に就活続けていればよかったものの何をとち狂ったのか俺は作家になるんだとか、今までベストセラー小説すら読まなかった男が文学賞に投稿し始めたんですよ、これが。まあ、ふた親が呆れるやら嘆くやら」

「しかし小説家デビューなんて一朝一夕でできるものでもないでしょう」

「八年」

「え」

「もう八年も同じこと繰り返してましてね。投稿し続けても毎度毎度予選落ち、本人も内心無理だと思っているのに、周囲には〈夢を追っている特別なオレ〉で通っているし、既に三十過ぎでますますまともな就職口が遠のいていく。とっくに社会不適合者になっているのに、自分を認めてくれない社会のせいにして、日に日に腐っていく。そういうのを兄弟から逐一報告されていると、人間が堕ちるのは至極簡単だって分かるんですよね」

身内の恥という部類なのだろうが、毒島の声はむしろ弾んでいる。強がっているのか、あるいは自嘲しているのかと思ったが、これは麻生の勘違いだった。

「いやあ兄弟の子供で助かりました。自分の息子だったら、さっさと自衛隊に強制入隊させるか、剃髪(ていはつ)させて寺に放り込むかするところです。それでも修正効かなかったら知り合いのヤクザ屋に売り飛ばす」

「……毒島さんらしいジョークですね」

「ジョークなもんですか」

毒島は正面を向いたまま、へらへらと舌を出して笑う。

「三十過ぎだってのに独身で貯金もなく定職もない。何の生産性も持ち合わせておらず、自分の妄想を啄むことでしか生きていけない。そういうのは人間のクズって言うんです。人間のクズが爆弾知識なんか持ってごらんなさいな。五歳児にダイナマイト持たせるようなものですから」

双龍社で二人を出迎えたのは文芸出版部の部長で、帆村という男だった。〈双龍社新人賞〉が文芸出版部の所管であることから、毒島が面会を求めていたのだ。

「投稿者の個人情報を提供しろ、ですか」

毒島が用件を切り出すと、帆村は困惑の表情を浮かべた。

「はい。過去に落選をした投稿者の中に容疑者がいるかもしれませんので」

「しかし、その、弊社には厳密な守秘義務の内規がありまして」

「どういう内規なのですか。詳しく教えてください」

「そちらから捜査関係事項照会書を該当する部署に出していただきます。然る後、たとえば出版部会議に稟議を上げてから、取締役会で判断を仰ぐというかたちを採っています。通常、犯罪捜査目的の個人情報開示は保護法の適用外ではあるのですが、なにぶん出版社というのは、こうした内規が他の業種よりも厳格に作られております」

「ああ、それはそうでしょうとも」

毒島はこくこくと何度も頷いてみせる。

「双龍社さんは文芸やコミックの他にも総合雑誌をお持ちでしたものね。事件解決のためとはいえ、投稿者の個人情報を易々と提供したことが明るみに出れば競合相手の文秋(ぶんしゅう)さんとか慎潮(しんちょう)さんとかに叩かれかねない」

「ええ、文芸の世界だけならともかく会社全体で考えると、なかなか油断できなくて」

「文芸の世界ならともかく、というのはどういう意味なんでしょうか」

「雑誌の場合は特ダネを抜いたり抜かれたりとか、親会社に新聞社を掲げていたりすると反目し合ったりというのは正直あるんですね。ただし文芸の世界では同じ作家さんを担当する機会が少なくないので、編集者同士で情報交換するとか割に和気藹々という部分があります。何というか各社担当者で作家さんを育てる、みたいな意識ですかね」

「ほうほうほう。出版社さんというのは一度配属されると、それっきりなんですか」

「いや、大抵の出版社ではジョブ・ローテーションで転属させてますよ。編集から営業、営業から広報へとか」

「へえ、だったら昨日まで総合雑誌で記事書いてた人が、文芸に移ることも珍しくないんだ」

「まあ、そうですね。かく言うわたしも『週刊双龍』の編集からスタートしたクチですから」

「昨日の敵は今日の友、ですか」

「そういう風に割り切らないと、やっていけない世界ではあります」

「現状、帆村さんは文芸の担当な訳じゃないですか。だったら他社さんとは協力する姿勢を見せてくれませんか。警察はトレジャー社さんにも同様に情報の提供を要請するつもりです。というか両社の協力が得られなければ、この捜査はまるで意味がない」

「しかしですねえ。肩書きはとにかく、わたしも宮仕えの身で」

横で会話を聞いている麻生は違和感を抱く。二人とも個人情報の保護に関して交渉を続けているが、肝心要の部分については互いに触れもしない。

「お話し中に申し訳ありませんが」

そう言って、二人の会話に割り込んだ。

「捜査の肝要は、新人賞に落選し続けた投稿者たちの中に爆弾事件の犯人がいると仮定しているところです。それについて帆村さんのお考えはいかがですか。捜査本部としては新人賞を扱っている現場の意見も参考にしたいのですが」

「予選から落とされている投稿者が、果たして爆弾テロをするかどうかですか。わたしの所感は毒島さんと一緒ですよ。全員が全員とまでは言いませんが、最終選考に残る実力もなく予選落ちを繰り返している連中の中には、明らかに犯罪傾向の著しい人物が存在します」

帆村は物憂げに首を振ってみせる。

「正直、弊社一階フロアが爆破された際、最初は思想的な動機を疑いましたが、次には投稿者たちの仕業じゃないかと疑いましたね。変ですか」

「いや、変というよりも、たかが懸賞小説に落とされたくらいで主催社のビルに爆弾を仕掛けるなんて極端なような気もしまして」

「おお、懸賞小説。久しぶりに聞く言葉ですな。確かに懸賞金の獲得だけを目的としたなら、弊社を爆破しようなどとは思わないでしょう。しかしですね麻生さん、新人賞の応募には賞金以上に大きな目的がありましてね」

「作家デビューすることですか」

「それは手段です」

「えっ、目的ではないんですか」

「普通はね。いや、デビューした後も作品を発表し続ける人の多くはそうでしょう。しかし残念ながらその他大勢の投稿者たちは、○○賞受賞という冠欲しさに投稿している傾向が強い。彼らにとって投稿作品というのは己の分身であり、その分身が否定されるのは自己の存在を否定されることと同じだからです」

「それも極端なような気が……」

「ちっとも極端ではないのですよ。最近、本が売れなくなったという話はご存じですか。落ち込みが激しいのは雑誌全般なんですけど、文芸の落ち込みも相当なものです。ところが新人賞に応募する人の数は減るどころかむしろ増えている。スマホやら何やらで文章を打つことが珍しくなくなったのも一因でしょうけど、根底には自分を認めてほしい。所謂承認欲求を満たしたくて投稿する人がかなりの割合なのですよ」

帆村は俄に声が大きくなる。まるで加害者を悪し様に責める被害者のような口ぶりだった。

「断言してしまうんですね」

「四百字詰め原稿用紙で三百五十枚から六百五十枚というのが〈双龍社新人賞〉の募集要項です。実際に書いてみれば分かりますけど、六百五十枚の原稿を文字で埋めるだけでも相当な根気が必要です。〈双龍社新人賞〉の賞金は五百万円。たったと言えば語弊がありますけど五百万獲得するだけなら他にいくらでも方法があります。それなのにですよ、何度も何度も落選し続けるのに投稿を繰り返すのは、賞金以上に自己を認めてほしい、名を上げて周囲を見返してやりたいという気持ちがあるからです」

帆村はそこまで喋ると、火照り(ほて)を鎮(しず)めるかのように短く嘆息した。

「選考する側は作品の良し悪しを審査しているだけなんですけどね。どうも本人たちはその辺が割り切れないらしくて」

麻生にも帆村の言わんとすることが何となく理解できる。自分の存在を認めてほしくて作品を送ってくるのなら、落とされ続けた投稿者は自己否定されたと思い込むのだろう。

「落選し続けると出版社から自分の存在を否定されたと逆恨みする。幼稚な精神構造ですが、それは充分有り得る話なんですよ」

「しかし、そんなのは自分に才能がないというだけじゃないですか」

「きっと信じたくないのでしょう。自分はこんなに頑張っている、才能もある。それなのに作家デビューできないのは選考の過程で不正があるからだとか、俺を毛嫌いしている選考委員がいるからだとか理屈をこしらえて、自分に才能がないなんて絶対に認めようとしない。まあ当然でしょう。何にしろ陰謀のせいにするのが一番楽ですから」

「冗談でしょう。それじゃあ被害妄想だ」

「冗談も何も、現に編集部にはそのテの抗議電話がつきものですよ。抗議電話ほどじゃなくても、ネットにはそうした輩の恨み辛みが溢れ返っています。麻生さんたちも一度覗いてみるといいです。彼らの抱える闇の深さを垣間見ることができます」

帆村は再び嘆息する。今度のは深く、そして長いものだった。よほどうんざりしていると見える。

頃合いを見計らったように毒島が割り込んできた。

「帆村さんの説明はとても腑に落ちるものです。精神構造が幼稚だからこそ、突拍子もない理由が企業爆破の動機になる。さて、その上で重ねてお願いします。この場で過去五年間に亘る全投稿者の個人情報を、捜査本部に提供していただけませんか」

「いや、しかしさっき申し上げたようにまずは出版部会議にかけて」

「そんな悠長なことをしているうちに第三第四の犠牲者が出てしまいます。その中には帆村さんが親しくしている他社さんの編集者も含まれるかもしれません」

帆村は目を大きく見開く。

「わたしも犯人は精神構造が幼稚な人物だと考えています。言ってみればガキです。そしてガキというのは飽きるか、手痛いお仕置きをされない限り悪戯をやめようとしないものです。違いますか」

畳み掛ける問い掛けに帆村は後ずさる。帆村の本音を掬(すく)い上げながら社会正義を押しつけ、おまけに同族意識まで刺激する。毒島の真骨頂と言えば聞こえはいいが、とどのつまりは相手の退路を断った上で追い込んでいるだけだ。

有能だが容赦ない。しかもその容赦のなさを本人が愉しんでいる。少なくとも犬養には見習わせたくない資質だった。

「あなたが内規に従って捜査が遅れた結果、爆破事件の犠牲者が増えたりでもしたら……」

「え、縁起でもないことを言わないでください」

「内規を緩めて捜査に協力することの是非と、理不尽な犯罪を未然に防ぐことへの対外的評価を両天秤に掛けてください。右の天秤は自己保身、左の天秤には社会正義が乗ります」

つくづく狡猾な交渉術だと思う。熟考すれば他にも選択肢はあるのに、動揺させることで二択しかないように追い詰める。追い詰められれば判断力は鈍るので、自ずと見栄えのいい選択肢に飛びつく羽目になる。

「分かりました」

帆村が陥落するのに三秒と要しなかった。

「わたしの独断になりますが、急ぎ落選者のリストを作らせましょう」

何故か帆村の鼻息は荒い。おそらくは自己犠牲に陶酔しているからだろう。

毒島は納得顔で頷くだけだったが、内心は例の底意地悪い笑みを浮かべているに相違ない。

案内された別室に待機していると、驚くべきことに一時間も経たぬうちにリストが届けられた。〈双龍社新人賞〉、ここ五年間の応募者延べ千六百五十二人分の氏名・住所・連絡先、加えて作品が何次選考まで進んだのかが網羅されている。

ずいぶん早いものだと麻生が感心していると、横に座っていた毒島がくすくす笑い出した。

「情報共有したいのなら社内メールを一斉配信すればいい。何かを決定したいのなら最高責任者に委ねればいい。会議っていうのは大抵、上の人間が自分の権威を確認するのと責任を分散させるためのセレモニーなんだから。手間暇かけたところで解決が長引くだけです」

「……暗に捜査会議を皮肉っているんじゃないでしょうね」

「暗にじゃないけど」

二人は双龍社を辞去した後、今度はトレジャー社に向かった。ここでも交渉の窓口に立ったのは毒島で、トレジャー社総務部の曳舟は終始聞き役に回った感がある。もっとも双龍社よりも被害甚大だったトレジャー社は社長以下社員全員が犯人逮捕に執念を燃やしており、捜査協力については部長権限で承認できるようになっていた。

「応募者の個人情報ですか。結構です。小一時間もあれば用意しますので、この場でお待ちいただけますか」

麻生が承諾するなり、曳舟は部屋を飛び出し三十分きっかりで戻ってきた。手には過去五年間の投稿者延べ千八百四十三人分のデータのプリントアウトが握られていた。

「犯人がテロリストなのかそれとも投稿者の一人なのか、我々には判断することができません。しかし提供できる情報は一切合財吐き出す所存です」

悲愴というのはこういう表情を言うのだろう。結んだ口からは血まで滴り落ちそうだった。

4

双龍社とトレジャー社から借り受けた投稿者のリストを精査していくと、二社合計三千四百九十五件のうち実に半分以上の重複が確認された。つまり常時二百人程度の投稿者が、毎年両方の公募に参加しているのだ。

帆村の話では長編の原稿を一本仕上げるのにも相当の根気が必要だという。その伝でいけば二百人の常連投稿者たちは相当以上の努力をしていることになる。

麻生がそう洩らすと、同じくリストを眺めていた毒島は「それ、違いますね」と軽く反論してきた。

「何が違うんですか」

「常連投稿者たち、そんなに努力してません。二社のリストを照合すると分かりますけど、同じ投稿作を使い回しているんで、実質は年に一本書いているだけですね」

「同じ作品を二社に投稿するのはまずくないですか。万一、二社とも入選したら問題になる」

「二つの公募の締め切り日が微妙にずれていますからね。片方で予選落ちした原稿を、そのままもう片方に送っているんですよ」

「ははあ、下手な鉄砲も数撃ちゃ当たるというヤツか」

「というより、小説書くのが嫌なんでしょうねえ」

毒島は何やら逆説的なことを言い出す。小説を書くのが嫌な人間が、どうして新人賞に応募するというのか。

「帆村さんから聞いたんですが各新人賞の一次選考委員、まあ下読みと呼ばれている人たちは複数の新人賞を掛け持ちしているんですって。だから自分が落とした原稿を再度読まされる羽目になる。常連の投稿者もそんなことは百も承知でしょうし」

「それなら一度落選した作品が別の公募で勝ち進める確率なんてゼロに等しいじゃないですか」

「だからさ、多分この常連て人たち、本音の部分では作家デビューどころか新人賞を獲ることさえ眼中にないのかもね」

「意味が分からん」

「本気で小説家を目指しているんだったら、Aの作品がダメなら次はBの作品という具合に手を替え品を替えしますって。それが本当の意味での数撃ちゃ当たるでしょう」

言われてみればその通りなので反論の余地はない。

「にも拘わらず同一作品を使い回すのは、賞を射止めたいからじゃなくて、その時点での自分を評価してほしい、褒めてほしいと思っているからなんですよ。要は帆村さんが言及したところの承認欲求。どうです、どんどん爆破犯人の条件に合致してきたような気がしませんか」

「……何だか嬉しそうですね」

「そりゃあ、容疑者が絞られるんですからねえ。うふ、うふふふふ」

こうした経過を以て、二つの新人賞に応募した投稿者二百余名がピックアップされ、捜査会議の俎上に載せられた。鶴崎は何やら物足りなそうな雰囲気だったが、二百人程度の絞り出しなら数人の捜査員で事足りる。

まず二つの事件発生時のアリバイがあるかどうか。

次に、来社カードと来客記録に残されていた筆跡に一致するかどうか。

最後に、その経歴やパソコンの閲覧記録から爆発物の製作に着手した可能性があるかないか。

専従班は三つの条件を兼ね備えた人物を丹念に洗い出していった。爆破事件は平日の午前中と昼過ぎに発生したので、内勤の会社員はすぐに除外できる。これで大半の対象者が嫌疑から外れた。

残った対象者三十五人に対して筆跡鑑定が行われ、明らかに不一致であるものが除外された。これで対象者は十二人まで絞られた。

捜査本部は十二人に参考人として任意出頭を求める。十二人の内訳は自称自由業が五人、学生が二人、後の五人が無職。平日昼頃の時間帯でアリバイがない者となれば頷ける構成だった。

麻生たちが注目したのはこのうちの二人、それぞれ自由業と無職の男だ。自由業の男は本業である著述業の傍ら農業も営んでおり、無職の男も趣味で家庭菜園を作っている。それだけならともかく、二人は最近になって肥料を購入していた。

購入先と商品はすぐに割れ、麻生たちをざわめかせたのはその肥料に硝酸アンモニウムが含まれていた事実だった。言わずと知れた爆薬の原料であり、二人に対する容疑が濃厚になったのは言うまでもない。

無職、猿渡由紀夫（さわたりゆきお）二十八歳。

自称ライター、塔野（とうの）貴文（たかふみ）六十五歳。

捜査本部は二人からパソコンとスマートフォンを押収・分析したものの、彼らが爆弾製造のサイトにアクセスした痕跡を発見できなかった。ただしアンホ爆薬は高校生程度の化学知識と材料さえあればいいので、特に必要条件というほどではない。

状況証拠が次々と二人の容疑を固めていく。だが犯人と特定できる物的証拠は見つからない。手持ちのカードが不足している状態で送検しても、公判が維持できるかは微妙なところだ。言論に対するテロ、企業爆破と世間が注目する重大事件で不手際や誤認逮捕は尚更許されない。

任意の事情聴取でも二人は犯行を否認する。爆破現場には一度として足を踏み入れたことさえないと断言する。名うての捜査員が取り調べに当たっても、二人の口から有益な証言は引き出せない。このままでは捜査は早晩膠着（こうちゃく）状態に陥る――捜査本部が袋小路に迷い込んだその時、手をひらひらと挙げた男がいた。

「それなら僕がお話ししましょうか」

毒島は例のごとく温和な常識人の表情を貼りつけて麻生に申し出た。こちらに他の選択肢がないのを見越しての挙手であるのは分かっている。麻生は承諾せざるを得なかった。

「取り調べの一部始終は記録され可視化されますので」

「はいはい、分かってますよ」

「わたしも隣室で様子を窺いますから」

一瞬だけ毒島は顔を顰めたが、すぐ気を取り直したように両肩を竦めてみせた。

「そおんなに僕は信用できませんかね」

信頼はしている。

だが信用なんかできるものか。

犬養を記録係に同席させ、毒島による取り調べが始まった。麻生は宣言通り、隣室からマジックミラー越しに二人のやり取りを監視している。

第一の容疑者猿渡由紀夫は最初から毒島への敵対心を露わにしていた。安手のパイプ椅子に浅く腰掛け、今にも殴りかからんばかりに拳を固めている。一方の毒島は参観日に訪れた父親のような顔で容疑者を迎える。

「あなた、高校の成績よかったんですね。特に化学。五段階評価で四以下は取ったことがないんだって」

「好きなんだよ、化学反応って。物質Aが全く違う性質の物質Bになる。その変化に興味がある。どんなものだって永遠に同じ状態を保てるわけじゃない。安定していると言われる金だって王水で溶ける」

「ふんふん、質量は保存されても形は常に変化する可能性を帯びているというね」

「質量保存の法則は自然の基本法則じゃないけどね。素粒子論の世界じゃ否定されるし、厳密に言えば化学反応の際に放出・吸収されるエネルギーに相当する質量変化が発生している。あのさ、刑事さん。もう少し予習してからそういうこと喋ってよ」

「これは失礼。ただ僕はさ、あなたの言葉に哲学みたいな響きを聞き取ったものでね」

「哲学？」

「物質が変化するのなら、人間もまた然り。あなたは化学を通じて、人の変化にも興味があるんじゃないかと思って」

「こじつけ臭いけど、まあそれはあるかな。人間だって絶えず変わっていくものだし」

「ひょっとして、あなたの作品はそれがテーマだったりするんですか」

「そうだよ」

話が自分の作品に及ぶと、猿渡の表情が一変した。なるほど化学反応だと麻生は思った。

「〈双龍社新人賞〉に毎年応募していますね。ジャンルはミステリーですか」

「募集要項では広義のミステリーなんだけどさ、俺のはミステリーのスパイスを利かせたケミカル・エンターテインメント。俺の命名なんだけど、人体が汚染物質と反応することで新人類に進化するストーリーなんだ。新人類たちの間には当然新しい文化、新しい価値基準があって、旧人類との相克があって、それは価値観の衝突と世代交代を暗喩している訳なんだよ」

　自作を語り出した猿渡は鼻の穴をいっぱいに広げている。

「ふむふむふむ、つまりミステリー、エンタメの体裁ではあるけれど、テーマはニーチェの超人思想を踏襲していると」

「そうそう、それそれ。何だ刑事さん、理解してくれてるじゃん」

「うんうん、狙いはよく分かるし、あなたがそういうテーマを選んだのもすごく納得。要はさ、あなた現実の自分が嫌で嫌でしょうがないんでしょ。だってさ、投稿した小説のタイトル、『モンキー・ワタルの創世記』だもの。内容読まなくたって、作者が主人公に自分を投影してるの丸分かり。ていうかあからさま。ていうか稚拙」

　見る間に猿渡の顔が怒りか恥じらいで紅潮していく。

「中二病とか言うんだっけ、こういうの。大したスキルも才能もないくせに、我こそは選ばれた人間だとか徒に意識高い人たち。でもさ、そういう人に限って現実世界では誰からも認められず、選民意識だけが爆発しているからまともな人間関係が構築できない。そんな風だからバイト先でも疎まれて、疎まれるから余計選民意識に寄りかかるしかなくなる。それでも暮らし向きと通帳残高を見ていれば、自分が下層階級であるのを自覚しなきゃいけない。

だから作家デビューして一発逆転したい。今まで自分を蔑ろにしてきたヤツらを跪かせたい。あなたの執筆動機って、そんなところでしょ」

「ふ、ふざけるなあっ」

猿渡はすっかり顔色を変えていた。

「そそそそ想像でもの言いやがって」

「あららら、顔が真っ赤。人間てね、図星を指されたらそうなるんだよね。口でどう繕っても、顔に出ちゃってる。その辺の素直さっていうか臨機応変のなさが作品に反映されてるんじゃないかしら。だってあなたの書いた小説、二次予選まで進んだこと一度だってなかったでしょ」

「あれは下読みの陰謀なんだ」

猿渡は口角泡を飛ばして反論する。

「俺の小説が一次落ちとか絶対に有り得ないんだって。大体下読みってのは才能の枯渇したクズ作家とか下っ端の編集者がやってて、そんなヤツらに俺の傑作が理解できるはずがない。いや、理解できるから早いうちに才能の芽を摘もうと俺を落としているに決まってる」

隣室で見守る麻生は猛烈な既視感に襲われていた。先に毒島が分析していた常連投稿者の姿が、猿渡のそれにぴたりと重なる。稚拙で未熟なのに、承認欲求が強いものだから現実を否定する。自分に都合の悪いことは陰謀論で片づけてしまう。

「あのさ、僕みたいな門外漢だって出版業界が不況だってのは分かる。不景気な業界ってね、どこでもV字反転を願っているし絶えず新しい才能と即戦力を欲している。そんな業界に身を置いている人間が新しい才能を潰そうとするはずないじゃないの。中二病って言ったけどさ、中坊って自分のことが客観視できないのね。客観視した途端に絶望して死にたくなるから。鏡に映った自分の姿に吐きそうになるから。捜査の過程で出版社の編集さんから話を聞く機会があったけどさ、あなたみたいに五年以上も投稿続けて未だ最終選考にすら残らないのは、絶望的に才能なんてないの。猿渡由紀夫という人間は化学知識が少しあるだけの、他には何の取柄もなく、碌に就職もできない、ただの社会不適合者なの」

「こ、この野郎っ」

猿渡は勢いよく顔を突き出すが、刑事に摑みかかるまでの勇気はないらしく歯を空しく剝き出しにするだけだ。

「ところがそれを認めるのが辛くて辛くて、ぜぇんぶ出版社のせいだと無理に思い込む。幸い化学知識と材料はある。それでアンホ爆弾をこしらえて双龍社とトレジャー社の一階フロアに仕掛けた」

「違う、違う、違う」

「あの日、双龍社の一階フロアには過去の受賞者たちが出版パーティーの準備にずらりと集まっていた。あなたにとっては憧れの席を奪っていった憎い仇たちだ。それを知っていたから、あの日あの場所を選んだんでしょ」

「知らないよっ、そんなこと」

「さっさと吐いちゃいなよ」

「だからっ、俺はっ、知らないんだってば。パーティーの日取りも、場所もっ」

猿渡は机を拳で叩きながら反駁する。

毒島はやれやれというように頬杖を突いた。


二人目の容疑者塔野貴文はどこか白けた様子で事情聴取に臨んだ。齢相応の落ち着きと言ってしまえばそれまでだが、柔和な笑みさえ浮かべて毒島と対峙する。

「塔野さんは著述業ということですが、具体的にはどんな媒体に何を発表しているんですか」

「主としては生活全般に関する考察ですね。読書記録や鑑賞した映画や音楽の感想とかも書き綴っています」

「どこの雑誌にですか」

「ああ、わたしは現在の出版文化には失望していましてね。発表の場はもっぱらブログです。結構、読者を獲得しているんですよ」

「ほうほうほう、ブログですか。お聞きする限りではエッセイというか身辺雑記の類いのようですけど、小説はブログで発表しないんですか」

「ブログで原稿用紙数百枚となると、読むにも忍耐を強いるものでしてね。ブログではもっと軽くて短いものでないと読者がついてこられないんです」

「ははあ、それで小説は〈双龍社新人賞〉や〈このミステリーがとんでもない！大賞〉に応募しているという訳ですか。でも、それって矛盾しませんか」

「何がでしょう」

「だって現在の出版文化に失望しているんでしょ。それがどうして出版文化の象徴みたいな文芸の新人賞に応募なんてするんですか」

塔野は倦(う)んだような顔を見せた。

「ネットの世界にも新人賞というのは存在しますけど、まだそれほどメジャーじゃない。幅広く読者を得ようとしたら、不本意ながら紙媒体でデビューするしかないんです」

「ブログでは結構な読者を獲得しているんですよね。僕は読んだことがありませんが、さぞかし名文を書かれるんでしょうね」

「痩せても枯れても文学部出身ですからね。文章の修練はしてますよ」

「ほほう、その修練した文章を操るあなたが五年以上に亘って新人賞予選落ちを繰り返している敗因は何なんですかね」

「敗因じゃない」

俄に声が気色ばむ。

「選考委員たちがわたしの思想を理解できないだけです」

「ほう、思想」

「文学とは思想に他なりません。過去を顧みれば歴史の転換点にはいつも新しい文学がありました。新しい潮流は新しい思想から生まれる。その時代の文学と思想は切っても切り離せない関係にあり、文学が次代を創ると言っても過言ではない。ところが現代の文壇でのうのうと禄を食んでいる連中には、その自明の理が分からないのですよ」

麻生は聞いていて気恥ずかしくなる。己の姿は塔野から見えないはずなのに、何故か居たたまれない。

「文学、ねえ。ずいぶん高邁な理念をお持ちのようですけど、それが塔野さんの作品に反映している訳ですか」

「無論です。わたしはわたしの小説で文壇に革命を起こす所存なのです。かつて『資本論』

が国の有り方を変革させたように、塔野文学で現代を薄汚れた拝金主義から脱却させたいと目論んでいるのです」

「拝金主義って、塔野さんもずっと以前は会社員だったと聞いていますよ」

「拝金主義の会社だったからこそ三行半を叩きつけてやったのです。資本主義の走狗など男子一生の仕事に非ず。創作活動こそが一生を捧げるに相応しいものです」

「でも既存の新人賞からは軒並み嫌われ続けているんでしょう。そんな有様でどうやって社会に変革をもたらすって言うんですか、馬鹿馬鹿しい」

話している途中から毒島はギアを上げた。温和な表情はそのままに、口調が一層粘り気を帯びる。

「いい齢して現実逃避しちゃいけませんよ。革命やら拝金主義からの脱却やら鼻息は荒いけど、それって全部あなたの頭の中で膨らんだ妄想に過ぎないから」

「妄想だと」

塔野の目が据わる。今まで柔和だっただけに、突然の変貌ぶりは劇的ですらある。

「あのね、警察の情報収集力舐めないでよ。あなたが二十年ほど勤めた会社を辞めたのは自分から三行半を叩きつけたんじゃなく、リストラで整理されただけの話でしょ。その後は再就職もままならず、仕方なく近所の農家から畑を借りて野良仕事。生活はその上がりでやりくりしているだけで、ライター業と称するブログは読者が少なくて広告料なんか入らない完全な趣味。あのさ、いくら自称でも、名乗るくらいなら著述の収入でお米買わなきゃ駄目じゃん」

「こっこっこっ」

「こっこっこってあなたはニワトリですか。いや、ニワトリは爆弾なんて作らないからそれよりは多少マシかな」

「爆弾なんて知らん」

「革命には武装がつきものじゃないですか。何を今更」

「それは思想的な革命であって、現実の破壊行動を意味するものではないっ」

「あー、それはあるかも。あなたのは革命じゃなくてただの腹いせだ。己の理想と生き様を綴った畢生(ひっせい)の大作を、一読しただけでゴミ箱に放り棄てた出版社および選考委員への報復だ。だけどあなたの意志自体がへなちょこだから、未だ一人も殺せていない。かと言って無血を目指した計画でもないから、要するに覚悟も準備も成果も中途半端に終わる。あなたの投稿作そのままにね」

毒島は塔野の眼前で手を振って舌を出す。まるで子供の挑発だが、冷静さを失った塔野には効果覿面(てきめん)のようだった。

「購入した肥料の硝酸アンモニウムでアンホ爆弾をこしらえたものの、実験する場所もないから殺傷能力を見誤った。本当はフロアどころかビルごと吹っ飛ばしたかった」

「知らんっ」

「ブログには拝金主義に塗れた出版社が天誅を受けたと書くに留めたけど、二つの爆破事件は自分の手柄なんだとブログで報告したくて堪らなかった」

「知らんっ」

「トレジャー社の場合は重傷者を出したけど、当日一階フロアには文壇の老大家や重鎮が屯していて、高い天井には豪奢なシャンデリアも吊るされていた。さながら権威と拝金主義の象徴のような場所だ。文芸で革命を起こそうとするあなたには恰好の標的に思えたことでしょうねえ」

「出鱈目を言うなあっ」

塔野はひときわ大きな声を上げる。

「何が豪奢なシャンデリアだ。あそこは天井の低い、ただの会議室だった。居た人間も半分は若い娘で大御所の作家なんて一人も……」

塔野の言葉は、そこで途切れた。

毒島は首をゆっくりと傾げた。

「ええ、塔野さんの仰る通りです。トレジャー社の一階フロアは中会議室程度の広さしかなく天井も低い。それを、どうして一度も足を踏み入れていないあなたが知っているんですか。事件発生当時、一階フロアではモデルさんたちが打ち合わせや撮影の途中だった。それをどうして他の場所にいたはずのあなたが知っているんですか」

塔野は青ざめ、口をぱくぱくとしているが声にならない。

「ありがとうね、塔野さん。これで気持ちよく逮捕状が請求できるし、心置きなく家宅捜索もできる。爆弾製造に別のアジトを使うような余裕はないから自宅を使ったんでしょう。爆弾一個製造するとね、火薬や部品の削りカスやら色んな微細残留物が出るから。爆破現場に残っていた破片と照合させたら、もう言い逃れできないよ。だから今のうちに自白して。少しくらいは罪が軽くなるかもしれないから」

見ていた麻生は思わず舌を巻く。相手のわずかな隙を捉え、斬り込んだ後は一気呵成、相手に息継ぎさせる余裕も与えない。テクニックが寄与する部分もあるが、毒島の場合はほとんど本能のようなものだろう。

喉元を牙で貫かれた塔野は肩を下げていた。闘争心は潰え、視線は机の上に落ちている。

「はっきりしないのはさ、あなたがどうやってアンホ爆弾の作り方を会得したかってこと。塔野さん、中学時分から文系の成績はともかく理系はからっきしだったでしょ」

「……誰にでも向き不向きがあります」

「じゃあ、いったいどこから爆弾の知識を得たんですか」

「〈教授〉」

不意に毒島の表情が固まった。

「困った時、迷った時は〈教授〉に訊きさえすればよかった。あの人は何でもご存じだった」

三

優勝劣敗

すぐれたものが勝ち、
劣ったものが負けること。

「大辞林」より

1

「こんなメチャクチャ美味しいお肉、初めてですぅ」

ステーキ肉をひと口齧るなり、飯園美樹は感嘆の声を上げた。口中に広がる肉汁にはえも言われぬ甘味があり、ウエイターの「最初はソースも塩もつけずにご賞味ください」という言葉が納得できた。焼き加減はミディアム・レア。表面をよく焼いているのに噛み応えは柔らかで、力を入れなくてもさくさくと解れていく。舌の熱で更に脂が溶け出し、あまり咀嚼する必要がないのも驚きだ。

「この店、黒毛和牛しか扱ってないんだよ」

正面に座る南部は、黒毛和牛以外を肉と認めないような口ぶりで話す。

「この辺りは〈ウルフギャング〉とか〈ＢＬＴステーキ〉とかステーキハウスの激戦区なんだけど、やっぱりアメリカン・スタイルで希少部位の肉をドンッと出すっていう様式なんだよ。でも僕としては管理の行き届いた和の熟成肉を、落ち着いた雰囲気で食べたいね」

南部は落ち着いた雰囲気と言うが、美樹の方は全くと言っていいほど落ち着けていない。

六本木という場所柄なのか、見渡せばテレビ業界の関係者らしい客が他のテーブルを占領している。中には見覚えのあるタレントの顔もあり、華やかさが美樹に襲い掛かる。

「ウエイターは何もつけるなと言ったけど、個人的にはこっちの岩塩がお勧め」

南部が蓋を開けたのはイギリス産の岩塩で、粒というよりは雲母（うんも）のような欠片（かけら）だった。肉に塗（まぶ）して噛み締めると、確かに肉の甘味がほどよく強調されて更に陶然となる。

ディナーの初めからちびちびと呑んでいた白ワインが思考を鈍らせる。ステーキに白ワインの取り合わせに最初は戸惑ったが、脂のしつこくない熟成肉には憎らしいほど合う。〈ＧＡＭＭＡ　ＲＥＳＥＲＶＡ〉という銘柄を読むのが精一杯で、ワインの蘊蓄（うんちく）を聞く余裕がない。

美樹は酩酊している。酒にも、この雰囲気にも。今まで来たことのない場所、食べたことのない料理、出逢ったことのない異性。全てが煌びやかで、体温が一、二度上昇したような気がする。

そうだ、自分はこういう世界を欲していたのだ。

財布の中身もカードの引き落とし日も気にせず、自由な時間に好きなものを食べ、好きなものを買う。セレブとは言わないまでも、経済的な理由で行動を束縛されない生活が美樹の理想だった。

南部は趣味の美術館巡りや小説の話を始めた。いずれも美樹が観たことも読んだこともないもので、反応できるのは相槌を打つタイミングだけだった。決して自分が無教養だとは思わない。教養の充実にカネと時間を許してくれなかった境遇のせいだった。朝八時から夜七時までの単調な仕事。単調な仕事は肉体と精神を疲弊させ、自己啓発の意欲を削いでいく。悪いのは環境のせいであって自分ではない。

ディナーが進み、デザートと飲み物が運ばれてくる。エスプレッソの芳醇な香りを嗅ぎながら、美樹はこの後の展開に胸を弾ませる。

男性が女性を食事に誘うのには必ず下心があるのだと、愛読している女性週刊誌のコラムにあった。女性が咥え、しゃぶり、咀嚼する光景はいつもセクシャルに映るのだとも。だからステーキハウスに誘われた時は、美樹も大いに期待したのだ。

ところがカードで支払いを済ませた南部は顔色一つ変えずに「帰りは電車ですか」と訊いてきた。

もう少し一緒にいたい——と自分の口からは言えなかった。一対一ではこれが最初のデートだった。まさか最初のデートで食事以上の何かを期待していると思われたら、女の安売りになってしまう。

地下鉄です、と答えた途端、相手は腰を上げた。やはり引き留めるつもりはないらしい。

「とても楽しかったです」

店の外に出ると、南部は嫌味のない笑顔を浮かべてそう言った。ますます延長を言い出せなくなり、美樹は笑顔を強張らせたまま手を振る以外になかった。

「それじゃあ」

南部の挨拶には「また」とか「次はいつ」という続きがない。続かせるには美樹の方から仕掛けるしかない。

「またお願いします」

半ば強制するように言ってみる。南部は会釈を寄越してから踵（きびす）を返した。

畜生。今のはどう見ても営業スマイルだ。六本木駅の構内に向かう途中、美樹は次のデートの作戦を立て始める。どのタイミングで、どんな風に誘えば相手は釣れてくれるのか。デートは今まで何度もしてきたが、南部のようなクラスとするのは初めてだった。未知の体験に圧倒されるばかりで一度も主導権を握れなかった。

こんなことではいけない。個別のデートを繰り返して七人目、やっと巡り会えた理想の相手だ。彼を逃がしてなるものか。

遅めのディナーだったので終わったのが十一時半。この分ではアパートに辿り着く頃には日付が変わっている。のんびりしている暇はない。入浴を済ませたらすぐ就寝しなければならない。それもこれも現状が時間とカネに束縛されているからだ。

今年三十四歳。結婚はまだまだ、今は一人を愉しむ時間だと高を括っていたら、職場の同僚が次々に片づいていく。気がつけばあっという間に三十路(みそじ)に突入、目の前にはそれほど多くの選択肢がないことを思い知らされた。

だからといって手頃な相手で妥協する気はさらさらない。決して自分本位の目的だけではなく、事は生まれてくる子供の将来にも及んでくる。待機児童の問題を考えれば専業主婦になるに越したことはなく、格差社会を考えれば夫の収入が高いに越したことはない。年収は最低でも一千万が望ましい。

もちろん経済的な要素だけではない。男としてのスペックも重要だ。最低でも慶應・早稲田の出身、年齢は上限が四十歳、顔は友人に紹介して恥ずかしくない程度なら高望みはしない。

こちらの気持ちも考えず結婚を急(せ)かす母親に、一度だけ結婚の条件を伝えたことがある。美樹としては真摯に応えたつもりだったが、電話口の母親は沈黙の後に溜息交じりでこう言った。

『税金と相手のハードルは低い方が楽よ』

何だそれは年長者としての箴言(しんげん)のつもりかそれともギャグのつもりかあんたが結婚した時とは時代も価値観も違うんだ娘の本気を嗤うのなら今後一切電話なんか掛けてくるな。

電話を叩き切った後、結婚の条件は意地でも下げられなくなった。それでいい。一生の問題どころか生まれてくる子供の将来がかかっている。安易な妥協は人生を棒に振る結果になりかねない。

終電に近い電車でも車両は満員だ。みっともなく携帯端末に見入っているOL、はしたなく舟を漕いでいるサラリーマン。先刻のめくるめく体験が、いつも見る光景をひときわ侘しいものにしている。身の丈以上の情報を追うのも、仕事に疲れるのも嫌だ。将来に不安のない、安穏な、それでいて刺激的な毎日を送りたい。

ようやく西馬込に到着し、電車を降りる。ホームから地上に出るなり、むわっとした熱気が身体を包み込む。九月半ば、今日も熱帯夜連続記録を更新する見込みとニュースは報じていた。

都営地下鉄で最南端に位置する駅。美樹はこの駅も街も好きではない。駅周辺にはビルよりも住宅が目立ち、駅から離れるほど建物のグレードは落ち、築年数も古くなっていく。

以前は朧げに夢想していた将来の住まいも、本格的に婚活を始めてからは明確な像を結ぶようになった。まさか所帯を持つというのに昭和の臭いを引き摺るような木造アパートなど論外だ。それなりの相手と幸せを育むのだから、やはり〈住みたい街ランキング〉上位に選ばれる港区・世田谷区は外せない。高層マンションの窓から見下ろすネオンの街はさぞかし美しいに違いない。

とにかく今は南部の心を摑むことに傾注するべきだ。今夜のデートで南部との距離を思い知った。縮めるのは容易ではないが不可能でもない。望まれているのが女としての魅力なら既成事実を作ればいい。主婦としての能力を望まれるのなら女子力をアピールするまでだ。取りあえず次のデートが決まったら、手弁当を持参するシチュエーションでも考えてみようか——。

計略を巡らせながらアパートの手前までやってきた時だった。

「飯園さん」

いきなり背後から呼び止められた。

わずかにくぐもった性別不明の小さな声。

反射的に振り返った瞬間、顔面に液体を浴びた。

驚きの声を上げようとしたが、それより早く激痛に襲われた。液体を浴びた部分が燃えるように熱い。

熱いよりも痛い。あまりの痛みに手で顔を押さえるが、痛みは引くどころか皮下まで浸み込んでくる。

助けて。

誰か。

水。

救急車。

叫んだつもりだったが、声に出たのかどうか分からない。いつしか美樹はそのまま倒れ込み、路上でのたうち回る。

やがて激痛が薄らぐと同時に意識も遠ざかっていった。

2

麻生が刑事部屋に入ると、既に毒島の姿があった。

「早いじゃないですか毒島さん」

「おはようございます」

毒島はいつもの温和な顔を向ける。この時間に毒島がいるということは徹夜作業だったのだろう。現に、彼の締めているネクタイは昨日と同じ柄だ。そして毒島が手掛けている事件で徹夜を余儀なくされているものと言えば、先の出版社連続爆破事件の他になかった。

「まさか深夜に亘って尋問を続けたんじゃないでしょうね」

容疑者の取り調べは一日八時間以内、しかも基本的に日中のみと定められている。周到な毒島がそれを失念するはずはないが、一方で並外れて執拗な毒島が簡単に尋問を切り上げるはずもない。

「ちゃんと制限時間は守ってますよ。ただし相手の注意力が散漫になる時間帯を狙ってはいますけど」

つまり睡魔が襲う時間に責め立てたということか。いつもながら違法ではないが適切でもない手法だ。

「吐いたんですか」

「〈教授〉が何者であるかという点以外は全部」

つまり大した進展はないという意味だ。それにも拘わらず涼しい顔をしているのが毒島の毒島たる所以だろう。

「賀来の時とほとんど同じ。塔野はブログで投稿の意気込みやら結果やら選考委員に対する怨嗟(えんさ)を綴ってたんだけど、そこに彼を鼓舞するようなコメントを送ってきたのが〈教授〉。それまで同情も共感もされなかったリストラ親爺が励ましコメントに感動して早速返信したという次第です」

「そこから先はダイレクトメールでのやり取りになった訳か」

「爆弾の作り方、最大限に破壊力を発揮させる条件」

「立派な教唆じゃないか」

「ところが塔野の言うことには、爆弾知識の伝達はあたかも世間話というか、爆弾マニアの知識をひけらかすような表現に終始してたそうなんです。要は塔野の潜在意識に訴えかけるような書き方だったんでしょう」

「そのメールは残っているんですか」

「いいえ。削除するどころかハードディスクごと交換してしまったそうです。ま、仮に残っていたとしてもＩＰアドレスを辿ったくらいで住所が特定されるようなへまはしないでしょうね」

むかつく話だが、麻生は頷かざるを得ない。大手町連続射殺事件で逮捕された賀来にしても、所有していたパソコンから〈教授〉のＩＰアドレスを探らせたものの、サイバーセキュリティ対策本部からは未だ捗々しい報告を受けていない。

「今回はちょおっと勝手が違うのかなあ」

毒島は天井を見上げて洩らす。

「何が違うんですか」

「ただの教唆じゃないって意味。賀来にしても塔野にしても供述を聞く限りは〈教授〉なる人物が計画犯のように思えるけど、仔細を詰めていくとヒントや知識を与えられただけでしかない。実行の意志はあくまで本人のものであって、立件できたとしても殺人教唆では公判を維持できない惧（おそ）れがある」

「毒島さん、それじゃあまるで……」

「ええ。所謂完全犯罪ってヤツです。自らは手を下さず、しかし教唆にも当たらない。ご存じでしょうけど法律上教唆というのは、明示・暗示・命令・指示など方法は問わないものの、教唆行為と実行行為の間に因果関係が認められなければ成立要件を備えられません。〈教授〉のやり方はまさにそれなんですよ。一方的に銃や爆弾の知識を吹聴するだけで実行するようには勧めていない。しかも相手は理性のある状態で〈教授〉の呟きを聞いているだけ。結果的に殺人事件が起きたとしても、因果関係を立証するのは、とんでもなく困難を伴うんじゃないかしら。〈教授〉が犯罪を仄（ほの）めかすひと言でもなければ、担当検事は法廷で恥を掻く」

淡々と喋っているので、毒島の心の裡（うち）は読み取れない。しかし、通常であればどんな悲惨な出来事でもうっすら笑みを浮かべるこの男が、今日に限ってはにこりともしない。その事実だけでも、毒島の〈教授〉に対する敵意が感じられる。

「まだ〈教授〉に拘り続けるつもりですか」

「拘ってほしくない口ぶりに聞こえるけど」

「大手町連続射殺事件も出版社連続爆破事件も、既に実行犯は逮捕済みです。毒島さんの言う通りなら、仮に〈教授〉を逮捕したところで送検は難しい。それなら〈教授〉不在のまま起訴した方がいい」

「本当の悪党には目を瞑って？」

「計画犯の検挙は後回しにしてもいいと言ってるんです」

「麻生班長がそれを言うってことは、他に看過しかねる案件が発生したのかしら」

相変わらず話の先を読むのが早い。捜査上の話なら重宝もするが、時と場合によれば鬱陶しいことこの上ないだろう。

「先月、足立区で発生した暴行事件を憶えてますか」

八月二十四日、足立区千住桜木の路上で倉橋希美（くらはしのぞみ）三十二歳が何者かに襲われた事件だった。仕事を終えて帰宅する途中で暴行に遭い、金品その他の強奪はされなかったものの顔に重度の火傷（やけど）を負ったのだ。

「帰宅途中のＯＬが顔に硫酸ぶっ掛けられた事件でしょ。はいはいはい憶えています。ほとんど殺人、みたいな事件だったから」

「被害女性は顔を焼かれただけで、命に別状はなかったはずですよ」

「女性にとって顔を焼かれるなんて殺されるのに等しい。男の目を気にして、とかじゃなくて美醜はアイデンティティの一つでさえあります。けど、その事件がどうしました」

「わたしたちの担当になりそうですよ。昨夜、西馬込で三十四歳のＯＬが同様の被害を受けました」

「また硫酸を顔に？」

「時間帯も手口も似ているので、連続した事件の可能性があります。毒島さんも合流してください」

返事はないが毒島が事件に興味を示したのは見てとれたので、麻生は事件の概要を説明する。

犯行態様は先月被害に遭った倉橋希美の時と酷似していた。時間はいずれも深夜零時過ぎ、場所は自宅付近の路上で、目撃者もいない。

使用された劇物はともに濃度98パーセントの濃硫酸。被害女性の二人とも応急処置が遅れたために重篤な化学熱傷を負うに至った。同劇物は市販されているものの医薬用外劇物の指定を受けているので、誰もが気楽に購入できるような代物ではない。しかも濃度が全く同じであったために、当初疑われた模倣犯の可能性も隅に追いやられた。

二番目の被害者飯園美樹は意識不明の状態で最寄りの救急病院に搬送された。今朝になって意識が回復したので所轄署の捜査員が事情聴取したのだが、長時間の聴取に耐えられないと主治医の注意があったために中断している。

「被害者の飯園美樹はまだ救急病院に入院しています」

「早速、会ってこいって言うんでしょ」

言うが早いか、毒島はすぐに立ち上がる。どこか飄々(ひょうひょう)としているのに、いざとなれば敏捷さを見せるのもこの男の油断のなさだ。

「犬ちゃんは？」

「最初の被害者である倉橋希美から改めて聴取しています。だからわたしが同行しますよ」

うへえ、と毒島は唸る。上司に対する態度とは言い難いが、刑事としての実績とキャラクターがそれを許してしまう。

「班長は指揮を執る立場であって、何もわざわざ現場にまで出馬してくることはないでしょ」

あんたに単独行動を取らせるのが怖いからわざわざ俺が出馬しなきゃならないんだ——。

抗議にも似た愚痴が出そうになるのを、慌てて抑える。検挙率だけなら警視庁一の刑事だが、容疑者に対するねちっこさと人の使い方は最悪だ。捜査の初歩である訊き込みでさえ自分が率先して行ってしまい、後輩に任せようとしない。しかも気を許すとすぐに暴走し始め、容疑者を不必要なまでに責め立てる。

麻生は常々、刑事ほどＯＪＴ（現任訓練）が必要な職業はないと思っている。言い換えれば、後進を育てる能力のない人間に上級職は務まらない。毒島に欠けている資質がまさにそれだ。下についている犬養は何とか順応しているが、これは犬養本来の資質が優れているからに他ならない。凡庸な若手では早々に置いてけぼりを食らってしまう。兵隊としてはとびきり有能だが指揮官には決して向かない男、というのが麻生をはじめとした上級職連中の共通した毒島評だった。

「班長が同行するというのを拒否できる立場じゃないけど、正直一人の方がずっとやりやすいなあ」

「……あなたにやりやすい環境を与えたら、わたしがやり難くなる」

「うふふふ。分かってますよお」

救急搬送された美樹は既に意識を取り戻していたが、完調という状態でもなかった。

顔面全体を包帯で覆い、覗いているのは右目と唇だけだった。主治医の話では左目も濃硫酸を浴びたために失明の危険性があるという。包帯の隙間から覗く視線は虚ろで、未だ自分の身に起きたことを完全に把握しきれていないようにも見える。

「大丈夫……ではないですね」

毒舌が服を着ているような男にも最低限の気配りはあるらしい。わざとらしい慰めや底の浅い気休めをすっ飛ばして、いきなり聴取を開始した。

「あなたをこんな目に遭わせたヤツを逮捕するためです。捜査にご協力ください」

美樹は視線だけを毒島に移動させる。傍で見ていた麻生は少なからずぞっとする。生きた人間の目には見えなかった。

「暴行を受ける際、相手の顔を目撃しましたか」

すぐ反応は返ってこない。

「飯園さん」

「……振り向いた瞬間には、もう薬品を顔に掛けられていて……」

「顔は見られなかった？」

「はい」

「では服装はどうでしたか。服の色だけでも憶えていませんか」

「黒、だったと思います。あの、待ってください」

ようやく思い出す気になったのかと期待したが、次の瞬間、美樹は急に俯いてしまった。

「ご、ごめんなさい。思い出そうとすると怖くなって、大声で叫びそうになって」

珍しく毒島は急かしもせず、美樹の話すままに任せている。

「か、顔のほとんどが火傷になって左目も見えなくなって……まだ怪我の痕を見てなくて、写真でもいいからってお願いしてもお医者さんから断られて」

主治医の行動は理解できる。まだ心の整理もついていないうちに火傷の痕を見せられたら、今度は精神的な外傷が危惧される。

毒島は尚も質問を続ける。

「では背恰好とか特徴を」

「一瞬のことで何も分かりませんでした。若いのか年寄りなのか、男なのか女なのか」

「相手と何か言葉を交わしましたか」

「いいえ。問答無用という感じでした。ごめんなさい、ホントに何も分からないんです」

質問は襲撃される前の状況に遡っていく。訥々とした、そしてしばしば途切れる証言を纏めると次のようになる。

昨日、つまり九月十五日の深夜零時過ぎ、美樹は以前婚活パーティーで知り合った南部なる男性と食事を済ませた後、電車を乗り継いで西馬込駅で降りた。いつもと同じ道を辿り、何の異変も感じないまま凶行に遭った。

美樹自身は取り立てて特別なものを持ち合わせていない。都内の中堅電子機器販売の事務職。群馬に実家があるが現在はアパートに独り暮らし、貯金残高は五十万円程度で身に着ける装飾品も衣服も給料に見合ったものだ。デート当日ということも手伝って多少派手めの五分袖リブ編みニット、ただし高価なものではない。中身が一万円を切っていた財布も盗られていないので強盗とは考え難い。

身分証を見る限り容姿も十人並みで、美貌を妬まれての悲劇にも思えない。職場でも人間関係に悩まされた記憶はないという。

話を聞けば聞くほど美樹が襲われなければならない理由が見当たらないので、麻生は不安に襲われる。先の倉橋希美の事件と照らし合わせれば、無差別襲撃事件の様相を呈してくる。世間とマスコミが最も怖れ、また狂喜するネタだ。

供述の途中から、また美樹の様子がおかしくなってきた。言葉が途切れがちになり、声も上擦り気味になる。大丈夫かと気を揉んでいると、案の定主治医が駆けつけて聴取を中断された。

犯行の状況は分かったものの、被害者の証言は具体性に欠けた。現場周辺の訊き込みと鑑取りは緒に就いたばかりだが、対象が無差別となれば事件の長期化が予想される。

「犯人にしてみたら、女の顔に液体ぶっ掛けるだけだから、通り魔的殺人よりは心理的なハードルが低いんじゃないかしら。そうなると、味を占めてまた犯行を繰り返すんだろうなあ」

毒島は怖ろしいことをまるで歌うように話す。お蔭で麻生はきりきりと胃の辺りが痛くなった。

毒島一人の扱いでも手を焼いているのに、無差別暴行事件が重なったのでは堪ったものではない。

だが、不吉な予想ほど的中する。二つの事件の捜査に進展が見られない中、危惧した通り第三の事件が発生したのだ。

九月二十日午前五時、麻生は合同捜査本部に詰めていた犬養からの一報で叩き起こされた。

『班長。三つ目です』

それだけで状況が呑み込めた。麻生はおっとり刀で、告げられた現場へと直行する。

現場は葛飾区金町。まだ朝の六時前だというのに、アスファルトからは熱帯夜の残滓(ざんし)が立ち上っている。浄水場からだろうか、辺りには硫黄に似た異臭が漂っている。

「異臭の大元は濃硫酸ですよ」

鑑識課員の間から現れた犬養が地面を指差した。

「ぶち撒けられた濃硫酸の一部が地面に飛散しています」

「前の二件と同じものか」

「簡易鑑定では同濃度のようです」

「被害者は」

「矢代笑菜（やしろえな）、二十九歳。ここから一ブロック離れたマンションに居住。やはり帰宅途中に襲撃されたみたいですね」

「重傷か」

「近くの病院で手当てを受けている最中ですが、顔の左半分を焼かれています。それでも命に別状はなく、証言は可能と報告を受けてます」

麻生は改めて周囲を見回す。この界隈は昔ながらの下町といった印象が強く、大型スーパーやデパートの類いはあまり目にしない。住む場所で人の価値を決めようとは思わないが、少なくとも富裕層が好んで住みたがる地域とは考えづらい。

麻生の考えを読み取ったのか、犬養は報告を続ける。

「被害者が所持していたバッグは手つかずのまま放置。金品の強奪も認められません。目撃者はまだいませんが、被害者本人が襲われた時間を憶えていました。深夜零時の少し前だったようです」

「犯人の顔までは憶えていないか」

「黒のトレーニングウェアを着用し、頭にはフードを被っていたとのことです。ウェアもだぶつき気味で体格その他不明。男女の別も分からなかったと証言しています」

証言内容は前の二件と大差ない。今回は着用していた服がトレーニングウェアと目撃されているが、逆に言えばそれだけだ。特徴のない服装と闇に紛れる色。無個性と言って差し支えなく、手掛かりらしい手掛かりは皆無に近い。現場に残存していた不明毛髪と下足痕は無数にあり、鑑識では未だ分析の真っ最中だが、これもまた捗々しい進展は報告されていない。

「被害者三人の共通点は見つかったか」

「矢代笑菜の勤め先は足立区内スポーツ用品販売店。本人は販売員ですね。先の二人のプロフィールと照らし合わせてみたんですが、年齢・血縁関係・出身地・出身校、仕事上の提携、いずれも共通するものはありません」

犬養は淡々と報告するが、面白くなさそうな顔色から麻生と同じことを考えていると想像できる。

三人の被害者に共通点が見つからなければ、いよいよ対象が無作為に選ばれている証拠だ。若い女性という条件では絞り込みすら不可能になる。

「ただ、やっぱり共通点はあると思うんです」

麻生の焦燥を知ってか知らずか、犬養は私見を添える。

「何故そう思う」

「犯人が獲物を襲う際、まさか何の用意も下調べもなしに行動するとは思えません。人ごみの中で無差別に人を襲うとか、茂みに身を潜ませて偶然通りかかった女に硫酸を掛けている訳じゃありません」

犬養の指摘は的を射ている。

目撃情報もなく、いずれの被害者も不意を突かれて襲われている。隙がない犯行のように見えるのは、獲物を定めた上でその生活圏や周辺状況を計算に入れているからだ。

つまり獲物を定める時点で何らかの選択基準が働いていることになる。言い換えれば、その選択基準こそが犯人の個性であり動機の一部だ。

「三人の交友関係を洗う必要があるな」

麻生の言葉に犬養が無言で頷く。

「交友関係だけじゃない。本人たちがよく行く場所、行きつけの店、所属する各種団体、ファンクラブ、日頃閲覧するサイト。捜査員総出で調べさせる」

「総出ですか」

「躍起になる理由は分かっているよな」

「早期に共通点を探し出さなければ、第四の犠牲者が出ます」

「その通りだ。検証と同時に予防線を張るための作業だな。おそらく現時点では最優先の捜査事項になる」

矢代笑菜の供述を取るべく麻生と犬養が病院に到着すると、病室には見知った男の顔があった。

「毒島さん」

「ああ、班長。お先に失礼してます」

毒島は被害者と思しき女性の傍らに座り、事情聴取している最中だった。

「で、昨夜は職場の皆さんとビヤガーデンに出掛け、二次会に流れ、帰宅途中に襲われたと」

「そうです」

答えている笑菜は顔半分を包帯で隠している。美樹に比較すれば被害は半分だが、焼かれた箇所を考えれば気休めにもならないだろう。事実、毒島に対する口調はやり場のない怒りに戸惑っているように聞こえる。

「襲われたのは自宅近くの路上。襲われる瞬間まで誰かに尾行(つけ)られている気配はありましたか」

「いいえ、全然気づきませんでした。あたしも結構アルコールが入っていたので」

「それでも犯人に振り向く余裕はあった」

「振り向いたせいでこんな目に遭ったんですけどね」

笑菜はそっと包帯の部分に手を当てる。彼女は己の火傷痕を見たのだろうかと、麻生は要らぬ心配をする。

「フードつきの黒いトレーニングウェアでしたね。服装以外で相手について憶えていることは？」

「ほんの一瞬だったし……」

「視覚情報だけではなく、音とか臭いとかでもいいですよ。何か特徴的なものはなかったですか」

「酔っていたもので……」

「じゃあ、この二人の女性に見覚えはありませんか」

毒島が取り出したのは希美と美樹の顔写真だった。笑菜は差し出された写真を食い入るように見つめていたが、やがて諦めた様子で首を横に振る。

「すみません、知らない人たちばかりです」

「ああ、そうですか」

毒島は意外なほどあっさりと写真を引き戻すと、やおら立ち上がる。

「じゃあ、今日はこのくらいにしときましょう」

「あの、あたしほとんど役に立ってないような気がするんですけど」

「事件に遭遇した直後は、パニックで記憶力が充分機能しない場合があります。時間が経過し、落ち着きを取り戻したら改めて記憶が甦るものです」

「落ち着く？　こんな火傷をして？　もうデートにも行けやしない」

不意に笑菜の語尾が跳ね上がる。

「予定がありましたか」

「三日後」

「彼氏は今度の事件をご存じですか」

「いえ……パーティーで知り合ったばかりの人なので、まだ連絡は」

「婚活パーティーですか」

「はい」

「出逢いの機会の多い人は羨ましいな。僕たちが出逢う相手なんて凶悪な人間ばかりで、一瞬も隙を見せられない。ああ、そうだ。よかったらパーティーの主催者を教えてください」

笑菜は溜息を一つ吐き、ベッド横にあったバッグの中をまさぐって一枚の名刺を取り出した。

「好きにしてもらっていいです。もう見る機会はないでしょうから」

自棄気味に話すのは彼と会う機会を失ったと考えたのか、それともパーティーには二度と参加できないと諦めたからか。

「またわくわくする日が来るなんて、とても思えません」

フォローのひと言くらいはあるかと思ったが、毒島は何も返さないまま笑菜に背を向ける。

「何か思い出したら連絡ちょうだいね。深夜でも早朝でも構いませんから」

病室の入口近くに立っていた麻生と犬養の背中を押し、一緒に出ていく。執拗さが身上の毒島には、あまりに呆気ない引き際だった。

「えらく淡泊でしたね」

「記憶力が回復していない人間を質問攻めにしても意味ないし、それなりの収穫はあったから」

毒島は受け取ったばかりの名刺をひらひらと振ってみせる。

「収穫というのは、その名刺のことですか」

返事の代わりに名刺の表を見せられた。〈ランコントル　相談員深瀬麻佑子〉と書かれていた。

「ランコントル……」

「フランス語で〈出逢い〉って意味ですよ、確か」

毒島は事もなげに答える。

「二番目の被害者、飯園美樹が直前に会っていたのも婚活パーティーで知り合った相手でしたよねえ」

「まさか倉橋希美もそうだと言うんですか」

犬養は答案のミスを指摘された生徒の顔になった。

「彼女、そんなことはひと言も」

「婚活中を自分から言い出す女性も多くないだろうしさ。要は訊き方の問題なんだろうけど、犬ちゃん、聴取相手が女性だと知らず知らず腰が引けちゃうんだよね。も一度訊いてみる価値はありそうだと思うんだけど」

「今から行ってきます」

「うんうんうん、そーして」

全てを聞き終わらないうちに犬養は廊下の向こう側へ駆けていく。

「ミスを挽回するのに一生懸命。いいねいいね、ひたむきな姿勢は応援団を作る」

「部下の態度が好ましいと思うなら、毒島さんもそうすればいい」

「いやいやいやいや僕は結構です」

「ひたむきさが眩しいですか」

日頃の陰険さに対する意趣返しのつもりでからかったのだが、返ってきたのはやはり毒島語だった。

「結構と言ったのは応援団のこと。僕、そういうのは全然要らないから」

毒島は名刺をひらひらさせながら、ついでにへらへらと舌も出す。

「外野席の声ほど無責任なものはないもの。今は応援してくれても、明日になったら容易く罵倒に変わる。そんなのに左右されるなんて堪ったものじゃない」

孤立無援で唯我独尊。才覚のある人間が嵌まりやすい陥穽だが、毒島は陥穽であるのを知った上で踏み込んでいるように見える。羨ましく思う反面、組織には馴染めないタイプなのだと納得する。毒島が頑なに昇任試験を受けようとしないのは、己の資質を誰よりも知悉しているからに相違なかった。

毒島の予想した通り、硫酸を浴びせられた三人には婚活パーティーの参加者という共通点があった。

「正確には、三人とも同じ結婚相談所の会員だった訳だが」

〈ランコントル〉に向かう車中で、麻生は犬養が倉橋希美から聴取した内容を交えて説明する。

「最近はどこの結婚相談所もそうらしいんだが、パーティーを頻繁に開催するらしい。いきなり一対一で会わせるより、まずパーティー形式で馴染ませてから次の段階に進ませる」

「初々しいですねえ」

毒島はまたもや舌を見せて嗤う。

「グループ交際とあまり変わりませんねえ。今日び中学生だって、そんな回りくどいことしないのに」

「〈ランコントル〉の婚活パーティーというのはそれぞれ時期や参加者が分かれていて、被害者の三人が互いに顔を知らなかったのはそういう理由らしい」

とにかく三人を結ぶ輪が見つかった。これは大きな進展だ。

麻生は密かに胸を躍らせるが、ハンドルを握る毒島は捜査の進展以外にも興味を持っている様子だった。

「いったい何を企んでいるんですか」

「人聞き悪いなあ」

「日頃の行いでしょうが」

「いやあ、結婚相談所というのもなかなかにデンジャラスな場所だと思いましてね」

「何がどうデンジャラスなんですか」

「現代の結婚事情というのは、ただの配偶者選びじゃなくて、マウンティングの舞台に変質しているんですな。いかにスペックの高い相手をゲットして成り上がるのか。結婚相手のハードルを目いっぱい高くして跳ぶものだから、跳躍に失敗した時の衝撃が半端じゃない。よくて大怪我、悪けりゃ半身不随」

「実例を見たような口ぶりですね」

「前に扱った事件の容疑者に、そういう人がいたから。婚活とか言っているけど将来の伴侶を選んでいるのか、現状のレベル争いをしているのか訳分かんなくなってる。中には同じことだと開き直る人もいるけど、どっちにしたって熾烈な争いだから、傍で見ていて面白くないはずがない。うふ、うふふふふ」

〈ランコントル〉の事務所は南青山のオフィスビルの中にあった。笑菜から拝借した名刺とともに来意を告げると、すぐ応接室に通された。

応接室の中には成婚実績の表やスローガンが所狭しと貼り出されている。

『八月ご成婚件数は前月比20パーセントアップ！』

『首都圏エリア十週連続第一位』

『貴方が知らない貴方の魅力』

『ふれあいのかけらが人生を変えていく』

毒島は興味津々の様子で一枚一枚に視線を走らせる。

「いやあ、見れば見るほどそっくり」

「何がですか」

「まるで学習塾の中みたいだと思って」

やがて姿を現したのは名刺の主、相談員の深瀬麻佑子だった。齢の頃は四十代前半、凛（りん）とした佇（たたず）まいが印象的だ。

「ご用件が当会の会員さまのことだそうで」

麻生が口を開こうとする前に、はや毒島が主導権を握る。

「はいはいはい、偶然なのかどうかこちらの会員さんが三人続けて暴行を受けました。貴社はその事実、把握されていましたか」

「あいすみません。生憎と会員さまのお名前を逐一サーチしてはおらず……会員さまご本人からも連絡をいただいていなかったようです」

「硫酸掛けられてふた目と見られないご面相になりました、なんてのはなかなか自分から言い出せません」

「ウチがその暴行事件に関係しているとお考えなのですか」

「どんな小さな可能性でも、一つ一つ潰していくのが警察の仕事です」

言いながら、毒島は被害女性たちの顔写真を提示する。

「この三人はいずれも顔に大火傷を負い、現在も都内の病院で治療中です」

「重傷、なのですか」

「形成外科の技術は日進月歩と聞いていますが、それでも火傷の痕を完全に消し去るのは困難のようですね。こんな場面でジェンダー云々を呟くつもりはありませんが、それでも女性にとって顔に傷が残るのが男のそれと全く違うのは自明の理です」

「わたしもそう思います」

「わたしは職務上、犯人を許す訳にはいきません。深瀬さんはどうですか」

「相談員としても同性としても許せません」

「目的が一致しました」

毒島は途端に表情を緩めた。

「犯人逮捕にご協力ください。まず、この三人が参加したパーティーのメンバーリストは残っていますか」

「パーティー参加者は全てデータに登録されています」

「うんうん、複数のパーティーに参加している会員が一発で検索できる訳ですね」

「試したことはありませんけど」

「それぞれのパーティーで参加者が分かれているのはどういう理由からですか。アトランダムということなんですか」

「いいえ、有体に言ってしまえばクラス別という趣旨からです」

麻佑子は軽く咳をする。今から話す内容があまり愉快ではないことの表れだった。

「入会時、会員さまにはプロフィールの自己申告をお願いしています。年齢・身長・出身校・職業・年収・資産といった項目です。弊社ではそのデータに基づき、全体をSからEまでの六クラスに分類します」

「ははあ、男女ともに同じクラスで引き合わせるんですか」

「いえ。以前アトランダムでお引き合わせした時、成婚率がアップしなかった反省からデータによるクラス分けに移行したのですが、実際はそう単純なものでもないのです」

不意に麻佑子は物憂げな表情に変わる。

「毒島さん、でしたね。現在、日本男女の未婚率がどれくらいなのかご存じですか」

自分が問われた訳ではないが麻生は考え込む。傍聞きのニュースで男余りであるのは知っているが、割合となるとからっきしだ。

ところが毒島は眉一つ動かさずに答える。

「確か男性は四人に一人、女性は七人に一人、でしたか」

「その通りです。けれど、弊社をはじめとした結婚相談所の会員登録者は男性3女性7というように逆転しています。この理由は何だと思われますか」

毒島は一向に怯(ひる)まない。ものの数秒沈黙したかと思うと、すぐに口を開いた。

「男の結婚適齢期はあってないようなものだから焦るヤツが少ない。一方女性側は出産年齢の関係で、どうしても期間限定になりやすいから相談所に駆け込む比率が違ってくる」

麻佑子の意外そうな顔で、それが正答だと分かった。

「それにも増して男性の平均年収が下がり続けているんで、最初から婚活を放棄しているのが相当数いる。まあ、そんなところですか」

「……ご明察です。やっぱり刑事さんというのは、そんなことまでご存じなんですね」

いや、そういう知識を溜め込んでいる刑事はそいつだけだから――麻生は危うく飛び出しそうになる台詞を慌てて喉元で止める。

「相談所における男女比の偏りは、別の理由で更に顕著になります。男性の毒島さんには不愉快な話になるでしょうけど、女性側が男性側に希望する年収は六百万円以上。ところがこの条件をクリアできるのは全男性会員の20パーセントにも満たないのです」

ああ、と毒島は相槌を打つ。

「完全な売り手市場なんだ」

「ええ、弊社に限らず、どこの結婚相談所でも高収入の男性会員十数人を百人単位の女性会員が奪い合うかたちになるのです」

何故か麻佑子は悲しそうに訴える。

「パーティーの種類が分かれているのは、その限られた男性会員をあからさまにターゲットにした企画を立てているからです。一例を挙げれば男性の参加者を医師と弁護士に限定したパーティー、国家公務員限定のパーティー、都内に持家のある方限定のパーティー……」

麻佑子は不愉快かもしれないけれどと断りを入れたが、説明を聞く毒島は愉快そうな笑みを浮かべている。これには麻佑子も面食らったのか、不気味なものを見るような視線を投げてきた。

「さぞかし、がっついているとお思いでしょうね」

「いや、優勝劣敗と考えればそれほどでも」

「そういう事情で弊社主催のパーティーに複数回参加されている女性会員は決して少なくありません」

「でしょうねえ。じゃあ、この被害女性たちが参加したパーティーで、三人全員と顔を合わせた参加者をリストアップしてください」

「リストアップした会員さまをお調べになるのですか。それでは会員さまの個人情報をご本人の許可なく開示することになりますが……」

「犯罪捜査の場合は適用外です。それにね、深瀬さん、これは信じてほしいのだけれど」

毒島は麻佑子を正面に見据えて言う。

「これでも警視庁一のフェミニストと言われる男です。是非とも被害女性たちの無念を晴らしてやりたいんですよ」

麻生は思わず毒島を凝視する。いったいどの口から出てきた言葉だと思う。

躊躇も照れもなく放たれた言葉に、麻佑子は動揺したようだった。しばらく逡巡した後、中座して戻ってきた時には一枚の紙片を手にしていた。

「被害に遭った人たち全員とパーティーで顔を合わせたのはこの三人です。本来は詳細なプロフィール表が備えてありますが、お名前と住所の開示でご了承ください」

差し出された紙片を毒島と一緒に見る。そこには三人の氏名と住所が記載されていた。

宝井絵真（たからいえま）

神埼奈緒（かんざきなお）

栗山恵美（くりやまめぐみ）

この中に暴行犯がいるのか。

麻生はぶるりと肩を震わせた。

3

「犯人逮捕のため、この際ぜえんぶ話してほしいんですけどね」

依然緊張気味の麻佑子を前に、毒島は通常モードで対応する。人によっては傍若無人と映る立ち居振る舞いだが、麻生の観察する限り相手を選んでいるようなので敢えて口出しはしない。

「全部、話しているつもりですけど」

「いやいやいや、まだ被害女性たちにとって不利な話はしてくれてないでしょ」

毒島は受け取ったリストを眺めながら底意地の悪そうな笑みを浮かべる。

「何といっても会員さまですので……」

「先刻のお話によれば、高収入の男性会員十数人を百人単位の女性会員が奪い合う構図ということでした。よおく分かります。飯園美樹さんの場合も、襲撃される直前にデートしていた相手は外資系投資会社の三十六歳、婚姻歴なし、イケメンで年収一千二百万円。ところが飯園さんの方は電子機器販売の事務職、年収二百二十万円。うーん、アンバランス」

「仰っている意味が……」

「つまりですね、深瀬さん。人が殺意を覚える動機は恨みや憎しみだけでなく、疎ましいという感情もあるんですよ。最近はマウンティングという言葉で括られることが多いですけど、とにかく人の上に立ちたがる。自分が上に行けない者は、下の人間を完膚なきまでに叩きのめす。自分が下層に所属している現実を頑として認めたくないゆえの行動ですが、疎ましい者を排除したい、不幸に堕ちるのを見たいという欲望は、結構リアルな動機になると思いませんか」

しばらく麻佑子は値踏みをするように毒島の顔色を窺っていたが、やがて仕方ないという顔で口を開いた。

「三人の被害女性が他の会員さまから疎まれていたのではないかというご質問ですね」

「はい」

「疎まれていたのかどうかは、会員さま個々のお気持ちなのでわたしが断じるものではないと存じます。ただ、お三方がお相手に希望される条件は若干高めのような気がしますね」

「詳しくお願いします」

「お三方のお勤め先は大田区と足立区、葛飾区。ご希望のお相手は千代田区もしくは港区です」

　傍で聞いている麻生は居心地が悪かった。具体的な社名を挙げずとも、千代田区・港区に社屋を所有する企業といえばマスコミ・銀行・官公庁という華やかなる職業が集中している。それに比べて女性三人の勤め先は中小もしくは零細企業という印象が強い。現に飯園美樹の年収二百二十万円が実態を裏付けている。

「お勤め先だけではありません。お三方ともですが、会話レベルが同等でなければ付き合っても長続きしないといって、お相手の出身大学を東大・慶應・早稲田に限定されているんです」

「うーんうんうんうん。聞くだに愉快なお話ですね。相手に経済力だけではなく知性も求めているんだ」

「ただ……そういう条件に合致したお相手と出逢いをセッティングしてもですね、男性の方から『会話が続かない』といって謝絶される場合がほとんどなんです。刑事さんのお話に出ていた南部さまもそうでして、飯園さまと個別に会ったものの、結局は巡り合わせがお悪かったようです」

　麻佑子が歯切れ悪く話し続ける一方、毒島はまるで初孫を抱いた祖父のような顔で笑っている。

「手前どもも個人情報や会員さま同士の交際状況が洩れないよう、細心の注意を払っています。でも本当に不思議なんですけど、そういった話に限っていつの間にか洩れてしまって」

「はいはいはいはい、ありがちですねえ。虚栄とマウンティングが支配する場所ではよくあることなんです」

「毒島さん、でしたね。ウチの他に結婚相談所をご存じなのですか。とても、ものがお分かりのご様子ですけど」

「結婚相談所じゃありませんけど、とてもよく似た場所を知っています」

「どこですか」

「刑務所ですよ」

途端に麻佑子が顔を顰めた。

「そんなブラックジョークを……」

「ブラックでもなけりゃジョークでもありませんって。囚人たちの希望は一刻も早くシャバに出ることだけど、やっぱり罪の重さや知名度でヒエラルキーとかできちゃう。看守の覚えめでたく早々に仮釈放をゲットする囚人がいる一方、いつまでもいつまでも房の壁を眺め続ける囚人もいる。当然そこには足の引っ張り合いや密告合戦が生まれる。さほど真面目でもないのに看守の機嫌を取るのだけは必死なヤツとか、何かの間違いで刑期が短縮されたヤツは相当疎まれる。無期懲役食らって一生塀の外に出られないようなヤツからはもっと疎まれる。直接、自分の利害は絡まないのに、そいつの邪魔をしたくなる。浮かれているそいつの墜落を渇望するようになる。どうです、似たようなものでしょ」

「意地の悪い見方をされるんですね。わたしも独身ですから、今のお言葉は少々癇に障ります」

「客観的な視点というのは大抵意地悪なものです。被害女性三人にしても、好意的な反応ばかりではなかったのでしょう」

「正直、三人にはフライング気味のところがありました。パーティーでこれはと目をつけると、相手の方がプロフィール開示の段階でお断りしても怯まずデートの約束を取りつけるといった行為を繰り返していたんです」

「それは規約違反なんですか」

「自由恋愛ですから、そんな規約は設けていません。でも、事情を知る他の女性会員さまたちの中には不満を抱いている方がいらっしゃいました」

「その、不満を抱いていた女性会員の中に、この三人は入っていますか」

毒島は宝井絵真と神崎奈緒、そして栗山恵美の名前が記された紙片をひらひらと掲げた。

「表立ってそういう非難をされたとは聞いていません」

「ふんふんふん、言い換えれば表立ってない場所では平然と批判したということですよね」

麻佑子は黙って顔を伏せるばかりだった。

〈ランコントル〉を出ると、毒島はいきなりにやにや笑い出した。

「何がそんなに可笑しいんですか」

「いやあ、さっきの相談員さんの反応を思い出したら、つい」

「一度あなたには言おう言おうと思っていたんですけどね、その不謹慎な笑いをどうにかできませんか」

「どうして。別に通夜の席で笑っている訳じゃなし、ここは天下の公道上でしょ」

「……笑っていた理由は」

「今の場面に犬ちゃんを同席させてやりたかったなと」

「犬養に聴取させたかったという意味ですか」

「違う違う違う。女の本性というか、女性も生き残るためには必死だってのを見せてあげたいんですよ。ほら、犬ちゃんてあの通りの二枚目だから、今まで女に苦労したことないでしょ」

「本人もそんなようなことを言ってましたね」

「だから彼の中では女性がえらく理想化されちゃってるよね。そんなんだから、娘さんもいるっていうのに離婚しちゃった。優秀な刑事には違いないんだけど、唯一の弱点が女心を知らないし知ろうともしないこと。今のうちにその弱点を克服しておかないと、将来の禍根になりかねないよ」

「そいつはわたしに対する警告ですか」

「助言と言って。人を育てることにかけては、僕なんかより麻生班長の方がずっと適任なんだからさ」

「あなた犬養のトレーナーでしょうが」

「じゃあ犬ちゃんが毒島二世とか呼ばれるようになっても構わない？」

「それは……」

「そこは肯定してくれなきゃ駄目でしょう」

「毒島さんは組織にそぐわない。協調性がなさ過ぎるんですよ」

毒島は先輩だが、ここは班長として言っておかなければならないだろう。

「一課に限らず犯罪捜査はチームワークです。毒島さんの勘と洞察力は評価しますが、今のままでは頭打ちですよ」

「どう頭打ちっていうのさ」

「あなた昇任試験も何やかやと理由をつけて回避してるでしょ。今のままじゃヒラで退官ですよ。もったいないとは思わないんですか」

「心配してくれてるの」

「当たり前でしょう。あなたにはずいぶん助けてもらった。今のわたしの地位があるのも、一部はあなたのお蔭だと思っている。そういう人材を無駄にしたくない」

「そりゃあ組織にとっては無駄かもしれないけどさ。本人は至って気楽なもので、今のポジションが結構気に入ってたりするんですよ」

「本心ですか」

「麻生班長に嘘吐いてもはじまらないでしょ」

「もし本心ならあなたは公務員、いや組織人には不適格だ。一人で完結できる仕事を選んだ方がいいでしょうな。いっそ作家でも目指してみてはどうですか」

皮肉のつもりで言ってみたが、意外にも毒島は興味を示したようだった。

「それはアリかもしれないなあ」

リストに記載されていた三人の容疑者のうち、宝井絵真というのは取り立てて目立つところのない女だった。喫茶店を自営しているせいで愛想だけはよかったが、これも営業スマイルと思えばあまり有難味がない。

絵真とは終業後を狙って、喫茶店で会った。同業が気になるのか、しばらく絵真は店内を見回していた。

「〈ランコントル〉の件でしたよね。あまり婚活のことを話すのは気が進みません」

「まあまあまあ。三件の被害、それもうら若き女性が被害に遭っています。警察としては放っておくことができません。宝井さんには是非とも協力をお願いしたい次第です」

毒島は手際よく被害女性たちの顔写真をテーブルの上に並べていく。

「その三人なら知ってますよ。パーティー荒らしで有名な三人でしたから」

絵真は事もなげに言った。

「ははあ、パーティー荒らしというのは招かれざる客が会場を我が物顔でのし歩くイメージがあるのですが、この三人も同様だったんですか」

「似たようなものでしたね。〈ランコントル〉のパーティーは年収の近しいクラスで構成されるはずなんですが、あの三人はどういう伝手（つて）を頼ったのか、ちゃっかり上級クラスの会員に交じって飲み食いしていましたからね。まあ飲み食いだけなら、まだ可愛げもあるんですけど」

「飲み食い以外に可愛げのない行動があったんですね」

「目当ての男性を見つけた時のリアクションが最低でした」

絵真は吐き捨てるように言う。

「パーティーに参加する男性はエグゼクティブな方たちですから、着ているもので大体の生活ぶりが分かります。あの三人はそういう身なりの男性を見掛けると、すぐに飛びついて職業とか年収とかを根掘り葉掘り訊いて、挙句の果てに無理やりデートの約束を取りつけたりするんです。何ていうかジャッカルとかハイエナみたいで、見ていて気分のいいものじゃありませんでした」

「ご自身は違うと」

「わたしは、もう少し結婚というものを真剣に考えています」

絵真は心なしか胸を反らせた。

「彼女たちのように外見に惑わされず、本当の意味で生涯の伴侶を求めたいと思っています」

「ああ、経済的な要素は全くなしということで。宝井さんは経営者だから、そっち方面の心配はしなくて済む」

「あ、いえ。それはちょっと違っていて」

絵真は慌てたように首を振る。

「何か誤解されているようですけど、喫茶店経営が順風満帆という訳じゃないんです。最近は外資系チェーン店の台頭がキツくって、ちっとも楽じゃないんです」

「おや。つまり最終的には生涯の伴侶の財布をあてにしてるってことですか」

「そんな、あからさまに」

「剝き出しだろうとオブラートに包もうと、言うことは一緒ですよ」

「それにしたって、少しは言い方があるように思いますけど」

「失敬失敬。つまり宝井さんが相手に求めるのは、喫茶店経営に支障が出た際に助けてくれるだけの経済力を持った男性ということですね」

「……否定はしません。それが入会時のアンケートに書いた一番目の希望でした。わたし今年で四十になりますけど、正直この齢になると伴侶に安らぎとかときめきとかを期待したりしません。そういう精神的な安心感は別のもので補えるようになるんです。でもいくらペットが可愛くても、お札を咥えてきてはくれませんものねえ」

「分かります。そういう宝井さんにすればパーティー荒らしの三人は邪魔でしかなかったでしょうね」

「引っ掛けの質問だとしたら、ずいぶん陳腐です」

「引っ掛けるつもりはありません。彼女たちが襲われても当然という理由を探しているだけです」

「襲われて当然という意見には同意します。別にあの人たちが憎いということではありませんけど、見ていて苛々します。きっとある人にとっては害虫と同じだったんでしょうね」

「害虫、ですか」

「害虫は憎しみの対象ではないけど、普通は駆除したくなるでしょう」

最後に毒島は三人が襲われた夜のアリバイを訊いた。八月二十四日の倉橋希美、九月十五日の飯園美樹、九月十九日の矢代笑菜。いずれの場合も喫茶店を閉めた後の時間帯だが、一人で生活しているために証明してくれる者は飼っているマンチカンだけだと言う。


二人目は神埼奈緒。事前に調べた内容によれば、誰でも名を知るパチンコチェーン店の社長令嬢という触れ込みだった。聴取の場所は有名ホテル一階の喫茶ルームで、コーヒー一杯が何と千二百円。果たして捜査費用として認められるかどうか危ぶみながら、麻生は毒島の隣に座る。

齢の頃は三十代前半、お世辞にも美人とは言い難いが、育ちのよさは伝わってくる。今までカネで苦労をしたことのない顔だった。

「えっと、最初に不躾（ぶしつけ）な質問、いいですか」

「何なりとどうぞ」

「どうしてまた婚活パーティーなんかに参加しようと思ったんですか。神崎さんなら見合いの相手くらい掃いて捨てるほどいるでしょうに」

「お仕着せは好きではありません」

奈緒は微笑みを崩さずに言う。その顔が標準とでもいうように、初対面の時からずっと奈緒の表情は変わらない。

「両親が持ってくる見合い話というのは、どれもこれも父の仕事絡みで、自由裁量の幅がとても狭いんです」

政略結婚の意味だろう。なるほど女性的な魅力に欠けていても、彼女の背後に控える金庫には別の魅力がたっぷり詰まっているという訳だ。

「自分の夫くらい自分で選びます。今までわたしには選択の自由がなかったんだから、これくらいは我がままを言ってもバチは当たらないと思います」

「ふむふむ。で、パーティーは楽しいですか」

それはもう、と奈緒はわずかだが顔を輝かせる。

「弁護士さんにお医者さま、システムエンジニア。今までは決して接することのなかった男性と出逢いの機会が持てます。これだけでも世間が広くなります」

「神崎さん、フラワーショップにお勤めでしたね。あなたなら、もっと実入りのいい仕事が山ほどあったんじゃないんですか」

「わたし、花が大好きなんです」

奈緒の表情は更に緩んでいく。

「好きだから、お給料がいくらだとかあまり関心なくて。とにかく花です。生花だけでなくハーバリウムも好きで、新居を建てたら自分の部屋だけじゃなく家中を花で飾りたいんです」

「結婚相手も花好きを希望してますか」

「花粉アレルギーだとちょっと困っちゃいますけど、花が嫌いでないならいいです。経済力にも関心ありません。ただ、花のある生活に相応しい人であれば」

花のある生活に相応しい男とはどんな男だ。麻生は自問してみたが、明確な男性像は浮かんでこない。花を背負った男となると少女マンガの登場人物くらいしか思いつかないが、これは麻生の想像力が貧弱だからだろう。

毒島は顔を焼かれた三人の写真を取り出した。

「三人とも存じています。パーティーでは有名な方たちでしたから」

「パーティー荒らしですね」

「というか完全に招かれざる客ですよね。パーティーというものはそれぞれに格式とコードがあります。そういうものを無視して参加すれば悪目立ちしますもの。第一、三人は顔なんか見なくても着ているもので正体が分かってしまいましたから。目いっぱい背伸びをしているのが丸分かりで、背伸びしているからちょんと突っつくだけで転んじゃうんです」

自覚しているのかいないのか、奈緒の笑いには意地悪さが同居し始めた。

「場にそぐわない人たちだったんですね」

「浮くっていうのはああいうことを指すんですね。パーティーというのは雰囲気を愉しむ場所なのに、最初から落ち着きがなくて、そのくせ目だけはぎらぎらして。余興だと思えば腹も立たないのでしょうけど」

「ほほう。余興とも思えなくなったんですね」

「だって明らかに身分違いの男性会員を口説いてるんですよ。他の淑女たちが冷たい目で見ていても知らんぷり。さもしいというか意地汚いというか、見ているだけで不愉快でした」

「その三人とも顔を焼かれてしまいました」

「元々大した美貌でなし、焼かれたところでそんなに失望はしないはずですよ」

奈緒は残酷なことを微笑みながら口にする。そろそろ麻生は背筋が寒くなってきた。

最後にアリバイを確認すると、三人が襲撃された時間はいずれも自宅にいたと言う。

「そんな時間に普通は外出しませんよ」

もちろん奈緒の家族に確認を取る必要があるが、いずれにしても家族の証言は採用されない。

毒島はと見れば奈緒に合わせるように終始笑っているが、どうせ碌な理由ではあるまい。二つの笑顔に挟まれて、麻生は居心地の悪いことこの上なかった。

最後の聴取相手栗山恵美とは会社近くのレストランで会った。大人の隠れ家的な店なのだろう。看板もなければ案内板もない。スマートフォンからの情報を駆使し、やっとのことで探り当てた店だ。

「ここは会員制の店なので変な人はやってきません。店の人もプライバシーを守ってくれるので、内密の話ができます」

「それはそれは。お気遣い感謝します」

費用が気になる麻生は気よりカネを遣ってくれと内心で毒づく。

「そもそもどうして〈ランコントル〉に入会したんですか」

恵美は今年四十一歳。勤め先のコンピューターソフトの会社では営業部長を任せられている。入手した資料によれば年収も七百万円を超え、経済的な不安はないはずだった。

「愚問ですね。婚活の目的といえばパートナーを見つける以外にないじゃありませんか」

「ですよねえ。これは失礼しました。栗山さんを見ていると、生活全般に満足しているように見受けられるので」

「まさか。わたし、一番大事なものをまだ手に入れてないんです。婚活もそのためにやっています」

「よろしければ、その目的とやらを」

「子供です。決まってるじゃないですか」

何を分かり切ったことを、という口調だった。

「どんなに成果を残しても、仕事はわたしを抱き締めてくれませんから」

「普通、抱き締めるのは旦那さんの役目じゃありませんか」

「旦那なんて。男女の愛なんていつか冷めてしまうでしょ。元々は他人なんだし。血を分けた我が子との絆に勝るものはありません」

「つまり子供が欲しいのであって、夫は必要ないと」

「必要ないですね。わたし一人の収入で家族を養っていけますから。婚姻は手段に過ぎません」

「婚姻によらずとも子を生す方法はいくらでもあるでしょう。たとえば養子とか」

「養子ではわたしのＤＮＡを遺せません。血を分けた我が子と申し上げたじゃないですか」

「精子バンクという手もあります」

「提供者の素性を確認できないのはリスキーね。やっぱり相手は自らの手で触って確認したいですよ」

この女、男をミカンかスイカだと勘違いしていやがる。

麻生は覿面に不機嫌になったが、毒島は飄々としたものだった。

「しかしカマキリじゃあるまいし、子を生した途端にオスを食い殺すつもりはないでしょ」

「もちろんです。わたしに釣り合うような男性的魅力の持主なら、結婚相手として何の不満もありません。男性の外見的な魅力とわたしの知性を受け継げば、きっと素晴らしい子供になります」

「マリリン・モンローがアインシュタイン博士にプロポーズしたというエピソードを思い出します。わたしの美貌とあなたの頭脳を受け継いだ子供はきっと素晴らしいだろうと」

「同感です」

「それに対する博士の返事はこうです。『もしわたしの美貌とあなたの頭脳を受け継いだらどうするのですか』」

なるほど恵美は高慢な女だが、今の切り返しは嫌味にしかならない。こっそり毒島の背中を突くと、彼は何事もなかったかのようにこれも嫌味ったらしい笑みを振りまいた。

「女性会員三人が立て続けに襲われた事件をご存じですか」

「ええ、連日ニュースを賑わしていますから」

「被害者たちとは顔馴染みですか」

「色々と失礼な質問をされましたけど、今のが最大で最悪ですね。被害に遭われたことには同情しますが、一緒にしてほしくありません」

「彼女たちにも婚活しなければならない切実な事情があったと思いますよ」

「そりゃあ誰にだって理由はあるでしょう。でも彼女たちの結婚動機はあまりにも卑俗で即物的です」

ではは子種欲しさの結婚は即物的でないのかと反論したくなった。

「生活の安定を得るために結婚するだなんて下品ですよ。そんなことだから、この国ではいつまで経っても女性の地位が向上しないんです」

「まあまあ。舌鋒鋭い社会批判はそのくらいで。ではと。これは形式的なもので全員にお訊きしているんですけどね」

毒島は三事件でのアリバイを確認する。元より几帳面な性格なのだろう。恵美はスマートフォンを取り出して過去のスケジュールを拾い出した。

判明したのは、いずれの時間も会社にいたという事実だった。

「八月後半から一カ月、納入が遅れに遅れてクライアントと詰めていました。深夜勤務でわたし以外には誰も残っていません。タイムカードですか。わたし管理職なんで残業時間、関係ないんです」

聴取を終えて外に出ると、既に肌寒くなっていた。ただし寒さは風だけのせいではない。

「三人の話を聞いていたら、何だか切なくなってきました」

「そお？」

「あれでは結婚にロマンがない」

「そんな風に考えているのは童貞だけ」

毒島は言下に切り捨てる。

「女の人って現実的だから、あの三人と同等とまでは言わなくても似たようなレベルで結婚相手を選んでいるよ。大体さ、男の結婚願望なんて家に一人でいるのが寂しいとか、独身のままでは将来が不安だとか抽象的な理由がほとんどなんだけど、翻って女性の場合にはことごとく具体的な理由になるんだよね。だから噛み合わなくて当たり前」

言われてみれば、自分が所帯を持つ時も似たような動機だったので、毒島の台詞がぐさぐさと刺さる。

「それにしても毒島さん。被害女性三人が顔を焼かれた動機については不充分な気がします」

「あれで？」

「顔面に薬品を被せるだけだから、殺人よりハードルが低いのは認めますがね。しかし犯行に至る動機としては弱過ぎる」

するとと毒島は唐突に話題を変えた。

「班長。ＣＤプレーヤーに直接スピーカー繋げたりします？」

「それじゃあ音は出んでしょう」

「うんうん。プレーヤーからの信号は微弱だから、自力でスピーカーやヘッドフォンのユニットを振動させる力は望めない。だからアンプが存在する訳でしょ」

アンプ（amplifier）というのは増幅器を意味する。

「取るに足らない悪意や嫌悪。それだけじゃ、とても人を犯罪に駆り立てることなんてできやしない。ただし増幅できたとしたら分からないよね。今回の犯人もさ、そういう取るに足らない感情をアンプで増幅させてしまったんじゃないかしら」

4

彼女の事情聴取を一時間後に控え、麻生は忠告せずにいられなかった。

「供述を取るのは時期尚早ですよ、毒島さん」

ところが当の毒島ときたら、どこ吹く風といった調子で鼻歌まで歌っている。

「毒島さん」

「聞いてますよ、はい。時期尚早。うん、確かにそれは否めません」

「物的証拠がなさ過ぎる。相手を落とす切り札もない」

「はい、それも認めます。現状、僕の方にも見込みしかないです。本人から全面否定されればそれっきり」

「だったら、どうして急ぐんですか。いつものあなたらしくない」

「急ぐだけの理由があるから。あのさ、班長は気づいてます？　第一の犯行は八月二十四日。第二の犯行は二十二日後の九月十五日。そして第三の事件がそれから四日後の十九日」

「事件発生の間隔が短くなっているということですか」

「うん。従って第四の事件は二十二日以前に発生する惧れがあるよね」

「そうと決まった訳じゃない」

「決まってない訳でもないでしょ。何せ犯人は病人なんだから。病気って放っておけば、どんどん悪化するでしょ」

毒島はいつもの通り、にやにや笑っている。この笑みが曲者だ。緩んだ表情の裏でどんな悪辣な計画を練っているのか、機会があれば頭の中を覗いてみたい。

「病気ですか」

「うん、完全にこじらせている。別に高所からお説教垂れるつもりはないけど、病気をこじらせたら早いとこ治療しないと、治るものも治らない。今はまだ硫酸ぶっ掛けるだけで済んでいるけど、このままいったらエスカレートしかねない。そうなった時、いったい誰が責任取るのさ」

「誤認逮捕でも責任を追及されますよ」

「いいや、この聴取では誤認逮捕は有り得ない。犯人が落ちるか全面否認するかのどちらかですよ。恥は掻くかもしれないけど、責任問題までには発展しない。いいですか、これは犯人を救うことにもなるんです」

毒島は不意に笑うのをやめた。

「今ならまだ傷害罪で済む。これが殺人にまで発展したら、もう彼女を救えなくなる。あのね、彼女は彼女なりに腕を目いっぱい伸ばしているんですよ。誰か早く引き上げてくれって」

麻生は言葉を失う。毒島が犯人のためを思って行動するなど、滅多にないことだった。

「こういう時はね、麻生班長。骨は拾ってやるから全力で向かっていけって士気を鼓舞するもんですよ」

「とても、そんな気にはなれん」

「ちぇっ、ケチ。まあいいや。じゃあ犬ちゃん、記録係お願いねー」


毒島の能力を疑う訳ではないが、それでも今回は分が悪過ぎる。麻生は取調室の隣室、マジックミラーの前に陣取って成り行きを見守る。

容疑者の女はひと足先に座っていた。その表情からは疑念も怯えも読み取れない。容疑者にしては平穏そのものの様子に、麻生は逆に不安を覚える。

「やあやあやあやあ、お待たせしちゃって申し訳ないですね」

部屋に入ってきた毒島は、早速通常モードで臨むつもりらしい。軽薄そうなのも油断がならなそうなのもいつも通り。

「呼び出された理由が分かりません」

「あくまでも任意出頭ですから。断ってもよかったんですよ」

「断ったら、わたしを疑うのでしょう」

「そんなことはありません」

毒島は相手を小馬鹿にするように、ひらひらと片手を振ってみせる。

「断らなくても疑ってますよ」

「証拠でもあるんですか」

「まあまあ。とにかく僕があなたを疑わざるを得なくなった過程を聞いてください。反論と抗議はその後で受け付けます」

彼女をいいようにあしらい、毒島は話し始めた。

「犯罪を構成するには三つの要素が不可欠です。ご存じですか」

「犯罪には詳しくないので」

「動機・方法・チャンスの三つです。この三つが揃えば検察も公判を維持できるので、我々警察も一生懸命その三つを揃えようとしているんです。さて、今回の通り魔事件に照らして考えてみましょう。まず方法。これは考えなくても硫酸です。劇物ですから、当然町のクスリ屋さんやコンビニに売っている代物じゃあない。製造元だって誰彼なしに売っていい訳でもない。ところが世はネット社会です。ダークウェブのような危険サイトを訪問せずとも、硫酸程度は簡単に入手できます。従って、方法については容疑者全員が該当することになります」

毒島は思わせぶりに三本の指を立て、うち一本を曲げる。

「二つ目にチャンス。つまり犯行が可能だったのかどうかという点で、言い換えればアリバイの有無です。ところが、これもよくない。宝井さんは自室にいたと言っていますが、一人暮らしで証言してくれる人がいない。神崎さんの場合は早々と帰宅しているけど、そうだとしても家族の証言は法廷で採用されない。栗山さんは可哀想に残業続きで事件が発生した時も会社に居残っていたそうです。それならアリバイもばっちりのはずですが、管理職には残業代が出ないため敢えて退出記録は残していません」

「ブラック企業ですね」

「警察だって同じようなものです。どこかでブラックな職場環境で奮闘している者がいるから、その他大勢がホワイトな職場で頑張れるという側面があります」

これはマジックミラーの前にいる自分へのあてつけかと勘繰ってみる。毒島なら容疑者相手でも平気で言える台詞だ。

「因みにあなた、三人が被害に遭った場所に行ったことはありますか」

「いいえ、ありません」

「そうですか。さて、これで構成要件三つのうち二つまでが容疑者の絞り込みに失敗しました。では最後の動機ですが、実はこれが一番悩ましかったのです」

「何故ですか」

「お話を聞いた三人の女性は被害を受けた女性たちに似たような感情を抱いていました。がっつき過ぎで見ていて気分が悪くなる、害虫、悪目立ち、さもしい、卑俗で即物的と、まあ厳しいこと厳しいこと」

「女性は異性よりも同性に厳しいものです」

「さもありなん。わたしも同感です」

「悩ましい理由を聞いていませんが」

「こういうことです。先に挙げた感情はなるほど嫌悪や非難ではあるけれど、これで彼女たちの顔を焼いてやろうかという動機にはなり難い。小中学生がイジメの対象に選ぶのとは訳が違う。子供と違い、三人の容疑者はれっきとした成人女性ですから傷害罪の何たるかも罰則も承知しているはずです。子供の悪戯と同じレベルで犯行を繰り返したとは考え難い。だから悩ましいのですよ」

「最初から見込み違いだったんじゃないんですか」

「一応、その可能性も検討しましたが、そうなると三人が襲われた理由がますます不明になります。それで僕は容疑者である三人が、思っていてもなかなか口にできない動機があるんじゃないかって疑ったんです」

「毒島さんのお話を聞く限り、三人とも結構明け透けに喋っている印象です」

「はい。だけど、ご自身の焦りや困惑、劣等感に抵触しそうな話まではしない。他人に指摘されて辛いことは自分からも言いたくない。容疑者の皆さんに共通する劣等感、それは嫁き遅れという事実です」

彼女の表情が一瞬で強張る。相手が女性だろうが何だろうが、急所をそこと定めたら一切躊躇しない。これが毒島流だ。

「僕は女性ではありませんから、本当のところは理解できません。理解できませんが想像することはできる。結婚相談所というのは縁結びの場所ですから、ほぼ毎日のように成婚の報告があります。しかしあなたもご存じでしょうけど、傍目にもぴったりのカップルから話が決まっていく訳じゃない。順不同、アトランダム、玉石混交、中には絶対に有り得ないようなカップルもぽんぽん誕生していく。縁は異なもの味なもの、とはよく言ったものです。特に男女の仲というのは、第三者には窺い知れない奇天烈なものでもあったりします」

彼女からの反論はない。おそらくは毒島の意見を沈黙で肯定しているのだろう。

「しかし毎日毎日成婚の話を聞いているあなたには、未だ白馬の王子が現れない。縁あってのものだからと諦めても、時間は無情に流れ、目尻の皺がまた一本増えていく。ほうれい線はメイクで誤魔化しきれなくなり、出産適齢期はそろそろ限界に近づいている。一人だけ取り残されていく恐怖と不安。そうした中、あの被害女性たちみたいに、マリッジ・モンスターのようにパーティーで男性会員を食い荒らすのを目撃したらどうでしょう。ご自身の切羽詰まった状況とも相俟(あいま)って、彼女たちを排除してやろうと思い立っても、何の不思議もないと思うのですよ。ねえ、深瀬さん」

相談員深瀬麻佑子は、きっと毒島を睨みつけた。

「長々とわたしの心理分析をありがとうございます。でも、それは全て毒島さんの想像ですよね」

「はい」

「彼女たちに硫酸を掛けた犯人がわたしである証拠は何もないんですよね」

「ええ、今のところは」

ふっと麻佑子の表情に怯えの影が差した。

「どういう意味ですか」

「三つの事件で、捜査本部は決定的な物的証拠を入手していません。ただし決定的ではないというだけで、現場からは無数の不明毛髪と足跡が残っています。先ほど深瀬さんは現場に行ったことはないと明言されましたよね。では、その現場からあなたの毛髪や足跡が採取されたら、どう弁明するつもりなんですか」

麻佑子は言葉を失い、ゆっくりと顔色を変えていく。

「そしてもう一つ。あなたは会員の個人情報は護られていると言った。その通りです。だから他の容疑者が被害者女性の勤務先や自宅住所など知る由もない。それを知っているのは職員であるあなたたちだけなんです」

落ちる兆候。秘密の暴露の一歩手前。

我知らず麻生は両手を握り締める。

「深瀬さん、証拠が揃ってからじゃ遅い。だが、今ならまだ任意出頭の上で自供したことにできる。知らぬ存ぜぬで押し通すのとでは、裁判官の心証も天と地ほど違う」

毒島はとっくに軽薄な笑いをやめ、麻佑子の内部に踏み込もうとしている。

「あなたはこじらせているんだよ。劣等感を職業意識で無理に抑え続けた結果、ただの風邪が肺炎を併発している。今の状態じゃとても治らない。このテの病の専門家としては転地療養をお勧めします。若干監視がきつくて自由も制限されるけど、病気を治すにはちょうどいい療養所だ」

「……退院する頃には、罹患する年齢も過ぎている」

「それでも病原菌に全身を蝕まれるよりはマシでしょう」

次第に麻佑子は俯き加減になる。

「そう……そうですね。きっとこれは病気だと思います。自分の身体なのに、自分ではどうすることもできませんでしたから」

「自分の犯行だと認めるんですね」

「どうせ認めるまで言葉責めをやめないんでしょ。最初に会った時から油断のならない人だと思ってたけど、ここまでとは予想外でした」

「それはどうも」

「毒島さん、お友だち少ないでしょ」

麻生は危うく拍手しそうになる。いいぞ、深瀬さん。この際、何でも言ってやってくれ。

記録係の犬養が、ほっと嘆息した。ここからが供述調書の始まりだ。凝りを解すように首を回し、目の前のパソコンに集中し始めた。

「ところで深瀬さん。自分の憤懣を誰かに吐露したことはありませんか」

「プライベートなことなので、職場の人間にも家族にも洩らしていません……匿名のブログには書きました」

「リプライとかありました？」

「多くはありませんけど、共感したとか理解できるって」

「そのリプライ、〈教授〉と名乗っていませんでしたか」

犬養の肩がびくりと上下する。驚いたのは麻生も同じだった。まさか、この場でその名前が出てくるとは。

「ええ、その通りです。〈教授〉さんには色々相談に乗ってもらいました」

「ひょっとして、彼とメールのやり取りをしているうちに三人の襲撃を思いついたんじゃないですか」

「……言われてみれば、そんな気もします。硫酸の入手方法を尋ねた時も懇切丁寧に教えてくれたし」

「〈教授〉に煽られたという自覚はありますか」

麻生は昂奮に身体を硬くしていた。

これが毒島の口にしたアンプなのだ。

麻佑子は自信なげに首を振るばかりで、明確な答えを発しない。

「分かりません、分かりません」

「今は混乱しているからそうでしょう。慌てる必要はないんで、ゆっくりと思い出してくれれば結構です」

「あの、〈教授〉さんも罪に問われるのでしょうか。とても親切な方で、今回だって悪いことは一つも」

麻佑子は〈教授〉を信じ切っているようだった。自分が責められた時よりも明らかに動揺している。

「いい悪いの問題じゃない」

毒島はひどく冷徹な口調で返した。一変した態度に、麻佑子も犬養も気圧されている。

「僕は、そういう自分では一切手を汚さずに悪さをする人間が一番嫌いでしてね。何故かというと、僕自身がそういうタイプだからなんです」

四

奸佞邪智（かんねいじゃち）

心がねじ曲がっていて
よこしまなさま。

「大辞林」より

1

ちちちちちち。

耳障りな電子音で、江ノ島侘助は甘い夢から強引に呼び戻される。

手探りで目覚まし時計のボタンを探し当て、音を止める。

午前七時。いつもと同じ時間だ。真上には見慣れた模様の天井と染み。記憶の中の風景と寸分違わぬことを確認して、江ノ島は安堵する。身の回りのものが何か一つでも変わっていると、ざわざわした不安に駆られる。近頃は特にそうだ。

近頃？　近頃というのはどれくらい前だったのだろうか。三日前からだろうか一週間前からだろうか、それとも一カ月前からだろうか。記憶をまさぐってみても、意識の表層に靄が掛かっていてなかなか見定められない。

以前はこんな風ではなかった。以前といってもそれがどのくらい前か判然としないが、とにかく前はずっとまともだったはずだ。生活の中の変化に柔軟に対応できたし、そもそも自分は変化を楽しむタイプの人間ではなかったのか。

自分が高齢者だという自覚はある。生年月日も憶えている。昭和六年の五月九日。今が昭和の（そう言えば元号は変わったのだろうか）何年かは暦を見なければよく分からないが、手の甲に刻まれた皺と足腰の弱さ、鏡の中の己を思い出せば一目瞭然だ。

高齢者になるというのは毎日が不安に支配されることだ。三度三度の食事がきちんと摂れるだろうか、排尿排便で粗相をしないだろうか、旧知の友人を初対面と勘違いしないだろうか、階段で怪我をしないだろうか、昨日できたことが今日できるだろうか。

こんなに不安だらけの現実なら、いっそ夢の中に留まり続けた方が幸せだと思ったが、では今しがたまで見ていた夢がどんな内容だったのかというと、もう思い出せなくなっている。

江ノ島はごろりと向きを変えると四つん這いの姿勢でもそもそと起き上がった。腹筋で上半身を持ち上げるのはもう不可能になっている。そろそろと片足を下ろし、着地を確かめてからもう片方の足を下ろす。

行住坐臥（ぎょうじゅうざが）に神経質になったのは前科があるからだ。不用意にベッドから下りようとした際、右足首を捻挫してしまった。大事には至らなかったものの、それ以降は右足を引き摺るようにしか歩けなくなった。

幸いにもまだ車椅子や杖の世話にはならずに済んでいるから、家の中の移動は一人できる。できないのは炊事・洗濯と入浴くらいで、特に火や刃物を使う調理は禁じられている。もっとも使えたとしても、卵を茹でることさえまごつくに決まっている。

いや、そもそも誰に禁じられたのか。

医者か、それとも家族の誰かか。

家族？　そう言えば自分に家族などいたのだろうか。

父親と母親のことは憶えている、確か東京大空襲で二人とも瓦礫の下敷きになって焼かれながら死んだ。

兄弟――記憶にない。記憶がないのは、元々存在しなかったからだろう。

女房は、いた。せつという名前で自分がまだ二十代の半ばだった頃に娶った女だ。いつもいつも眉間に皺を寄せていて、笑った顔はあまり記憶にない。あれは江ノ島がよく怒鳴りつけていたせいだろうか。いや、そもそもあの女は今も生きているのか、それとも死んでいるのか。生きているのなら、何故同居していないのか、とっくに離縁しているのか、それともただ別居しているだけなのか。

子供も、いた。一人しか記憶にないから、多分一人しかいなかったのだろう。

一人息子だから忘れようがない。女房は所詮他人だが、息子は自分の血を分けた唯一の存在だ。

名前は修一。次男や三男が生まれるのを期待して初めての子供に一の字を与えたのだが、結局は一で終わってしまった。

だが次男や三男がおらずとも、修一の存在はそれを補って余りあるものだった。親の贔屓目を差し引いてもよくできた息子で、学校の成績は常に上位五位以内、運動神経も抜群で陸上競技では新記録か何かを出したらしい。

我が子の顔を忘れるはずもないが、ちゃんと写真も飾ってある。居間のタンスの上にあるのがそれだ。江ノ島が五十代、修一が二十代の頃、どこかの公園で撮った写真だ。江ノ島が満面の笑みを、修一が少し含羞のある笑みを浮かべている。ああ、きっとこの頃が一番幸せだったのだろう。修一もやがて結婚し、自分に可愛い孫を抱かせてくれるものだとばかり思っていた。

ところが江ノ島の願いは遂に叶うことがなかった。

修一が殺されたのだ。

一人息子が誰に、どのようにして殺されたのか――思い出そうとしていた矢先、インターフォンが鳴った。

『おはようございます。〈さわやかデイサービス〉でーす』

記憶力が鈍っていても、毎日顔を合わせる相手はさすがに忘れない。江ノ島は玄関まで行き、ドアを開く。

「江ノ島さん。今日も調子よさそうですね」

玄関に立っていたのは訪問介護員の鵺野静香だった。

江ノ島が挨拶を返す前に、静香はさっさと中に入ってくる。

「昨日、夕食の後に何か食べましたか」

記憶を遡ってみるが口にものを入れた憶えなどなく、江ノ島は首を横に振る。

「よかった。ちゃんと三度の食事はカロリー計算していますからね。じゃあ、まず着替えから済ませちゃいましょう」

静香はまるで我が家のような気安さで、江ノ島家の中を行き来する。毎日通っているのだから当然なのだが、その気安さがまるで静香を家族のように思わせてくれる。

タンスからシャツとセーターとズボンを出し、江ノ島の着替えに手を添えてくれる。両腕は背中まで回らず、片足も摺り気味なので手伝ってくれるのは有難い。パンツ一丁の姿を間近で見られることになるが、どうせ入浴時には全裸にされるのだから、今更恥ずかしくもない。

「朝ご飯、ちゃっちゃっと作りますからねー。江ノ島さんは座って待っててくださいねー」

キッチンの椅子に座り、甲斐甲斐しく動き回る静香を見ていると、先刻まで感じていた漠然とした不安が薄らいでいく。今まで何人もの訪問介護員がやってきたが、彼女ほど気がつき、彼女ほど親密さを感じさせてくれる者はいなかった。自分のとりとめもない話に付き合ってくれる。何を話したのかはさっぱりだが、それでも相当に言葉を交わした記憶だけはぼんやりと残っている。できるなら自分の死に水を取ってもらいたいものだ。

一人で暮らしていると分かるが、高齢者にとって一番の恐怖は孤独だ。誰かと語り合えない寂しさ、誰とも時間を共有し合えない空しさが、心を食い潰していく。極端な話、そばにいてくれるだけでいい。ああ、そういう歌詞の唄があったが、あれは誰が歌っていたのか。

「できましたよー」

目の前にハムエッグとサラダ、そして味噌汁が並べられた。卵は江ノ島の好み通りの半熟で、箸を入れると黄身がねっとりと溢れ出てくる。味噌汁は塩分控えめという割に、しっかり味のメリハリがついている。

「お味、どうですか」

「うん、美味い」

「食べ物が美味しく感じられるのは健康な証拠ですよ。病気の時は何を食べても美味しく感じないですからね」

「病院で食べた飯はどれも不味かった」

「あー、あれは意図的に塩とかコショウとか抜いちゃってますから。たとえ患者さんには不評でも、後から何かクレーム出ても言い訳できるようにしてるんですよ」

「どうせ老い先短いんだったら、美味いモンだけ食って死にたいな。きっと年寄りはみんなそう思っている」

「ご家族やお医者さんは、なるべく長生きしてほしいと思ってるんですよ」

「毎日がしんどいなら長生きしたってしょうがない」

「江ノ島さん、毎日がしんどいですか」

修一のことを思い出す度に胸が張り裂けそうになる。はらわたが煮え繰り返る。甘美な思い出も懐かしい記憶も全部吹っ飛んでしまう。

息子の無念を晴らすまでは死んでも死にきれない。だが、それを第三者の静香に訴えても詮無い話だ。

「身体とかね、自分の思うようにならんというのはしんどいよ」

「不安とか不満とかあったら、何でも遠慮なく言ってくださいね。わたしたちスタッフはそのために訪問してるんですから」

だからといって頼めることと頼めないことがある。

「ゆっくり食べててくださいね。わたし、その間にお掃除とお洗濯しますから」

仕事だからと片付けてしまえばそれまでだが、静香はとても手際がいい。慣れているのか、それとも元から炊事・洗濯が得意なのかとにかく無駄な動きがないので見ていて気持ちがいい。

「あんたみたいな優秀なヘルパーさんは引く手数多なんだろうね」

「割り振りで担当しますからね。誰か一人のヘルパーに集中することなんてありませんよ」

「それならわしは運がいい」

話している最中も静香は手を止めることがない。笑顔も絶やさない。声はまるで音楽のように心地いい。

もし自分に孫がいるのなら静香と同い年くらいだろうか——安寧な気分だったのに、修一を思い出したばかりに、また心が塞ぐ。

「天気予報では、今日はずっと晴れみたいだから」

掃除を終えたところで静香は洗濯機から洗濯物を取り出し、庭に干し始めた。

「わしが取り込むのか」

すぐ不安に襲われる。自分に任されても忘れてしまう惧れがある。

「夕食の支度をする時に、わたしが取り込むから安心して」

ああ、そうか。彼女は朝晩と二回来てくれるのか。いや、今日だけでなく毎日だったのか、それもあまり憶えていない。

「じゃあ、いったん戻ります。また後でー」

ひらひらと手を振りながら静香は玄関から出ていった。名残惜しくはあったが、彼女を必要としているのは江ノ島だけではない。我がままを言えば嫌われるのは分かっているので我慢する。

キッチンからは庭を望むことができる。陽光を浴びて洗濯物が揺れている。気を利かせてくれたのか、静香は庭に面するサッシを網戸にしておいてくれた。乾いた風が肌に快い。はて、今はいったい何月なのだろう。こんなに風が気持ちいいのだから真夏や真冬ということはないだろう。それなら春か秋、どちらにしても過ごしやすい季節に違いない。

風に当たっているとうつらうつらしてきた。最近になってようやく寝入りばなの気持ちよさが分かってきたのだが、さて最近というのはいったいいつのことだったのやら。

ぴぱぴぱぴぱ。

意識が朦朧とし始めた時、またもや無粋な電子音が邪魔に入った。今度の音は自分の胸元から洩れている。

手を突っ込むと胸ポケットの中に硬質な手応えがある。摘み出してみると折り畳み式の携帯電話だった。

いつ買ったものかは不明だが、自分が手にしているのだから自分のものに間違いない。表示には〈未登録〉からの着信とある。

「もしもし」

『おはよう、江ノ島さん』

男とも女ともつかない声だが、毎日聞いているので何者かは承知している。

「おはようございます、〈教授〉」

『今日は具合がいいみたいですね。声で分かります』

「うん。今日はすこぶる調子がいい」

『ご友人に会いに行かれる予定でしたね』

「ああ。今日は友人に会いに行く予定です」

『場所は調べておきました。電話が終わり次第、メールで送ります』

「分かった」

『それでは、良き日をお過ごしください』

電話が切れ、直後にメール受信の音が鳴った。

『中央区勝どき二丁目〇－〇　トーエイホーム勝どき　大江戸線勝どき駅A３番出口を出てすぐにバス停があります。都０４のバスに乗車してください』

ご丁寧なことに電車とバスの発車時刻と、バス停から老人ホームまでの詳細な道程まで網羅されている。これなら自分でも目的地に行けそうだ。

った。

江ノ島はゆっくりと腰を上げた。寒過ぎず暑過ぎずの良き日、外出にもうってつけの日だった。

外出といっても大した準備は必要ない。札入れと携帯電話、そしてちょっとした道具さえあれば、後はどうにでもなるだろう。そもそもどうにかなった時の対処方法まで考えていないし、考えられない。考えていたとしても忘れてしまう公算が大きい。

愛用の帽子を被り、自宅近くの駅まで歩く。天気のいい日は散歩に出掛けるので、江ノ島に特別の昂揚感はない。

「あら、江ノ島さん」

歩いている途中、カートを押した老婦人から声を掛けられる。腰がほぼ九十度に曲がり、カートがなければそのまま倒れてしまいそうだ。何となく見覚えはあるものの、どこの誰かはさっぱり分からない。そうかといって知らんふりをするのは失礼だし、第一自分自身が見苦しい。

「どちらにお出掛けですか」

「友人に会いに、ちょっと」

「お近くにお友だちがいらっしゃったんですか」

「ええ。ずっと古くからの付き合いなんですよ。それじゃあ急ぎますので」

老婦人をやり過ごしてしばらく進むと、やっと地下鉄の乗り場が見えてきた。東京メトロというのは営団地下鉄の新しい呼び名だった記憶がある。乗り場が同じ場所だから、これは間違いない。しかし鉄道の呼び名というのはどうしてこうも変わるのか。国鉄や営団地下鉄では何か不都合なことでもあるのだろうか。

自動券売機の前に立ち、路線図を見上げる。大江戸線の勝どき駅を探してみるが、なかなか見当たらない。視力はともかく、何しろ駅名が多過ぎる。

探している最中、背後でかつかつと音が聞こえた。振り向くと六十過ぎと見える男がこちらを睨んでいた。

「早くしてくれないかね」

男は苛立ちを隠そうともしなかった。男の肩越しの人々は何やらカードケースを端末に宛てがうだけで、すいすいと改札を通過していく。男は江ノ島の視線に気づくと、俄に眉を吊り上げた。

「ああいうカードは好かんのだ。あんただってそうだろう」

いったいこの男は年長者に向かって何を怒っているのだろうと不思議になる。

ようやく切符を買い求めてから電車に乗る。優先席は既に満席だった。それどころか目の前に座っていたサラリーマン風の中年男はいきなりタヌキ寝入りを始めた。

立っていると、やはり片足から疲れ始めたので、両手で吊り革に摑まった。ぶら下がるようにしていると、やがて背後から「あの、すいません」と声が飛んできた。

反対側の優先席に座っていた二十代と思しき女性が立ち上がっていた。

「よろしかったら、どうぞ」

どんな好意でも素直に受けた方が軋轢が少ない。江ノ島はありがとうございますと礼を言ってから、席を譲ってもらった。対面のサラリーマンはまだ寝たふりをしている。どうやら最近は中高年よりも若者の方が親切らしい。

揺られているうちにゆっくりと睡魔が忍び寄ってくる。眠気を振り払うために、修一のことを考えるようにした。どんなに眠い時でも息子の無念を思い出せば、まるで針で突かれたように意識が覚醒する。

どんな人生にも転機がある。上向きになるか下向きになるかの違いはあれ、誰にでも訪れる岐路だ。江ノ島の場合は間違いなく修一の死がそれに相当する。あの時、修一が殺されずにいてくれたら、自分の人生は違うものになっていたはずだ。それは断言してもいい。今頃は孫や、ひょっとしたらひ孫に囲まれ充足した余生を送っていたかもしれない。

自分の人生だから後悔はない。

だが未練はある。

たった一つの宝だった息子を自分よりも早く死なせてしまった未練。こうして老醜を晒して毎日を苦しんでいるのも、全てはあの未練に端を発しているように思えてならない。そろそろ人生の終わりが見えた時、江ノ島のできる抵抗といえばこれくらいのものだろう。

再度、到来した転機。

この機を逃してなるものか、と江ノ島は強く思う。たとえ残された時間が短くても、もう一度尊厳を取り戻すために人生を上向きにさせる。それが修一に対する手向けにもなる。

『次は勝どき。次は勝どきに停車します』

やれやれ、意識を保っていたお蔭で乗り越しせずに済んだ。

電車が勝どき駅のホームに滑り込むと、江ノ島は手すりに掴まりながら立ち上がる。駅内表示でＡ３番出口はすぐに分かった。

人生の大半を東京で過ごしたと思うが、勝どきに足を踏み入れたのはおそらく初めてだろう。おそらくというのは、やはり記憶に自信が持てないためであり、本当は仕事かプライベートで一度か二度は立ち寄っているかもしれない。

バス停で待っていると都０４のバスが時刻通りにやってきた。平日だからかあまり乗客は多くない。江ノ島は帽子を目深に被り直してから最前列の席に腰を下ろし、動き出した車窓の景色を眺める。

この辺りは埋め立て地で周囲を東京湾にぐるりと囲まれている。さながら海の上に浮かぶ都市だ。

保育園の前を通過する時、運動場を駆け回る園児たちの姿が目に入った。自分くらいの齢になると却って園児は煩わしく思える瞬間もあるが、こうして遠くから眺める分には思わず頬が緩む。そう言えば孫やひ孫を抱けたらと夢想した憶えがあるが、あれはいったいいつのことだったか。

『勝どき二丁目。勝どき二丁目です。お降りの方はブザーでお知らせください』

慌ててブザーを押す。やがてバスは白塗りの建物の前で停車した。江ノ島は手すりに摑まりながら注意深く降車する。折角目的地に到着したというのに、こんなところでうっかり怪我でもしたら目も当てられない。

壁に嵌め込まれた〈トーエイホーム勝どき〉のプレートを二度三度と確認する。よし、ここで間違いない。

敷地は存外に広い。アスファルトの通路以外は芝生に覆われ、煩(うるさ)くない程度に木が植えられている。入所者の一人が介護士に車椅子を押されて日光浴を愉しんでおり、江ノ島は微かな優越感と羨望を同時に味わう。自分はまだ車椅子の世話にはなっていないが、ああした光景を目にすると身体の丈夫さが若干疎ましくもある。

『捻挫で済んだのは、やはり以前に鍛え上げられていたせいでしょうね』

不意に医者の言葉が脳裏に甦る。ベッドからの着地に失敗して足を痛めた時、医者の放った言葉だろう。

受付には四十代と思しき女性職員が座っていた。

「いらっしゃいませ。入居のお申込みですか」

「いや、面会だ。ここにいる宇喜多泰平さんに会いたい」

「宇喜多さんですね」

受付女性は目の前の端末を操作する。どうやら入居者の確認をしているようだ。

「お客さまは？」

「倉前。倉前慎太。古くからの友人が来たと伝えてください」

「畏まりました」

受付女性はインカムを装着して、見えない相手と何やら相談している。おそらく宇喜多本人か介護担当者と相談をしているのだろう。

面会は許可されるのか謝絶されるのか。はらはらしていたが、表情には出さないように努めた。

「お待たせしました。宇喜多さんは個室にいらっしゃいます。以前にも面会に来られましたか」

「もう、憶えていなくて……」

すると受付女性は訳知り顔で軽く頷き、壁に掲げられたフロア図を指差した。

「現在位置はここ。宇喜多さんの部屋はこの廊下を真直ぐ行き、この角を左に曲がった四つ目の一〇四号室です」

「介護士の人はいますか」

「いえ、今は不在ですが、ちゃんとモニターが監視していますから」

これもまた予測通りだ。江ノ島は礼を言って一〇四号室へと向かう。

ドアには施錠も何もない。引き戸になっており、開けると大型ベッドに横たわった男の姿がまず視界に入った。

「慎ちゃんか？」

しわがれて、語尾が消え入りそうな声だった。

「ひ、久しぶりだな。もう二十年はご無沙汰していたな」

宇喜多は顔を天井に向けたまま話す。見れば、両目は包帯で覆われている。

「ふふ、ざまあないだろ。笑ってもいいぞ」

宇喜多は自嘲気味に言う。他人に笑われる前に自分で笑おうというつもりか。

「見えないんですか」

「若い時分の食道楽が祟ってな。糖尿病で両目をやられた。腰から下も満足に動かん。そ、それだけならまだしも検査したら少し認知症が入り始めたんだとよ。お笑い種じゃないか。若い頃はカミソリの異名を取った俺が選りに選って認知症だとよ。確かに最近の話は忘れっぽくなったが、昔のことはまだきっちり憶えている。いったいどこが認知症だってんだ」

宇喜多を前にして、江ノ島は感慨深かった。何度も脳裏に思い浮かべていた男が、今眼前に横たわっている。顔はもちろん憶えているものの、声を聞くのは初めてだった。いや、顔にしても記憶にあるのはずいぶん前の写真で、こんなに老いぼれて衰えているとは想像もしていなかった。

自分も老いたが、相手はそれ以上に老いさらばえていた。善悪に関係なく老いは全ての者にやってくる。その厳然とした事実が空しく、また清々しい。

「お前はどうなんだ、慎ちゃん。わざわざ見舞いに来てくれたってことは、まだ足腰は立つみたいだな」

「若い頃は鍛えていたので」

「鍛えていた？　そうだったか。慎ちゃんはひょろひょろしていた印象しかないんだが」

「お蔭で、こうしてあんたの前に立っていられる」

不意に宇喜多の顔が不審に歪む。

「おい、声が別人みたいだぞ。お前、本当に慎ちゃんなのかよ」

「悪いが倉前慎太じゃない。昔から知っているという点では同じだが」

「いったい誰だ。声に聞き覚えないぞ」

「昔、お前はヤクザの真似事をしていた」

相手が盲目というのはまさに天の配剤だった。江ノ島は用意していたものをポケットから取り出した。針の先端をコルクで留めた注射器。中には白濁色の薬剤が満ちている。もっとも薬剤の名前も効果も江ノ島は知らない。

「三人でつるんで色々な悪事に手を染めていた。しかし、中でも最悪だったのが人殺しだ。お前たちは一人の青年を金づると定めると、暴力で金品を毟り取った。そしてこれ以上何も取れないとなった時、口封じのために青年の命まで奪った」

宇喜多の顔が驚愕する。

いいぞ、もっと驚け、もっと怯えろ。

江ノ島はコルクを外し、狙いを定めると注射器の針を相手の首筋に刺した。宇喜多はうっと短く叫んだが、寝たきりでは避けることも抵抗することもできなかった。

「わしは、お前らに殺された江ノ島修一の父親だ」

だが江ノ島が折角名乗りを上げても宇喜多はそれどころではないらしい。薬剤の注入を終えた直後から顔面を真っ赤にして上半身を捩り始めた。己の手で首を掻き毟り、ばくばくと口を開いている。

「誰か……誰か……助け」

狂乱じみた変化に、江ノ島自身が驚いた。ベッドの上でのたうち回る宇喜多を見ているうちに怖くなり、相手の絶命も確かめないままに部屋を出た。

廊下を小走りに急ぐ。受付の前を通り過ぎる時、女性から何事か声を掛けられたが無視をした。

走れ。

走れ。

走れ。

少しでも気を抜くと足が縺(もつ)れそうになる。

心臓が口から飛び出しそうになる。

恐怖が背後から両手を伸ばして追いかけてくる。

片足を引き摺りながら敷地を突っ切り、門を出てもしばらくは心臓が早鐘を打っていた。

気がついたように振り返ってみるが、自分を追ってくる者はいないようだった。

とにかく元来た道を戻ろう。

歩調を緩め、呼吸を整えるとようやく人心地がついてきた。向かっている方角が駅の方向なのか、それとも逆方向なのか咄嗟(とっさ)に判断がつかないが、現場から離れることが先決だ。

あの男の首筋に注射器の針を突き立てた感触が、まざまざと甦ってきた。感触自体は決して不快ではなかった。

やったぞ、修一。

お父さんが仇を取ってやったぞ。

先刻までの恐怖は雲散霧消し、代わりに目的達成の喜悦が胸の中を満たす。数十年にも亘る怨嗟と忍従の日々が、やっと報われた瞬間だった。

しばらく歩いているとバス停が見えてきた。自分の乗ってきた路線が何番だったか忘れてしまったが、真直ぐ歩いてきたのだから同じ路線に違いない。江ノ島はバス停に設えられた椅子にへたり込んだ。

座っていると、修一と自分を襲った悲劇を思い出した。

あれは修一が就職してしばらく後の出来事だった。高校の先輩にヤクザの準構成員の男たちがいて、修一に目をつけたのだ。それが宇喜多とその仲間だった。気の弱い修一は彼らから殴る蹴るの暴行を受け、その都度カネを脅し取られていた。手持ちのカネがなくなるとATMまで連行されて無理やり出金させられた。宇喜多たちは巻き上げたカネを飲食や風俗といった遊興費に使い、遊びに修一を同行させることで一種の共犯意識を植えつけることに成功した。

やがて預金が底を突いても宇喜多たちは修一を手放そうとしなかった。今度は身体中にタバコの火を当て、爪の間に針を刺すなどの拷問を加え、父親へ無心をするように命じた。生命の危険を感じた修一は離れて暮らしていた父親に涙ながらに無心し、やっとの思いで二十万円を送金してもらうが、それもすぐに奪われてしまう。

修一の様子にただならぬ事情を察知した江ノ島は最寄りの警察署に相談するが、担当の刑事は悪友同士のいざこざだろうと取り合ってもくれなかった。

ほどなくして修一からの連絡が途絶える。江ノ島は捜索願を出したが、これも担当者はまともに対処してくれない。この時、宇喜多たちは修一に会社から前借りまでさせた上で無断欠勤させていた。遊興に同行させるだけではなく、宇喜多の自宅で拷問を続けていたからだ。既に詐欺・恐喝・暴行などの罪を重ねていた宇喜多たちは、証人である修一を解放できなくなっていた。

警察の対応は冷淡に過ぎたが、刑事が江ノ島宅を訪れた時、最悪の事態を招いた。江ノ島と話しているまさにその最中、修一が電話を掛けてきたのだ。

『……お父さん』

本人からの電話と知ると、近くにいた刑事が半ば強引に電話を替わった。自分は相談を受けた警察官だが――そう告げた途端、電話が切れた。

修一の惨殺死体が発見されたのは、それから一週間後のことだった。雑木林の中に半分方埋められているのを、近所の住人に発見された。身体中に火傷と打撲痕が残り、その上で焼かれた酸鼻極まる死体だった。

直ちに捜査が行われ、間もなく宇喜多たちが容疑者として逮捕される。江ノ島は修一の無念が晴らせると意気込んだが、そうは問屋が卸さなかった。チンピラじみてはいたものの宇喜多の父親は政治家だった。父親の雇った弁護士は大層有能で、彼らが修一を連れ回しカネを毟り取った事実は立証されても殺人の証拠はないと真っ向から対決した。

検察側も汚名返上とばかりに躍起になったが、物的証拠の不足は如何ともし難い。結局、主犯格の宇喜多を含めた三人は傷害と恐喝などで懲役五年の判決を下された。

一人の人間を精神的にも肉体的にも痛め続け、最後は嬲り殺しにしてもたった五年の懲役で済んでしまった。

無論、江ノ島は憤慨したが父親一人に何ができる訳でもなく、涙を呑んで耐え忍ぶしかなかった。

耐え忍んだから忘れなかった。記憶の薄らいできた最近でも、息子の受けた仕打ちと宇喜多たちの受けた恩典は決して忘れなかった。

あの日から数十年、失った日々と修一の誇りを取り返す機会がようやく訪れたのだ。江ノ島は己の右手を開いて誇らしげに見つめる。この手で宇喜多に天罰を与えてやった。見てくれていたか、修一。

だが、これで終わりではない。

天罰を与えるべき罪人が、あと二人残っている。

2

老人ホームに正体不明の男が訪れ、入所者を殺害して逃亡──。

麻生が事件の第一報を受けたのは今から三日前、十月二日午後のことだった。

午後一時二十三分、中央区勝どき二丁目の有料老人ホーム〈トーエイホーム勝どき〉に倉前慎太と名乗る男が来所。入所していた宇喜多泰平の友人という名目で同人の部屋を訪問し、その頸動脈に注射器を突き立て薬剤を注入した直後に逃走した。

薬剤を注入された宇喜多は直後に応急処置が試みられたものの、結局は脳神経麻痺と呼吸不全で死亡した。使用された薬剤は硫酸タリウム。劇物だが市販の殺鼠剤に含まれる成分であるため、比較的容易に入手できる毒物だ。

出動した月島署が直ちに捜査を開始すると、現場には犯人の遺留物が山ほどあった。まず受付の女性に顔を見られ、個室に設置されていたビデオカメラにも姿を撮られ、現場に残した注射器からは克明な指紋も検出された。決定的な物的証拠が山盛りで、犯人逮捕も時間の問題と考えられた。

ところが五日の今日になっても、まだ逮捕はおろか犯人の素性さえ判明していなかった。

「指紋は警視庁のデータにヒットせず。いくら克明な指紋があっても比較する対象がなけりゃ宝の持ち腐れだ」

麻生は犬養を前に愚痴を始める。ただし愚痴に聞こえるものの、他人に聞かせることで情報の整理を行っているのが実際だ。

「現場のビデオカメラに姿は映っていたが、帽子を目深に被っていたから口元しか確認できん。目撃者の受付の証言も不確かで、似顔絵の作成にも手間取っている。分かっているのは八十過ぎのジジイで右足を引き摺る癖があるらしいということくらいだ」

事件直後、受付の女性は相当に動揺しており、犯人の人相についても供述が二転三転する始末だった。

「使用された毒物も特別なものじゃない。市販の殺鼠剤を水に溶かしただけの代物だから、入手先から犯人を割り出すのは不可能に近い」

「硫酸タリウム、でしたか。水溶性だという知識があった訳ですから、そこから犯人を絞る訳にいきませんか」

犬養がいい質問をしてくれる。

「薬品メーカーの関係者を考えているんだろうが、ネズミに苦しめられているヤツの中にはただ殺鼠剤を撒くだけじゃなく、加工して団子を作ったりするヤツもいる。素人が殺鼠剤が水溶性であるのを知っていても不思議じゃない」

捜査員の中には薬剤メーカーだけではなく医療従事者の関連を疑う者もいた。だが犯行時を捉えたビデオを見る限り、注射器の扱い方は関係者のそれとは到底思えなかった。麻生個人の心証としては、素人説に傾いている。

「殺鼠剤の成分で劇物であるのは知っていた。劇物だから相手が苦しむことも容易に予想がつくでしょう」

「ああ。まさか殺鼠剤で安楽死できるとは考えてないだろう」

「宇喜多泰平は資産家という訳じゃありません。小さな町工場の経営者でしょう。カネ目当て遺産目当てでなければ、怨恨の線が強いですね」

「工場経営者として宇喜多の噂は必ずしも良好とは言えん。受注のために相当あくどいこともしているし、商売が綺麗ということもない。だが会社絡みで殺鼠剤を打たれるというのも腑に落ちない。第一、宇喜多自身、過去に重大事件で起訴されているからな。恨みを買うというなら、そっち関係を調べた方が早道だ」

犠牲者を調べたら過去の事件にヒットしたというのは別段珍しいことではない。ただし宇喜多が主犯格を務めた事件は近年稀(まれ)に見るほど悪逆無道と称されたもので、今から三十年以上も前だというのに未だに人々の記憶に深く刻み込まれている。

昭和五十七年三月、雑木林の中から江ノ島修一当時二十五歳の焼死体が発見される。焼死体といっても中途半端に焼かれたために、生前の打撲傷や小さい火傷が明瞭で却って凄惨な印象だった。

目撃証言と銀行ＡＴＭの監視カメラ映像から、早くも容疑者が浮上する。被害者の高校時代の先輩で宇喜多をリーダー格とする倉前慎太・膳所(ぜぜ)典彦(のりひこ)三人のチンピラたちだ。捜査を進めるに従って、宇喜多たちが被害者に行った非道の数々が明らかになる。精神的にも肉体的にもいたぶり続け、これ以上カネを搾り出せないと見るや否や虫けらのように惨殺した。あまりの惨さに当時のマスコミですら全容公開を躊躇(ためら)ったという逸話さえ残っている。

三人が逮捕されると、世評は犯人を極刑に処すべしとの大合唱となった。事件発覚以前、被害者の父親が一度ならず相談していたにも拘わらず捜査に乗り出さなかった事実も明らかになり、面子を失った警察が早期解決を図る側面もあった。

「だが昭和五十七年当時の科学捜査はまだまだ未熟だった。今なら精緻なDNA鑑定も期待できるが、当時の捜査本部は決定的な物的証拠を用意できなかった。宇喜多の父親が雇った弁護士は的確に弱点を突いてきたものだから検察は撃沈、一審で被告の三人は懲役五年。傍から見れば検察側の大黒星。即日検察は控訴したが二審は一審を支持、結局それで判決が確定しちまった」

「出所した宇喜多は、その後経営者ですか」

「ヤクザにならなかったのは意外だが、あんな前科があったんじゃ雇ってくれるところもなかったんだろ。父親に事業資金を捻出させて町工場を起こした。目立とうとしない限り社長の素性を気にするヤツは多くない。あちこちから熟練工を引き抜いて、それなりに仕事は回っていたらしい」

「しかし班長、今から三十年以上も前の事件ですよ。確かに怨恨の線は濃厚ですが、どうして今更という感がありますす」

犬養は冷静に話を進める。必要以上に感情を露わにしないのがこの男の長所だ。お蔭で話していて筋道が乱れずに済む。

「第一、怨恨の線なら、浮かんでくるのは被害者江ノ島修一の親族でしょう。彼らのアリバイなり周辺を調べれば事足りるんじゃないですか」

麻生は力なく首を横に振る。犬養の考えつきそうなことくらい、鑑取りを行った月島署がとうに済ませている。

「被害者遺族はアリバイが成立している」

詳細を説明しようとした時、あの毒舌男が刑事部屋に入ってきた。

「あ、班長。どうもどうもどうも」

「毒島さん、捜査会議には出席してもらわないと困る」

「まだ一回目でしょ。初動捜査で出てきた証拠と司法解剖の結果、それから当面の捜査方針の周知徹底。そんなの後で班長から聞けば済む話」

「聞けば済む話って、あなた」

「僕はね、現状〈教授〉のことで手一杯なの」

麻生はおや、と思った。毒島というのは妙にバイタリティのある男で、麻生や他の刑事の前で弱音を吐くことなどない。手前の能力的限界を口にするのが恥だと考えているフシさえある。その毒島の口から手一杯などと聞くのは、これが初めてだった。

「まだ深瀬麻佑子の取り調べ中なんだけど、まあタチが悪いこと悪いこと。明らかに〈教授〉から心理誘導されているのに、当の本人が全然自覚していない。被害者をストーカーしたのも硫酸ぶっ掛けたのも、全部自分の意思だと信じて疑わない一方、〈教授〉に対しては恭順と親愛の情を示している。まあるで新興宗教の教祖と信者。まず洗脳から解かなきゃいけないから厄介で厄介で」

毒島は首をかくかくと左右に傾ける。容疑者は操り人形だと言いたいのだろうが、この男のゼスチャーは嫌味にしか見えない。

「前の二つの事件と同様、あからさまに教唆と認定できるテクニカルタームは使用していないみたい。深瀬麻佑子の場合は録音している訳じゃないけど、供述を聞く限りじゃ〈教授〉は心理的な足跡を何も残していない。きっと〈教授〉の言ったことでさえ本人は内なる自分が発した言葉だと捉えているんだろうね。これね、状況に追い詰められた人間が一番陥りやすい罠。でもって客観性を持てないおバカの特徴。自分を外側から観察できないものだから、ようやく自我の芽生えた五歳児みたいな言説になっているのに気づかない。〈教授〉のチョイスったらゼツミョー」

「何が絶妙なんですか」

「つまりさ、班長。ネットを覗いて、自分が操れそうな人間を的確に選んでいるって意味。

いや、もちろん実際は賀来や塔野や深瀬以外のこじらせ人間にも声を掛けたと思うんだよ。それこそ何十人単位でさ。でもその中から適格者を選んで実行犯にまで育て上げたのは、一種の才能だと思う。うん、冗談でも何でもなく新興宗教の教祖さまを務めた方が社会的な成功を収めるんじゃないかしら」

「犯人を褒めてるんですか、毒島さん」

「まっさか。僕は決して教祖さまを褒めてるんじゃないよ」

毒島のことだから信者となった人間を徹底的にこき下ろしたいのだろう、と麻生は見当をつける。

麻生自身はそういう信者も被害者だと捉えているのだが、毒島の考えは違う。こじらせが昂じて信者になった段階で彼らも加害者なのだと言う。自分の不幸を他人のせいにして手前勝手な理屈を押しつけ、害毒を撒き散らすのは立派な犯罪だと一笑する。これはおそらく毒島という男が徹底したペシミストだからだろうと推測するが、本人に確認するのも癪(しゃく)なので放っておいている。

「〈教授〉の背中を追うのも仕事ですが、こっちの捜査にも参加してください」

「だから事件の概要は聞いていますよ。昭和五十七年に起きた連れ回し事件の主犯格が老人ホームで殺されたんでしょ。帳尻合わないなあ」

「ほう、宇喜多みたいな男にも同情しますか」

「いやいや、ベッドの上で殺されるのは帳尻が合わないって意味。やっぱり半分焼かれた被害者と同じくらいには苦しんでくれないと」

この男に同情を期待した自分が愚かだった。

「でも犯行態様からすると怨恨の線が濃厚な訳でしょ。だったら被害者遺族を当たるのが先決だと思うけど」

「もう月島署が鑑取りに走りました。それで江ノ島修一の遺族には犯行が不可能であることが、ついさっき判明したんです」

「へえ、アリバイが完璧でしたか」

「ええ、修一の両親は既に他界しているんですよ」

さすがに毒島は顔色を変えた。

「宇喜多たち三人の刑が確定したのが平成元年の八月。七年の法廷闘争と軽微な判決が仇になったのか、母親はその年に急逝、父親はその後を追うように翌年自殺しています」

毒島はうーんと唸りながら首を捻る。

「さては墓から甦ったのかな」

ふざけるなと言おうとした瞬間、卓上の電話が鳴った。携帯電話ではなく自分の内線に掛かってくる内容に碌なものはない。

覚悟を決めて受話器を上げる。しかし告げられたのは覚悟していた以上に碌でもない内容だった。

「了解。こちらも現場に急行する」

受話器を置く際、つい力が入り過ぎた。そして、それを見逃す毒島ではなかった。

「嫌な展開みたいですね」

「二人目だ」

何やら毒島に見透かされたようで気分が悪い。

「今しがた月島署の捜査員が、自宅で膳所典彦の死体を発見したそうです」

「おやおや」

人が死んだというのに、おやおやとはどんな反応だ。

「宇喜多の事件が起きた直後から膳所の行方を追っていたんですが、犯人に先を越されたようです」

「二人目ということは、同一犯の印があったんですね」

「手口が一緒なんですよ。膳所も首筋から薬剤を注入されているそうです」

「ほっほっほ」

毒島は嬉しそうにまた首を振り始める。犬養は気味悪そうに先輩の振る舞いを眺めている。内規さえなければ、毒島を殴ってやりたいところだ。

「僕に行けって言いたそうな顔」

本来、班長が現場に足を運ぶのは滅多にあるものではないが、みすみす二人目を殺されたのだから警察の面子は丸潰れだ。潰れた面子を回復させるためなら、管理官は麻生の現場入りさえ厭うまい。

それよりも毒島の底意地の悪そうな笑みが気になる。優秀なことは実績が証明しているが、時折暴走するのも実績がある。この調子で現場に向かわせたら、所轄の人間にどう誤解されるか分かったものではない。

「わたしが同行しますよ」

口にしてから、麻生は猛烈に後悔した。

膳所典彦の自宅は墨田区錦糸にあった。

安っぽいネオンの風俗店が軒を連ねる中、古びたアパートが点在している。膳所の住まいはそのうちの一つで、落書きされた壁と薄汚れた階段がまるで戦後すぐ建てられたような雰囲気を醸し出している。

「出所してから何度も転居を繰り返していました。現住所を特定するのに時間が掛かったのはそのせいです」

死体を発見した月島署の刑事は、そう弁解した。既に検視官と鑑識が到着しているらしく、当該の部屋までは歩行帯が敷かれている。

「三階、一番奥の部屋です」

歩行帯は当該の部屋の中に続いていた。中ではお馴染みの御厨検視官が死体の傍に腰を下ろしていた。

「やあやあやあやあ御厨さん。お疲れさまです」

御厨がぎょっとした様子で振り返り、毒島を確認して露骨に嫌な顔をする。あまり好き嫌いを面（おもて）に出す男ではないが、こと毒島に対しては別らしい。

「あなたが担当か」

「命令なもので。御厨さんのことだから検視のほとんどは終わっているんでしょ」

マスクを着用した毒島は気安く御厨の隣に座り込む。まるで釣り友だちに釣果（ちょうか）を尋ねる口調に、麻生は苦虫を嚙み潰したようになる。

それでもここは毒島に任せるべきだと判断する。自分は先導する目的で現場に赴いたのではない。あくまで毒島の捜査を見極め、かつ暴走を食い止めるためだ。

「死因はやっぱり硫酸タリウムですか」

「呼吸不全に陥った形跡がある。薬剤の分析はまだだが、その可能性は高い」

「死亡推定時刻は」

「死後硬直と腸内温度からの推定だが、昨夜十時から十二時にかけて。司法解剖に回せば、もう少し絞り込める」

「いつもいつも自信ありげで頼りになるなあ。もう少しという言葉にも含蓄がある。ひょっとして内容物の消化具合はあまり気にしてなかったりして」

喋りながら毒島は室内を見回す。毒島の視線を追わずとも、部屋に入った時に一目瞭然だった。

膳所の部屋には貧困と病苦の臭いが満ちていた。床の上は空のペットボトルとコンビニ弁当の容器が散乱しているが、どれも新しいものには見えない。饐えた臭いは食品の腐敗臭ではなく、病人の発する独特の臭いだ。麻生の目にも、とても三度の食事をまともに摂っていたようには見えない。

だが毒島には更に別の着眼点があった。

「この死体なんですけどね、腰の仙骨部と踵が壊死しかかってますよね。これって褥瘡（床ずれ）ですよね。だったら被害者は寝たきりだったから、まともに食事ができなかったことになる。まともに食べてないなら、胃の中を調べたって大したことは分かりゃしない」

「……何なら、あなたが検視してみるかね」

「僕が？　ご冗談を。僕が喋っているのは半可通の戯言（ざれごと）みたいなもので」

「その半可通の戯言を追認するわたしも、とんだ素人ということになる。あなたの指摘通り、被害者は長らく寝たきりだった。寝返り一つ打つにも難儀だったから、三度三度食事をするのも同様に難儀だったろうな。痩せ衰えている原因には栄養失調も含まれると思う」

「その状態で放置していたとしても、遅かれ早かれ衰弱死していたとは考えられませんか」

「否定する材料はない」

毒島は満足げに頷いてみせた。

「ということはですね。放っておけばやがて緩やかな死が訪れたものを、犯人はわざわざ特急券を進呈したことになる。被害者にしてみれば意外に親切だったかもしれないなあ」

膳所の遺族が聞いたら激昂しそうなことを平気で口にする。そう言えば、毒島だけが部屋に入ってきても合掌すらしていない。

「毒島さん、せめて手を合わせてやったらどうですか」

麻生が諫（いさ）めても、毒島はへらへらと笑うだけだった。

「手を合わせる暇があったら捜査を進めましょうよ。その方が被害者も喜ぶし、初対面の死体に手を合わせるなんて所詮形式でしょ」

あまりの言い方に意見しようとした時、別の刑事が部屋に入ってきた。

「隣のキャバクラの店員が犯人らしき男を目撃していました」

当然、毒島への意見は後回しだ。麻生は向き直って、先を促す。

「昨夜、客の呼び込みをしていたら、このアパートに入っていく人影を見たそうです」

「時間は」

「午後十時を少し回ってからです。その人物はものの十分ほどで引き返してきたとも証言しています」

「時間は合うな。どんな風体だった」

「年寄りらしく、右足を引き摺るように歩いていたとのことです」

「顔は。顔は見たのか」

「いえ。この辺りはネオンの光が賑やかですが、店から離れると途端に暗がりになります。詳しい人相まではと言ってます」

だが風体といい殺害方法といい、宇喜多の事件と無関係とは思えない。犯人は同一人物とみて間違いなさそうだ。この上はもう一人の関係者、倉前慎太の居場所を特定するのが急務だろう。

「班長。今、倉前の確保を最優先事項に考えたでしょ」

自分の言葉が相手にどれだけ不快感を催させるのか、承知の上で喋っているのだから始末が悪い。

「毒島さんは違う意見ですか」

「倉前の確保が最優先という点は僕も異議なし。ただですねえ、どうにも他の要素が鼻についてしょうがなくて」

「他の要素って何ですか」

すると珍しく毒島は逡巡する素振りをみせた。

「この件でも〈教授〉の臭いを嗅いでいるような気がしてならない。勘違いならいいんだけど、生憎僕は勘違いしたことがあまりないんだよね」

3

『おはようございます』

今日も〈教授〉は携帯電話で話し掛けてくる。合成音じみているが、江ノ島には安心できる声だった。

「おはようございます」

『お仕事の首尾はどうでしたか』

「満足のいく出来栄えだと思っています」

『それは素晴らしいことです』

不意に、膳所の首筋に注射器を突き立てた時の感触が甦ってきた。頭の中に仕舞い込んでいる記憶は新しいものほど消滅しているはずなのに、手の平に残る感触はなかなか忘れない。これは脳よりも手先の感覚がまだ鋭敏さを残している証左なのだろうか。

膳所を葬ったという意識は厳然としてある。驚くべきことだが、人を殺したというのに罪悪感のようなものは微塵も覚えなかった。そう言えば膳所の前にも別の誰かを殺害したような気もするが、こちらの記憶は早くも靄が掛かったようで詳細を思い出せない。

『江ノ島さんは今日もお出掛けですか』

〈教授〉の声でいきなり予定が引き摺り出される。そうだ、今日はいささか遠出をする日だった。

「はい。少し遠くに出掛ける予定です」

『どこの誰に会うのか、承知していますか』

江ノ島は口を噤む。外出する用事があるのは思い出せたが、目的がぼんやりと霞んでしまっている。

「それが……あまり、よく……」

『江ノ島さんだったら、ケータイに予定表か何かを残しているんじゃありませんか』

電話を切ってから画面を検索すると、メモ欄にびっしりと文章が並んでいる。メモ欄の入力は自分でしかできないので、これは間違いなく己で打った文章なのだろう。

読んでいくと、自分が既に二人の人間を葬った事実が明記されている。二人を殺した理由もちゃんと記されているので、特に罪悪感はない。息子の修一を惨殺したにも拘わらず、軽微な罰で責務を逃れた極悪人だ。死んで当然のヤツらではないか。

今日は最後の一人を屠る(ほふる)ための外出だった。名前は倉前慎太。彼に会える場所も道順も事細かに記されている。これさえあれば行動に迷うこともない。己で打った文章だから、意味を取り違えることもない。

いや、自分の意思に従って作った文章かどうかと問われると、あまり自信がない。ひょっとしたら他人の言葉をそのまま書き写したのかもしれず、しかし他人から行き先の指定を受けた記憶もないので、これまた懐疑的にもなれない。

日々、記憶力が低下しているという自覚はある。子供の頃、学生の頃、そして働いていた頃の光景はまだ意識の底に残滓としてあるが、仕事を辞めてからの記憶はまるで砂だ。摑もうとしても指の間からさらさらとこぼれ落ちてしまう。

自分が江ノ島侘助であることと昭和の生まれであるのは確かだ。だがそれ以外は事実なのか。戦地で名誉の負傷をしたこと、妻に先立たれたことは頭の中でこしらえた虚像ではないのか。右足を引き摺りながら歩いているのは戦争の古傷のせいだが、いったいどこの腱を切ったのだったか。

そう言えばあれは。

そう言えばあれは。

黒い雲、白い雲。

雨、風、雪。

春に夏に、冬。もう一つの季節は何だったか。

守るも攻めるも黒鉄の。

見よ東海の空明けて。

カステラ一番、電話は二番。

葛根湯を飲みましょう。

あああああああああああああああああああああああ。

意識が白くなりかけた時、着信音が鳴った。江ノ島は慌てて通話ボタンを押す。

「は、はい」

『今日はお出掛けの予定ではありませんか』

知っている声で、江ノ島の意識はようやく現実に戻される。

「今、外出の支度を始めるところです。もうすぐ家を出ます」

『そうですか。今日はいいお天気です。素晴らしい外出日和ですよ』

電話が切れると、江ノ島は宣言通り外出の支度を始めようとした。だがタンスの一番上と二番目を引き出して立ち尽くした。

あの背広はどこに仕舞った。

皺のない、ぴんとしたシャツはどこに吊るしてある。

靴下は新しいのを買ってあったのか。

途方に暮れていると、玄関先でインターフォンが鳴った。

『おはようございます。〈さわやかデイサービス〉でーす』

記憶力が鈍っていても、毎日顔を合わせる相手はさすがに忘れない。江ノ島は玄関まで行き、ドアを開く。

「江ノ島さん。今日も調子よさそうですね」

玄関先に立っていたのは訪問介護員の鴇野静香だった。

江ノ島が挨拶を返す前に、静香はさっさと中に入ってくる。

「昨日、夕食の後に何か食べましたか」

記憶を遡ってみるが口にものを入れた覚えなどなく、江ノ島は首を横に振る。

「よかった。ちゃんと三度の食事はカロリー計算していますからね。じゃあ、まず着替えから済ませちゃいましょう」

「今日は出掛けるんだ」

すると静香が手を止めた。

「あら、珍しい。いったい、どこにお出掛けなんですか。近所にお散歩ですか」

「いや、遠出するんだ。人にも会う。だから、それなりの服装をしていかないと」

「それなりって、よっぽど大事な人と会うんですか」

「大事というか、絶対に一度会わんといけない相手だ」

「それじゃあ、気合い入れてお洒落しないと。任せてくださいね」

いつも江ノ島の着替えを手伝っているので、タンスの中身は本人よりも静香の方が熟知しているらしい。静香はタンスを開けると、替えの下着からワイシャツまで手際よく並べ始めた。

「一張羅を着ていきたい」

「この中で一張羅っていうと、三つ揃いの背広ですかねー」

「三つ揃い。ああ、それがいい」

ぽんと目の前に置かれた背広はまるで見覚えのないものだった。それでも家のタンスに仕舞ってあったのだから自分のものに違いあるまい。

「少しの間、じっとしててくださいねー」

静香は慣れた手つきで服を着せていく。江ノ島はベッドの横に立っているだけだが、みるみるうちに着替えが進んでいく。ものの十分もすると、先ほどまでのパジャマ姿から身内の婚礼に出掛けるような恰好に様変わりしている。自分のものかどうかも分からない背広はサイズもぴったりだった。

「わあ、すっごく似合ってますよ」

「一世一代の晴れ舞台なんだ。ちゃんと立派に見えるかな」

「見える見えるっ。園遊会に出席しても恥ずかしくないくらいですよ」

それならいい。静香は物事をはっきり言う人間だから、あながち嘘ではないだろう。

「朝ごはん、本当に要りませんか」

「腹一杯になると眠くなる。今日は眠りこける訳にはいかない」

「何時に戻るんですか」

「分からない」

「それじゃあ、また明日伺いますね」

明日。

今日と同じ日が明日も、そして明日以降も続くのか。

「頑張ってきてくださいねー、江ノ島さん」

玄関先で大きく手を振ってから、静香は去っていった。自分でも理由が分からないが、江ノ島は彼女の乗って来たクルマが視界から消えるまで、ずっと見守っていた。

そろそろいいだろう。

江ノ島は玄関のドアを閉めると歩き出した。施錠したかどうか不安になったが、それもすぐに忘れてしまった。

携帯電話を開き、メモ欄で自身の行動予定を確かめる。まず最寄りのＪＲ駅に向かうこと。

しばらく歩いていると息切れがしてきた。駅まではまだ遠い。数分だけ止まって息を整え、少し経ってまた歩き出す。無理をする必要はない。どうせ相手も江ノ島を待っているわけではないし、今更逃げられるはずもない。こちらから一歩ずつ近づいていくだけだ。

やっとの思いで駅に到着した。ＪＲというのは国鉄の新しい呼び名だった記憶がある。乗り場が同じ場所だから、これは間違いない。しかし鉄道の呼び名というのはどうしてこうも変わるのか。国鉄や営団地下鉄では何か不都合なことでもあるのだろうか——と、そこまで考えた時、既視感を覚えた。つい最近、似たような場所で似たような考えに囚われたような気がする。もっとも自分は記憶力のいい方なので、一度考えたことは決して忘れないはずだ。だから思い過ごしに違いない。

自動券売機の前に立ち、路線図を見上げる。武蔵野線の北府中駅を探してみるが、なかなか見当たらない。視力はともかく、何しろ駅名が多過ぎる。

探している最中に、背後から話し掛けられた。

「どの駅をお探しですか」

振り向くと、ひどく温和そうな男が立っていた。見るからに親切そうで、江ノ島も思わず笑みを返す。

「北府中駅に行きたいのですが」

「ここですね」

男の指がついとパネルの一部を指し示す。なるほど確かに〈北府中〉とある。江ノ島は指定された金額を投入してボタンを押す。

「助かりました。ご親切にどうも」

「いえいえいえ、どういたしまして」

男は手を振りながらそのまま行ってしまった。どうやら江ノ島が困っているのを見かねて、お節介を焼いてくれたらしい。

駅員に何番ホームかを尋ね、やがて滑り込んできた電車に乗った。

誰かが言っていたように天気は最上だった。車窓から射し込む陽光は絹のように柔らかで、母親の胸のように暖かい。江ノ島は知らず知らずのうちに、うつらうつらし始める。

だが束の間に見る夢は決して心地良いものではなかった。

東京大空襲。家屋から立ち上る炎で空が真っ赤になっていた。江ノ島の家は他の一般家庭と同様に木造家屋だったから、あっという間に燃え広がった。

早く家から出なさい。

それまで聞いたことのない母親の叫び声に追われて玄関を出た途端、家が焼け崩れた。

お父（とう）。

お母（かあ）。

いくら叫んでも、燃え盛る炎の中から両親が姿を現すことはなかった。江ノ島は轟々と火炎が唸る中、ずっと一人で泣き続けていた。

ずっと一人で——いや、横に誰かを連れていたのではなかったか。

記憶が混濁している。きっと女房のせつと誰かを取り違えているのだろう。

せつ。わたしの妻、長年の連れ添い。病苦で先立っていった最愛の女。気立てがよく、顔は——顔は——。

何ということだ。女房の顔がなかなか思い浮かばない。いくら物覚えが悪くなったとはいえ、これではあまりにせつに申し訳ない。

しかし、どれだけ意識の底を手繰り寄せてもせつの顔はおろか、背恰好すら像を結ばない。せめて声を思い出そうとしたが、それも叶わなかった。

こうして人は壊れていくのだろうか。

恐怖で叫び出しそうになった時、江ノ島はようやく夢から醒めた。

『次は北府中。次は北府中』

北府中、北府中。そうだ、自分は北府中で下車しなければならなかったのだ。

迷った時にはメモを読めばいい。携帯電話を開いて確認する。よし、北府中で下車。間違いない。

北府中駅で降りた江ノ島は、府中街道を直進する。メモによれば徒歩十分ほどで目的地に到着するはずだ。いや、今の自分は足が遅くなっているから十五分といったところか。

会うべき相手は倉前慎太。向かうべき場所は府中刑務所。

メモには倉前が府中刑務所に収監された経緯も記述されている。十代の頃からヤクザものだった倉前は、最初の懲役を勤め上げた後も更生できなかった。折角職にありついても長続きせず、カネに困っては窃盗やら恐喝をして捕まり、収監され、また何年かして出所しては小さな罪を重ねて獄に舞い戻ることを繰り返した。何と塀の外側で暮らした年数よりも内側で暮らした年数の方が長いらしい。そして現在は府中刑務所の中で暮らしている。

修一を嬲り殺しにした三人組は、いずれも不幸な晩年を送ったことになる。首謀者の何某は病気を患って老人ホームに入れられ、また別の何某は貧困の末、安アパートでひもじい生活を強いられていた。そして倉前は累犯者として塀の向こう側にいる。年齢から考えても、この先碌な死に方はするまい。三人ともいい気味だ。人を殺した人間が幸せになっていいはずがない。これは自業自得というものだ。

江ノ島が物思いに耽っていると、やがて異様な建物が前方に見えてきた。アーチ形の屋根を中心として左右に広がる獄舎。あれが府中刑務所だ。

長い人生の中でも刑務所を訪れるのは初めての体験だった。緊張するのは言うまでもないが、それよりも使命感の方が強い。

今日、自分は刑務所内で倉前を殺害するのだ。

受付で受刑者に面会したい旨を告げると、面会窓口に行ってくれと言われた。そこで申込用紙に記入して順番を待つのだという。

言われた通り面会窓口まで移動し、備え付けの用紙を手に取る。

・面会者の住所、氏名、年齢
・受刑者との関係
・手話による会話の有無
・持ち込み品の有無

毎度のことだが、こうした用紙に必要事項を書き込む作業は容易ではない。自分自身のことは言え、住所を書く際はいちいちメモを見ながら記入する羽目になる。携帯電話を開いて確認していると、窓口に座っていた職員が怪訝な顔でこちらを見ていた。

「自分の住所が書けないんですか」

ずいぶん失礼な物言いだと思ったが、刑事施設に勤める職員というのは疑り深さが必要条件なのだろうと思い、堪えることにした。

「すいません、最近物覚えが悪くなりまして……」

「何か身分を証明するものをお持ちですか」

仕方なく、常に携帯している保険証を提示する。窓口職員は保険証と江ノ島の顔を代わる代わる眺めた上で、ようやく返却してくれた。

「順番が来たら呼びますので、面会待合室で待機していてください」

また移動しなければならないのか。江ノ島は溜息を吐いて指示された方向に歩き出す。

申込用紙には『江ノ島侘助』と本名を記入した。保険証と照合されることを思えば本名を書く以外にないし、第一偽名を使うなどとは考えもつかなかった。また受刑者との関係は『友人』としておいた。昔殺した相手の父親が面会に来たと知ったら、あの男はいったいどんな顔をすることだろう。

堂々と本名を名乗ることも計画の中に織り込まれている。計画を練っている最中にも考えたのだが――自分で練ったものなのか、他人が練ったものなのかはとうに忘れてしまったが――犯罪者というのは自分の犯した罪の大きさを知りたくて仕方がないのだという。自分のした行為でどれだけの不幸が生じたのかを確認せずにはいられないのだという。

だから変に偽名など使わず本名で面会を申し込んだ方が、倉前の興味を惹くはずだった。

倉前が興味を持てばこのまま手続きは進むだろうし、警戒心を抱かれたら面会は拒絶される。可能性は五分五分だが、江ノ島は面会が叶うと信じていた。

面会待合室には二人の刑務官が待機していた。やはり警備が厳重だと思っていたら、彼らはつかつかと歩み寄ってくる。

「面会ですね。失礼ですが身体検査をさせていただきます」

いきなりだったので驚く間もなかった。刑務官二人がかりで万歳をさせられ、首から腹、そして下腹部から爪先までを探られた。

「何をする」

ようやく抗議の声を上げた時には、刑務官の一人がポケットに入っていた注射器を取り出した後だった。

「これは何ですか」

まさか毒殺用の注射器と申告できるはずもなく、江ノ島は咄嗟に嘘を思いついた。

「わたしは糖尿病を患っていまして、これはまさかの時のための備えで」

「申し訳ありませんが、こちらで預かっておきます」

注射器を取り上げられた代わりに番号札を渡された。

注射器の中には毒物が――名前は忘れてしまったが――仕込まれている。調べられたら、江ノ島の計略は即座に発覚してしまう。いや、そもそも取り上げられたら倉前に面会しても意味を成さなくなる。

返してくれとも言い出せず、江ノ島は待合室の椅子に座って順番を待つしかなかった。

手汗でべっとりとした札に記された番号は九番。だが面会できたとしても自分は徒手空拳だ。対峙する倉前にどう立ち向かえばいいのだろうか。

計画は単純だった。面会者と受刑者の間にはアクリル板の衝立(ついたて)がある。だが会話ができるよう、正面には無数の穴が開いているはずだ。何とか倉前の顔をアクリル板に密着させるように仕向け、頃合いを見計らってアクリル板越しに注射針を突き立てる。頸動脈に直接注入したいところだが、顔面であっても相応の効果は期待できるはずだった。

しかし丸腰にされ、江ノ島には何も為す術(すべ)がない。

表示板が『九番』を表示した。

「番号札九番の方。面会室にどうぞ」

呼ばれて江ノ島は立ち上がる。まるで刑場に引き摺り出される咎人(とがにん)のような気分だった。

面会室は光の乏しい、狭い部屋だった。椅子も安物で、とても長く座っていられるような代物には見えない。元より長話をさせるつもりもないのだろう。

江ノ島が着席して間もなく向こう側のドアが開いて、男がのそりと現れた。

ひと目では倉前と分からなかった。江ノ島が知っているのは事件報道当時の写真であり、その頃の倉前は世の中全部を睥睨(へいげい)するような不敵さがあった。ところが目の前にいる倉前は老醜そのもので、弛(たる)んだ頬も濁った眼も腐臭が漂っているようだった。

倉前は向こう側の椅子に座ると、不思議そうにこちらを見た。

「あんた、いったい誰だ」

倉前が自分の顔を知らないのも意外だったが、それよりも目を引くものがあった。アクリル製の衝立の中心には無数の穴が開いている。だが、その形状は江ノ島の想像していたものと大きく異なっていた。同じ穴の開いた板を微妙にずらして貼り合わせているため、針一本貫通できないようになっているのだ。

仮に注射器を持ち込めたとしても、倉前に突き立てることは不可能だったのだ。江ノ島は全身から力が抜けていくのを感じた。

「あんた、面会の申込用紙に江ノ島って書いたんだよな。確かに昔、江ノ島修一ってヤツをずいぶんいたぶったし、そいつの親父と顔を合わせたこともある。けど、あんたとは初対面だ」

倉前はさも不思議そうにこちらを見る。法廷でも何度か江ノ島の顔を見ていたというのに、まだすっとぼけるつもりなのか。

胸の底からマグマのような憎悪が湧き起こる。とっくに錆びついたと思っていた老骨が矢庭に硬度を増し、血流が速くなる。

毒物の注入ができなくても、この距離なら相手の首を絞められるような気がする。

まずは衝立を破壊しなければ。

江ノ島はゆらりと立ち上がる。

「お。やっぱり人違いだったか」

もう倉前の言葉は耳に入らなかった。座っていた椅子を両手で摑む。アクリル板がどれだけの強度かは知らないが、力任せに叩きつければ罅くらいは入るだろう。

椅子を持ち上げようとしたその時だった。

「はい、そこまで」

横から手が伸びて、江ノ島の腕を摑んだ。振り向くと、さっき見たばかりの男がそこにいた。

「あなたは、さっき券売機で親切にしてくれた……」

「どうもどうもどうも、その節は。警視庁捜査一課の毒島という者です」

毒島と名乗る男は江ノ島の腕を押さえながら、また椅子に座らせようとする。機先を制された江ノ島は為す術もなく腰を下ろすしかなかった。

「何だ何だ何だ。何がいったいどうしたって言うんだ」

倉前は眼前で起こった出来事が理解できずに混乱しているようだった。

「倉前さん。あなたはね、命拾いしたんだよ」

「俺が？　塀の中にいて誰に殺されるっていうんだよ」

「その様子じゃシャバで何が起きてるか知らないみたいだね。昔あなたとつるんでいた宇喜多泰平と膳所典彦が相次いで殺されたんだよ」

さすがに倉前は目を丸くした。

「しかもね、その二人をあの世に送った実行犯が、ここにいる江ノ島侘助さん」

毒島の言葉を聞きながら、江ノ島ははてそんなことがあったのかと記憶をまさぐり始めた。

身柄を確保された江ノ島は、パトカーに乗せられて警視庁に移された。計画が失敗に終わる可能性を全く考えなかった訳ではないが、予想外の展開が続いたため、江ノ島はまだ混乱していた。

「今回、江ノ島さんの混乱を鎮めるのも僕の仕事の一つなんですけどね」

取調室で対峙した毒島はそう言って笑い掛けてきた。この男が刑事だとは未だに信じられなかった。

机の上には江ノ島の携帯電話、修一と二人で写った写真が置いてある。いずれも警察に押収されたものだ。

「江ノ島修一さんの殺害は、犯罪史上稀に見る残虐さで人々の心に刻まれた事件でした。同時に犯行態様の残虐さに比べ、判決は物的証拠の少なさから懲役五年という軽微なものに終わり、警察・検察に非難が集中した、我々にとってトラウマのような事件でもあります」

「左様。だからこそわたしは彼らに復讐しようと考えたのです」

殺人が極刑に処すべき違法であるのは言われなくても知っている。しかし、あんな処分で済まされた極悪人たちに天誅を下せるのなら、却って誇りにできるのではないか。

「修一さんを愛しておられたんですか」

「自分の子供です。当たり前じゃないですか」

江ノ島は二人の写真を毒島の面前に翳した。

「女房ともども待ち望んでいた子供でした」

「奥さんの名前は」

「せつと言います。それがどうかしましたか」

毒島はそれには答えず、携帯電話を摘み上げた。

「内容を見ました。今回の殺人計画について全てが網羅されています。三人が置かれている現状と、それぞれの住まいに向かう道順、殺害方法、使用する毒物」

「最近はすっかり物覚えが悪くなりました。そんな風に全てをメモしておかないと、すぐ忘れてしまうので」

「拝見して唸ることしきりでしたよ。宇喜多が老人ホームに入っていること、膳所が食うや食わずの生活で困窮していること、倉前が累犯者となってシャバと刑務所を往復していること。しかしですね、ネットからの情報を集めても、なかなかここまで他人の情報を集めるのは容易ではありません。よく情報収集できましたね」

「生涯を賭けた復讐です。それくらいは当然のことです」

「でも江ノ島さんはパソコンすらお持ちではない。いったい、どうやって調べ上げたんですか」

「そんな細かいことは忘れました」

本音だった。相手の住まいに向かうまで電車をどう乗り継ぎ、どの道を歩くのか。毒物はどこから入手するのか。自分がどんな風に調べたのかは、まるで記憶に残っていない。

だが執念というのはそういうものだ。我が子の仇を討つために、きっと自分は探偵顔負けの調査をしたに違いなかった。

「でも、わたしがやったことに間違いないですよ」

「ええ。宇喜多の事件でも膳所の事件でも、犯行現場からはあなたの指紋や毛髪が採取されています。府中刑務所であなたから取り上げた注射器の中身は濃度の高い硫酸タリウムで、二つの事件で使用された毒物と完全に一致しています。最後はともかく、あなたは見事に二人の人間に罰を与えました」

「見事だというのなら、どうして倉前の殺人を見逃してくれなかったのですか。あいつを殺せば、わたしの願いは成就したのに」

「あなたにこれ以上、無意味な罪を重ねてほしくなかったからです」

「無意味とは失敬な。確かに復讐は違法かもしれないが、息子を殺された父親の行為としては意味がある」

「では、母親はどうだったんでしょうね」

毒島の指が写真を指し示す。

「この写真、どうして母親のせつさんが写っていないんですか」

江ノ島は返事に窮する。今の今まで、そんなことに着目したことがなかったからだ。

「それは、シャッターを切ったのが女房だったからでしょう。さもなければ女房が死んだか別れるかした後だったに違いありません」

「えーっと」

毒島は目の前に二枚の紙片を差し出した。両方とも戸籍の抄本らしかった。

「これは？」

「あなたと修一さんの戸籍の写しです。よくご覧ください」

言われる前から、江ノ島の視線は紙片に釘づけだった。

修一の父親は江ノ島孝仁（たかひと）、母親はせつ。

そして自分、江ノ島侘助には配偶者も子供も記載されていなかったのだ。

「江ノ島侘助さん。あなたに結婚歴はありません。ずっと独身だったんです。ただしあなたの弟さん孝仁さんとせつさんの間には修一さんという一人息子がいた。修一さんはあなたの息子さんではなく、甥なんです」

「そんな」

「このツーショットに母親が写っていない理由もお分かりでしょう。これはただ仲のいい伯父と甥の写真なんです。子供のいないあなたが修一さんを殊の外可愛がったのは本当でしょうけどね。もちろんあなたが犯人の三人を憎んでいたことも」

「嘘だ」

「人は嘘を吐きますけど、公文書は嘘を吐きません」

「じゃあ、どうしてわたしは」

「何者かがあなたに偽物の記憶を植えつけたんですよ」

そんな。

己を復讐に駆り立てた感情が間違いだったなんて。

自分には妻も子供もいなかったなんて。

弟がいた？　ああ、確かに焼け落ちる家の前でわたしは誰かの手を握っていた。あれが弟の孝仁だったのか。

あああああ。

己の名前は憶えている。江ノ島侘助だ。

こんな風に困った時、いつも手を差し伸べてくれる人がいたような気がする。あの人の名前は〈先生〉だったか、それとも〈教員〉だったか。

助けて。

助けて。

どうして、わたしはこんな狭い部屋に閉じ込められているんだ。目の前に座って、自分を気の毒そうに見ている男はいったい誰なんだ。親切な男だというのは知っている。自分が駅の自動券売機の前で困っていたのを助けてくれたのだから。

いや。

本当に親切なのだろうか。

4

「参ったな」

刑事部屋に戻るなり、麻生は毒島に愚痴る。江ノ島侘助の事情聴取を隣の部屋で見ていたが、事件解決どころか却って遠のいてしまった感さえある。

「あれじゃあ、とても公判を維持できない」

だが、毒島はこちらの気持ちなどお構いなしだった。

「おや。班長は江ノ島を送検するつもりだったんですか」

「当たり前でしょう。選りに選って刑事施設の中での犯行を計画していた。事前に押収した注射器の中には毒物が入っているから現行犯。二つの犯行現場からは物的証拠が馬に食わせるくらい採取されている。これで送検しなかったら何を送検するって言うんですか」

実行犯は江ノ島侘助に間違いない。だが本人があの体たらくでは、仮に起訴できたとしても下手をすれば刑法第三十九条で罪に問えなくなる。その時点で警察と検察の敗けが確定する。

「駅の自動券売機でおろおろしているのを見た時から、ああこれはキツいなとは思っていましたけどね。行き先の切符も買えないご老人が、細かな殺人計画を立てて粛々と実行していくなんて辻褄が合いませんから」

毒島は事もなげに言う。それならそうと上司に忠告すればいいものを、黙っているのだから性格が悪い。

「言い換えれば、江ノ島侘助を陰で操縦していた人物がいたことになります。僕の狙いはそっちの方だったりします」

「殺人教唆、か」

「江ノ島とのやり取りの中で、何度か〈教授〉の名前が出てきましたよね。前の三つも感心したけど、今度のは特に秀逸でした。江ノ島が修一の身内であることを最大限利用して、まんまと記憶の改竄に成功している。相手が認知症患者である事実を差し引いても、これは大した技能ですよ」

「毒島さん。あなた、犯人にシンパシーを抱いてるんですか」

「とおんでもない」

毒島は驚いたというように、両手を広げてみせる。

「優秀であることと共感を持てることはイコールではありません。そんなの、僕を見ていたら分かるでしょ」

自分で言うか。

「野放しにしておいたらいけない種類の人間なんですよ、この〈教授〉というのは。自分の手を汚さずに次々と犯罪を成功させている。やり口を見ている限り、殺人教唆に飽きた気配もないし、認知症患者を操るという新たなスキルも身に付けた。放っておくと被害は拡大する一方です」

「こんなことが、まだ続くのか」

「愉快犯ですからね。他人の不幸が美味しいうちはゲームを途中で投げ出したりはしないでしょう」

深刻な話をしているはずなのに、どこか楽しげに見える。こういうところが、毒島に十全の信頼を置けない所以だった。

「ケータイに記載されていた犯行計画のメモは、〈教授〉の仕業だと思いますか」

「十中八九。認知症患者にあんなものが作れますか。〈トーエイホーム〉への道順も、膳所の住むアパートの特定も、倉前が府中刑務所に収監されているのも、全部〈教授〉が収集した情報ですよ。メモの中には徒歩何分なんて記載もあったから、〈教授〉自らが足で拾った情報すら交じっているかもしれない」

「しかし、あのメモ欄てのはメールで飛ばしたんじゃなく、ケータイの持主が自ら打った文章ですよ。どうやって他人のケータイに干渉するというんですか」

「だから。その時点で解答は出ているじゃないですか」

どういう意味か問い掛けようとした時、犬養が部屋に入ってきた。

「戻りました」

「お疲れお疲れ」

毒島は揉み手をしながら近づいていく。

「それで犬ちゃん。首尾の方はどうだったのかな」

「ビンゴです」

犬養はさほど嬉しくもなさそうに返した。年がら年中躁気味の毒島と感情の起伏が見えにくい犬養は、案外いいコンビなのかもしれない。おそらく犬養は嫌がるだろうが。

「毒島さん。犬養に何を調べさせたんですか」

「被害者の行状。宇喜多が〈トーエイホーム〉でどんな患者だったのかを知りたくてさ。施設の人や他の入居者から人物評を掻き集めてもらいました。で、結果はどうだったの」

「老人の繰り言としては最悪ですね」

犬養はにこりともしなかった。

「昔の俺はワルだった、から始まる例の悪さ自慢ですよ。若い時分は街で自分の名前を知らない者はいなかった。肩で風を切って往来を歩けば、皆が道を譲ったとか」

「うふ。うふふふふ」

毒島はさも愉快そうに笑い出す。

「昔の俺はワルだつた。過去を顧みてそう言っちゃうのがカッコいいと勘違いしているんだよね。その妙な武勇伝の陰で迷惑を受けた者の恨み辛みを思う想像力もない。典型的なバカの思考回路だよね」

「その程度で済むならまだ可愛げもあるんでしょうけど、やれ誰それを恐喝した、やれ誰それを半殺しの目に遭わせたとどんどんエスカレートしていく」

「うん。同じ話をしてても飽きられるからねえ。飽きられないためにはエスカレートせざるを得ない」

「膳所と倉前を従えてヤクザの真似事をしていた。その時に目をつけたのが江ノ島修一という気の弱い後輩だった……と、そこから事件の自慢話に移るんだそうです」

麻生は呆れながら話を聞いていた。懲役で済んだとはいえ、刑務所仲間でもない者に自分の犯罪を自慢たらしく吹聴するなど常識がないにも程がある。

だが毒島の方は予想していたらしく、ますます口角を上げた。

「うんうんうんうん。バカの上に耄碌して警戒心も衰えているから、言っちゃいけないことでも嬉々として喋りまくる。何て微笑ましい光景なんだろ」

「俄には信じ難いな。いくら何でも碌でもなさ過ぎやしませんか」

「だあって。若い頃にまともな仕事しなかったチンピラが、老いぼれて自制心失くすんですよ。碌でもない人間になるのは当たり前だし、大体の人間は元からロクデナシです」

そういう話を嬉々とする毒島も大概だと思ったが、口にはしなかった。

「世間が疑っている通り、自分たちは江ノ島修一を嬲り殺しにした。それなのに警察も検察も裁判所も、そして世の中も自分たちには手出しできないと言って大笑いしていたそうです。そればかりじゃなく、生活保護の対象となった膳所の近況や、塀の内側と外側を行ったり来たりしている倉前を引き合いに出し、主犯格で一番非道なことをした自分がベッドの上で手厚く看病されていると」

「うんうん、ビンゴだね。つまり宇喜多は二人の居場所を周囲に公言していたことになる。それで犬ちゃん、もう一つの調べものはどうだったのかな」

「これです」

犬養は持っていたカバンの中からA４サイズの紙片を取り出した。麻生が覗き込むと、人名と在職期間の一覧表だった。

「何ですか、このリスト」

「宇喜多が入所していた時期に限定した〈トーエイホーム〉の職員一覧。つまり聞きたくもない宇喜多の自慢話を無理やり聞かされた被害者の一覧表」

犬養からリストを奪い取り、毒島は指で対象者を探っていく。

「その中に〈教授〉が紛れていると考えてるんですか」

「条件としてはうってつけですから。宇喜多の自慢話を聞いてからなら、事の真偽を確認するのはさほど難しい作業じゃない。錦糸で実地調査すれば膳所の住む場所は特定できるし、殺人累犯者が収容される刑務所は限られています。三人とも気軽に移動できない身だから、計画も練り易い。後は作成した計画を江ノ島侘助のケータイに打ち込み、尚且つ江ノ島本人に模造記憶を植えつける」

「そんなに簡単に事が運びますか」

「もちろん江ノ島と〈教授〉の間に絶大な信頼関係が成立していなけりゃ無理でしょうね。でも〈教授〉にはそのスキルも利用できる立場もあったというのが、僕の読み。……ほうら、あったあった」

毒島の指がリスト上のある名前で止まる。

そこには〈鵜野静香〉とあった。

五

自業自得

自分の行いの結果を
自分が受けること。

「大辞林」より

1

「何も班長がついて来なくてもいいのに」

目的地に向かうクルマの中で、ハンドルを握る毒島は不満げに洩らした。本人が真横にいるというのに、こういう愚痴を平然と口にするのはいかにも毒島らしい。それを黙認している自分も自分だが、憎まれ口と引き換えに獲物を咥えて帰ってくるので差し引きゼロといったところか。

「犬ちゃんを連れていきたかったのになあ」

「犬養は別件で手が離せないんですよ」

「彼を凄腕に仕込むつもりなんでしょ」

「いいものは持っていますけどね。今の毒島さんを御しきれるものじゃない」

「えー。人を狂犬みたいに言わないでくださいよお」

狂犬の方がまだマシだ。狂犬は手に負えなくなったら処分すればいいだけの話だが、毒島は散々暴れた上に飼い主の喉笛を嚙み切り、そればかりか死体をきっちり処分してまんまと逃げ果せるような犬なのだ。

加えて麻生は言い知れぬ不安を感じていた。毒島は職員名簿から探し当てた鴇野静香を〈教授〉と判断した。その判断自体は間違っていないと思うが、毒島がこの事件に寄せる熱意が尋常でないのが気になる。

警視庁で毒島の名前を知らない者は少ない。突出した検挙率と優秀でありながら昇任試験を回避する変わり種。だが性格に難があるのと、容疑者の人権主張など鱓（ごまめ）の歯軋り程度にしか考えていないのは麻生班の人間しか知らない。

そんな性格の男が鴇野静香と対峙した時、いったいどんな行動に出るのか。普段の毒島は犯人に対して冷徹だが、言葉を換えれば憎悪や憤怒といった執着はない。逮捕・送検してしまえば、未練も後悔もなく次の事件に着手する。しかし今回に限っては〈教授〉に対してあからさまな敵意が窺えるのだ。

「班長のことだから、僕が躍起になっているのを気にしてるんでしょ」

どうしてこの男は人が隠そうとしていることを見通してしまうのか。

「毒島さんは精巧な造りをしていると評価しています。精巧な機械が普段と違う音を立てたら、警戒するでしょう」

「ひどい上司。部下をロボット扱いしてんの」

「ロボットとは言ってません」

「班長とはずいぶん長い付き合いになるからさ、今更隠し立てするつもりはないんです。ええ、僕は〈教授〉とかいう愉快犯にお灸を据えてやるつもりです」

「しかし殺人教唆で立件するのは困難だと、あなたも言っていた」

「困難だろうが行き過ぎになろうが、あのテの犯罪者をのさばらせちゃいけない」

麻生はぎょっとした。皮肉と冷笑が身上の毒島から、これほど真っ当な言葉が出るとは予想もしていなかった。

「〈教授〉というのは、つまり匿名性の犯罪者なんです」

毒島は前を向いたまま話し続ける。

「ネットの陰から、これはと思った獲物を見つけると言葉巧みに悪意を吹き込み、煽動し、獲物と他人が破滅していくのを悦ぶ。自分は安全地帯にいるから誰からも非難されず追及されることもない。自分の手を汚していない分、おそらく本人に罪悪感はない。そこにあるのはゲーム感覚と憂さ晴らしだけでしょうね。で、こういう手合いは精神構造がガキだから、失敗するか飽きるまでゲームを繰り返す。ここらで息の根を止めておかないと、操り人形は江ノ島以降も続くことになる」

「胸糞の悪い話だ」

「それじゃあ胸糞悪いついでにもう一つ。仮に〈教授〉を検挙できたとしても、こういう犯罪は続くよ」

「根拠がありそうですね」

「世界が繋がるとか個人が自由に発信できるとかがネットの素晴らしさと言う人がいるけど、あれは悪意と劣等感の増幅装置でもあるんだよ。一定のリテラシーと自制心を持っていなかったら火傷をする。実際今回だって賀来翔作・塔野貴文・深瀬麻佑子の三人がネット経由で内なる悪意と劣等感を増幅されて、結局は自滅している」

「江ノ島侘助のケースはどうなんですか」

「他人を操ることに慣れたんだと思う。だから顔も知らない人間よりも、身近で普段の顔を見せている人間が堕ちる様を見たくなったんじゃないかなあ。しかも江ノ島の場合は本人すら与り知らない憎悪を植えつけられたんだから、技術は向上している訳だし」

いつぞや毒島が語ったアンプの喩え話を思い出す。今にして思えば、あれは事件の特質を見事に言い当てていた。

「僕はちょっとばかりアクの強い人間なんだけどさ」

「ちょっとじゃない」

「まあまあ。で、僕みたいな人間でも会話する時には相手の顔色を窺って、言葉を選んで、反応を確かめながら話す訳です」

「あんたはそれを、相手を凹ませるためにやってるんですけどね」

「うふふふ。直接顔を見て話すと相手の人となりも分かるし、トラブルは少なくなる。誤解も行き違いも最小限で済む。ところがネット経由だとそういう安全装置が全部とっ払われちゃうから、精神的なお子ちゃまたちは簡単に騙されるし、簡単に煽動されるし、簡単に選民意識を植えつけられる。こんな便利なツールはない。だからこそ、ちょいと目端の利く人間は有効活用してる訳だし〈教授〉も例外じゃない。言い換えれば〈教授〉みたいな手合いはこれからも出てくる。いつでも、どこでも、何人でも」

にやにや笑いながら語る毒島を見ていると、背中に悪寒が走った。

何のことはない。人の脆さと拙さ、ネットの有効利用を知悉しているのは毒島本人ではないか。もし毒島が悪意の増幅を試みたら〈教授〉以上に他人を上手く操るのではないか。

「毒島さんは〈教授〉について話す時は、とても楽しそうな顔をしますね。上司としてではなく、昔馴染みとして一応忠告しておきます」

「えっ、そうだったの。いやー気づかなかった」

「前にも言ったが、〈教授〉にシンパシーを感じていると誤解されかねない」

「うーん。よくよく考えると、シンパシーじゃなくても同族意識に近いものはあったりしてね」

「わたしの前で滅多なことを言わないでくれ」

「はいはいはいはい。でもね、同族意識って、しばしば同族嫌悪にもなるんだよね。お灸を据えなきゃと思ったのは、そういう理由」

「しかし、わざわざ鴇野静香の自宅に足を運ぶ意味があるんですか」

仕方なく同行させられる羽目になった恨みもあり、麻生はずけずけと訊く。

「江ノ島のケータイに指示書を手入力できたのは、始終彼と一緒にいられる人間だ。既に江ノ島本人は逮捕されているから、関係者の事情聴取という名目で鴇野静香を呼びつけてもよかったんじゃないですか。自分が疑われているのを知らなければ逃亡しようとも考えないでしょう」

「電話一本で呼びつけるより直接顔を合わせて任意同行を求めた方が手っ取り早いし、何より相手に考える余裕を与えたくないんだよね。それと、彼女の住まいを是非見ておかなくっちゃ」

「彼女の住まいがどうしたんですか」

「住んでいる人間の趣味嗜好や考え方は、家の中に反映されるでしょ。いくら本人が口先で誤魔化したって、内装や小物は嘘を吐かない」

やがて二人を乗せたクルマは足立区綾瀬に入る。この辺りは近年再開発で賑わう一方、開発から取り残された地区との格差が目立つ。駅周辺には近代的な商業施設が威容を見せているのに、道路一本隔てると古い住宅が軒を連ねているという具合だ。

静香の住むアパートは古い住宅群の中に建っていた。周囲の風景に溶け込むように、当該のアパートも相当に築年数が経過している。既に午後七時を回り、アパートの窓からは様々な色の明かりが洩れている。無論この時刻に訪れたのは、静香の就業時間を調べてのことだ。期待通り、静香の住む三〇五号室からも淡い明かりが洩れている。

「四人もの男女を自分の手足のように操った切れ者の住まいには見えないな」

「そう？　世間に対する憤懣を醸成するにはうってつけの住処に見えるけど」

「あんた、そんな偏見を持ってるんですか」

「偏見じゃなくて統計と傾向。悲しいかな、貧困が犯罪の温床になるのは班長だって承知してるでしょ」

毒島は一階の集合ポストで三〇五号室宛ての郵送物が残っているかどうかを確認し、階段を上っていく。ゴム底の靴を履いているためか、毒島が駆け上がってもほとんど足音はしない。張り込みにも尾行にも有効なのだが、毒島はこうしたノウハウをちゃんと犬養に伝授しているらしい。そういう方面ではまともなトレーナーなのだ。

ドア横のチャイムを鳴らすと、三度目で応答があった。二人が警察官であり、江ノ島侘助が逮捕された件に関連して訪問した旨を告げると、間もなく静香が顔を覗かせた。

「ご近所に聞こえます。どうぞ中に入ってください」

半ば迷惑そうな顔をしている。演技だとすれば大したものだ。

玄関を上がるとリビングの中は丸見えだった。動線に沿って配置された家具、書籍が綺麗に収められた本棚、床に脱ぎ散らかした服も見当たらない。だが家具や小物はどれも地味で華やかさに欠け、安っぽい印象しか受けない。独身女性らしい部屋を想像していた麻生は肩透かしを食った気分だった。

「江ノ島さんが逮捕されたのはニュースで知りました。でも現行犯だったんですよね。今更わたしに訊くことなんてあるんですか」

「あなたにしか訊けないんです」

先ほどとは打って変わり、毒島は実に真剣な目で訴える。元から温和な顔立ちなので引き締まると、初対面で信用したくなるような好人物に映る。

「ご承知の通り、江ノ島さんは認知症を患っていて、我々も苦心しています」

「そうでしょうね。責任能力がなければ罪に問えないんですから」

「逆ですよ。本当に責任能力がないのなら、警察も検察も江ノ島さんを起訴する訳にはいきません。おそらく起訴前鑑定をすることになるでしょうが、その前に補完できる証言が欲しい。我々の質問に答えられないという事実だけでなく、逮捕以前から認知症だったという信用の置ける人物からの証言が欲しい」

正面から毒島に見据えられた静香は、やがて小さく頷いてみせた。

「わたしがお役に立てるのでしたら」

「ご協力に感謝します。善は急げ。今からご同行願います」

静香とのやり取りを傍観していた麻生は舌を巻く。いくら静香が仮面を被っているとしても、演技というなら毒島に一日の長がある。

取調室に入った瞬間、静香の表情に警戒心が表れたように見えた。正面に毒島が座り、記録係に犬養、麻生はマジックミラーのこちら側にいる。静香からは二人しか見えていないはずだが、雰囲気から自分が罠に落ちたと勘づいたのかもしれない。

「さて、始めましょうか」

まるでこれから呑み会だという調子で、毒島が口火を切る。だがこれは宣戦布告に他ならない。どんな切り口で攻めるのか、未だに作戦を聞かされていない麻生は不安を押し止めて毒島の尋問を見守るしかない。

「鵜野さん、介護のお仕事は長いんですか」

「大学を卒業して間もなくでしたから、もう十年以上になります」

「介護資格を取得して最初の勤務先が〈トーエイホーム勝どき〉、次が現勤務先である〈さわやかデイサービス〉。同じ介護関係ですが、転職の理由は何だったんですか」

「一番の理由は就業時間でした。前の勤め先は施設内の仕事できっちり拘束されたんです。今の勤めは派遣型なので、いくぶん自分で時間の調整ができます」

静香の経歴については予め(あらかじ)調べが済んでいる。卒業と入社には二年ほどブランクがあり、静香はこの間に資格を取得している。だが最初から資格試験のために二年を費やそうとした訳ではない。在学中に数多の入社試験を受けたのだが、ことごとく不採用だったのだ。

「大学では何を専攻されてましたか」

「心理学を専攻していました」

これも同様に調査済みだが、毒島は敢えて本人に確認する肚(はら)らしい。

「へえ。だったら仕事も大学で学んだ知識を活かせる職業を選んだ方がよかったんじゃないですか」

「誰だって、望み通りの仕事に就けるとは限りません」

「ああ。じゃあ今の介護の仕事は望んで就いた職業ではないんですね」

静香は更に警戒心を深めたようだった。

「あの、わたしを連れてきたのは江ノ島さんの症状について確認するためですよね。わたしの専攻だとか希望していた職種と何の関係があるんですか」

「直接の関係はないんですけどね。折角証言していただくのなら、その人の経歴とかスペックは信憑性を補強すると思うんです」

毒島は温和な笑みを浮かべて静香をいたぶり始める。表情と言葉尻の落差で相手を苛立たせるやり方だ。

今まで多くの容疑者がこの手法で自制心を失くした。だが本日の相手は、やはり他人の心理操作に長けた〈教授〉だ。従来の手法がどこまで通用するか予断を許さない。

「では江ノ島さんの認知症に関して教えてください」

「要介護が認定された患者さんです。歩行や外出は可能ですが、記憶に難があったので食事の用意と洗濯、日々の健康管理を介護サービスに含んでいます」

「しかし記憶に難がある患者さんが外出をするのは危険でしょう」

「本人も自分の記憶が心許ないことを自覚しているらしいので、遠出は避けていたみたいですね」

「ところが江ノ島さんは勝どきや錦糸、果ては府中刑務所にまで足を運び、犯行を繰り返していました」

「江ノ島さんにそんな行動力があったなんて、とても信じられません。誰か介護者なり引率者なりがいなければ、遠距離の移動はできません」

「引率者はちゃんといたんですよ」

毒島は江ノ島が所持していた携帯端末の写真を取り出した。

「このケータイに殺害する相手と、住んでいる場所までの丁寧な道案内が残っていました。江ノ島さんはその指示に従ったまでです」

「指示って。じゃあ江ノ島さんは唆(そその)かされて人を殺したんですか」

「さて。そもそも本人は人を殺(あや)めたという記憶が既に薄らいでいます。すんでのところで難を逃れた人間からおおよその背景は確認できましたけど、要するに江ノ島さんは偽の記憶を植えつけられたんです」

「そんなこと、可能なんですか」

「あなたからは、それを確認したかったんです。鵺野さんは〈トーエイホーム勝どき〉で入所者の宇喜多泰平さんをご存じですよね」

毒島が水を向けると、これは隠しようのない事実なので静香は頷いてみせる。

「宇喜多さん、事ある毎に昔の悪さ自慢をしていたようですね」

「はい」

「嫌そうな口ぶりですねえ。職員だった鵜野さんでも眉を顰めるほどでしたか」

「あんな風に人を嬲った挙句に殺したことを自慢たらたら話されたら、誰でも近づきたくなくなります。それでも仕事ですから介護するんですけど、そうしたら介護士相手にまたひとくさり。どうやっておカネを脅し取ったとか、奪ったおカネをどんないかがわしい店で散財したとか。みんな、聞こえないふりしているんですけど、そうやって無視するとどんどん大声になっていくんです」

「うわ。最低」

「本当に」

「じゃあ、宇喜多たちに嬲り殺しにされた江ノ島修一さんが江ノ島侘助さんの甥御さんであるのも、知っていたんですか」

「江ノ島さんの訪問介護をするようになってからです。居間のタンスの上に写真が飾ってあって、隣で写っているのは息子だと言うんです。センターからのプロフィールには未婚とあったので、それでちょっと確認してみたんです」

「江ノ島さんの記憶違いを修正してやろうとは思いませんでしたか」

「日常生活に支障を来す種類のものではないし、真実でなくても、それが江ノ島さんにとって大切な記憶ならそっとしておきたかったんです」

「偽の記憶とはいえ、息子と信じていた修一さんをそんな風に殺された江ノ島さんの心痛は、同情するにあまりあります。あの事件、鵜野さんの生まれる前でしたかね」

「昭和五十七年でしたよね。ちょうど生まれる前年です。でも世間を騒がせた事件なので知識としてはありました。でも、まさか江ノ島さんが被害者の血縁者というのはびっくりしました」

「もう〈トーエイホーム〉は辞められたから、正直なところをお聞きしたいですね。己の犯罪を得意げに吹聴する宇喜多を、あなたはどう思いましたか」

束の間、静香は考え込む。本音を曝(さら)け出すかどうか、あるいは言葉に迷っているのか。

「一方的に尋ねるのは卑怯な気がするんで、僕の雑感くらいは言っちゃいましょうか」

「え」

「罪を憎んで人を憎まず。捜査に私情は禁物。なんてのは外部に向けたパブリックな見解です。刑事も人の子、人の親だから、残虐非道な犯人にはそれなりの感情も湧きます」

「毒島さん、でしたよね。とてもそんな風には見えないんですけど」

「ああ、よく言われます。でも僕のようなお人よしでもはらわたが煮え繰り返るような犯人に出会ったりするんですよ」

何がお人よしだ。

麻生は思わず罵倒したくなるが、ガラスの向こうの毒島は至極大真面目な顔をしている。

「宇喜多たち三人の所業も大抵でした。当時の捜査本部の力不足で殺人罪では起訴できず、結局は懲役五年の判決でお茶を濁してしまいました。裁判ではそれで終わり。三人ともそれぞれ刑期を終えて出所した訳ですが、宇喜多は老人ホーム、膳所は貧困生活、倉前は刑務所とシャバを行ったり来たりと、三人とも末路は哀れなものです。まさに天網恢恢疎にして漏らさずといったところでしょうか」

「何です。そのテンモウカイカイって」

「古い諺です。天に巡らされた網は目が粗いように見えるけど、どんな小さな悪事でも見逃さないという意味です」

「でも、その三人の悪事は見逃してたんですよね」

静香は不満そうに口を挟む。

「人をあんな風に殺しておいてたったの懲役五年。テンモウカイカイとか言っても、三人とものうのうと生きてたじゃないですか。江ノ島さんが犯行に及ばなかったら、三人ともまだ生き長らえていたかもしれません」

「寝たきり老人、貧困生活、刑務所暮らし程度では天罰にならないと？」

「人を殺しているんですよ」

「うんうん。実は僕も同じ考えなんです」

毒島は我が意を得たりとばかりに何度も頷いてみせた。

「刑事なんて仕事をしていると、犯した罪に比べて与えられる罰があまりにぬるいと歯噛みすることがあります。世間も同じように思っているんでしょう。そういう判決が出た時は温情が過ぎるとか、裁判官は世間知らずだとか、まあ叩くこと叩くこと」

「叩かれても当然だと思います。殺された人と遺族の無念を考えれば、懲役なんて絶対有り得ません」

「有り得ませんか」

「行いに相応しい罰というものがあります。それ以外の罰なんて、時々の都合で忖度しただけじゃないですか」

「日本の裁判所というのは更生主義がまかり通っていましてね。どんな性悪にも改心させるチャンスを与えようとするんです。死刑ごときを極刑なんて言うくらいですから、人一人殺したくらいじゃ気前よく吊るしてもくれない。刑務所に入れたら入れたで三食風呂つき。生活の全てを税金で賄ってくれる。この国の司法にとって、犯罪人は自分たちの主義が正しいことを証明してくれる価値ある人間なんです」

「この世には死ぬことでしか価値のない人間がいます」

突然、静香の口調が別人のようになった。

いや、毒島の撒いた呼び水で奥底に隠していた本音が引き摺り出されたのだ。おどおどと小動物のように警戒していた顔は、己の正義に酔い痴れる狂信者のそれに変わる。

「宇喜多たち三人は死んで当然の人間です。あんな罪を犯した人間がのうのうと生きていたら、秩序が守られません」

「彼らに更生の可能性はありませんか」

「更生させる必要なんてないですよ。人を殺した罪は自分の命で贖（あがな）うのが正当です」

「だから、江ノ島さんに仇を討たせようとしたのかな」

昂揚していた顔が凝固する。

「考えてみれば不思議な因縁ですねえ。あなたが眉を顰めていた宇喜多の被害者遺族と、次の勤め先で邂逅するなんて。宇喜多は膳所や倉前の近況も面白おかしく話していたそうだから、当然あなたもそれを知っている」

「何が言いたいんですか」

「先ほどご覧になったケータイ、解析済みでしてね。江ノ島さんが襲撃すべき相手と場所は、全て手入力でメモ欄に残されていました。また通話記録には、犯行寸前に〈未登録〉の着信が数件ありました。調べてみると、いずれも公衆電話から掛けられたものでした、と」

毒島は通話記録の一覧を静香の面前に翳す。

「妙でしょ。標的の居場所を伝えるならメール一本送れば済む話だし、電話にしたって自分のケータイから掛ければ事足りるはずなのに、わざわざ公衆電話を使っている」

「メールとか通話って発信元が分かるからでしょう。何かで読んだことがあります」

「ええ、ええ、その通り。その通りなんですよ。IPアドレスを辿っていけば、発信者の素性が判明します。だからネットに詳しい人だと海外のサーバーをいくつも経由して攪乱しようとするんですね。これ、ネットでは結構丁寧に方法が紹介されているものだから、ウチのサイバーセキュリティ対策本部といたちごっこの毎日」

「嬉しそうですね」

「そりゃあ嬉しいですよ。何たって、江ノ島さんを操った人間にはそういうスキルがないって証拠ですから。つまりですね、この人物はネットの知識は人並みで、江ノ島さんのケータイに触れる範囲に存在します。且つ宇喜多たちの旧悪と三人の近況を知り得、認知症を患った江ノ島さんに偽記憶を刷り込む機会があった者」

「……ただの事情聴取じゃなかったんですね」

「え。僕は証言が欲しいと言っただけですよ。あなたを疑っていないとはひと言も言ってませんけど」

「卑怯者」

「自分の手を汚さずに人殺しをするような人に言われたくないなあ」

「わたしが怪しいというだけで、証拠なんて何もないじゃないですか」

「あなたが自白すれば、それが一番大きな証拠になる」

「弁護士を呼んでください」

「どうぞどうぞ。よかったら、優秀な人を紹介しますよー。でも、もうこんな時間だから呼ぶにしても明日になっちゃいますけどね」

「やっぱり卑怯ですね」

「だからあ。さっきお人よしだって自己紹介はしたけど、卑怯なことはしないなんてひと言も言ってないでしょ」

「弁護士が来るまでは、もう喋りません」

「どうぞどうぞ。ちゃあんと休憩時間も考えてありますから、ゆっくりと休んでください。だけど、多分休まることはない」

毒島は初孫が立ったのを間近で見る祖父のように笑う。

「今まであなたは匿名の陰に隠れていたから、悪意を放出しても安泰でいられた。自分の吐いた言葉で他人が命を落としても安眠できた。自分だけに通用する正義を完遂できたと、部屋の中で高笑いすることもできた。でもね、もう、そういう安穏で楽しい日々は忘れた方がいいと思いますよ」

2

「これからどうするつもりですか」

いったん取調室を退出した毒島を廊下で捕まえる。麻生としては今後の方針を確認しておく必要がある。そもそも事前に尋問の方向性なり攻め口を知らせようとしない毒島が悪い。

「取りあえず本人を留置して、明日仕切り直しですか」

「仕切り直す必要なんてないでしょ」

毒島は備え付けの自販機で買ったミネラルウォーターを喉に流し込む。

「取り調べは一日八時間が基準でしょ。犬ちゃん、今の何時間経過してたっけ」

毒島の後ろをついてきた犬養が腕時計に視線を落とす。

「一時間です」

「おおお、まだ七時間もあるじゃない。余裕余裕」

「余裕って、あんた。このまま続ける気ですか」

「んー、別に弁護士さんが付き添っていても構わないんだけどさ。邪魔っちゃ邪魔だし、折角容疑者がテンパっているのに落ち着かせる義理もないしさ」

「しかし鵜野静香の言う通り、物的証拠は何もない。〈教授〉のしたたかさは、あんたが一番身に沁みているでしょう」

「その代わり、相手も僕のしつこさを知らない。今ね、彼女の頭の中は自信と不安がせめぎ合っている最中です。自分は完全犯罪を成し遂げたという自信と、どこかで足跡を残したんじゃないかという不安」

「でも、本当に彼女が〈教授〉なんでしょうか」

おずおずと犬養が割って入る。

「どう見ても一連の事件を裏で操っていた黒幕には思えないんです」

「んー、犬ちゃんてば女見る目がないからねー。それよりさ、ちょっと調べてきてくれない」

「何ですか」

「彼女の自宅近くにカトリックの教会があるはずなんだけどさ。探してくれないかな。あ、それから教会の配布物もあったらもらってきて」

「もう夜の十時ですよ」

「大丈夫だって。ああいうところはね、迷える子羊のためにいつでも扉は開放してあるんだから」

「でも、どうして教会なんて」

「種明かしは後。はい、新人は考えるより先に動く」

犬養は不満げな顔をしていたが、それでも命令通り廊下の向こうに駆けていった。麻生としては、あのフットワークの軽さが実を結ぶのを願うばかりだ。

「班長は犬ちゃんのこと、心配し過ぎだよ」

「あんたに預けたのがよかったのか悪かったのか、未だに悩んでいる」

「あれは名前通りいい猟犬になるよ。だから余計に見せておかなくっちゃ」

「見せるって何を」

「隠れた悪意。秘めた欲望。あの気立てのよさそうな女が、仮面の下にどんな醜悪な顔を隠しているか。童貞でもあるまいし、三十面下げた男が女の性分を見破れないなんて恥ずかしいじゃないの」

「それにしても、どこからカトリック教会なんて話が出てくるんですか」

「さっき班長も鵜野静香の部屋に入ったじゃないの。壁にイエス様の有難い言葉が貼ってあったでしょ」

「そんなもの、どこにあったんですか」

「本棚の上。大きさはB5サイズだったかな」

部屋の中に入ってから毒島はずっと静香と話し続けていた。その間もずっと室内を観察していたというのか。

「あまり色気のない部屋だったけどさ。その中でも一等異彩を放つものだったからさ」

異彩を放っていたから、犬養を調べに走らせたということか。

「しかし容易く他人を操ってきた女ですよ。あと七時間で落とす具体的な作戦があるなら教えてください」

「具体的も何も。あのですね、班長。他人を支配しようとする人間の特徴って知ってます？」

「そりゃあ傲慢だったり自信満々だったりする訳でしょう」

「いいえ。逆ですよ、逆。そういうのに限って自分に自信がなくて、劣等感を抱いていて、他人に言い負かされたり恥を掻いたりするのを極端に怖れている。傲慢や尊大はその裏返しです。鴇野静香なんてその典型」

あんたもいい加減、傲慢で尊大じゃないか。

「でもねえ、そういう手合いが偉ぶっている根拠なんて大抵が妄想や夜郎自大でしかないんです。ま、それを指摘されるのが怖いからマウンティング取ろうとするんだけど」

長い付き合いだから、それだけで毒島の狙いが読めた。

他人を操って悪事を働くのは最低だ。

他人の弱味を徹底的に突いて自我を崩壊させるのは最悪だ。

言ってみれば、これは最低と最悪の闘いなのだ。


本人の資質なのかそれとも毒島の教育が行き届いているのか、小一時間も経たないうちに犬養は帰ってきた。言いつけ通りちゃんと教会の小冊子を携えていた。

「あの界隈に教会はそこ一軒きりでした」

「鵜野静香が通っているのは確認したよね」

「幸い、神父さんが対応してくれたので」

「ふんふんふん。ふんふんふん」

毒島は歌うように小冊子のページを繰る。繰り方が異様に速く、内容を理解しているのかどうかも怪しくなる。

「本当に読んでいるんですか」

「ん。斜め読み」

「斜め読みって。それじゃあ折角犬養が持ってきた意味が」

「このテの小冊子とか自己啓発本てのはさ、見出しを眺めてたら書いてある内容の九割は把握できるようになってるの。ほら、あまり利口な読者を想定してない訳だから」

ひどい言い種だ。

「これを大急ぎで持ってきてもらったのは、あの賢しらな女の頭がどんな構成になっているか知りたかっただけなんだよね」

「その小冊子だけ読んで分かるものなんですか」

「あのね、班長。彼女の部屋を眺めた時、本棚に並んでいた書籍は全部チェックしてあるんです。それで読書傾向と知能レベルも大体見当がつく。不明だったのはただ一点、彼女が何を信奉しているかでした。さて、第二ラウンドのゴングを鳴らすとしましょうかね」

「かーん」

中座して戻ってきた毒島の第一声がそれだったので、静香はひどく面食らったようだった。

「何ですか、今のは」

「第二ラウンドのゴング」

静香が奥歯を嚙み締めるのが、ミラー越しにも分かった。

「ええと、どこまで聞いたんだっけ。ああ、そうそう。もう安穏な日々は終わりというところでしたね」

「弁護士が来るまで、もう何も話さないと言ったはずです」

「じゃああなたは話さなくていいから、僕の話を聞いてください。あ、間違いとかがあれば、それは指摘してくださいね。質疑応答も逐一記録されているから、明らかに間違ったことを訂正せずにおいておくと、あなたの不利になりますから」

釘を刺されたのも不快らしく、静香はぎろりと毒島を睨む。しかし対する毒島はカエルの面に小便といった体でいる。

「さて、鵜野さんのプロフィールなんですけど、いい大学に入ってますよね。有名で偏差値も高い。ここで心理学を専攻して、何を目指してたんですか。臨床心理士かな。法務省の職員かな」

静香は宣言通り黙して語らない。

「答えなくても結構ですよ。あなたが挑んで見事に散った筆記試験の数々、ちゃんと記録に残ってますから。臨床心理士も法務省も駄目となって、一般企業の戸を叩いたけどこれもことごとく門前払い。大学は卒業したものの、やっぱり無職の状態が続いて、翌年もチャレンジするけど結果は同じ。仕方なく介護士の資格を取って現在に至る、と。何ていうか敗北の記録だよね、これって」

毒島を睨む目が一層険しくなる。

「大学入るまでは優等生で、きっと親やクラスメートからちやほやされたんだろうなあ。で、将来を嘱望されて、自分も精神医療のエキスパートになるんだとか思ったんでしょ。ああ、素晴らしいなあ若いって。自分が失敗するなんて夢にも思わず、いつも世界の中心にいる。それまで挫折らしい挫折を経験したことないから、今後も順風満帆が続くと信じている。本当は何の根拠もないのに。で、本番になって試験を受けてみれば惨敗。希望を一段も二段も落として、一般企業の入社試験を受けてみたけど、これも撃沈。それまで挫折知らずだったから余計にクる。自信は音を立てて崩れ、揺るぎないと信じていた地面はあっという間に液状化。自分は世界から不必要な人間だと通告されたような気になる」

よくもまあ、あれだけ人が触れられたくない傷を突けるものだと麻生は感心する。普通の刑事なら容疑者の罪悪感や恐怖心を刺激するように尋問するのだが、毒島は相手の仮面を一枚ずつ剝いでいくことに注力している。

「就職浪人するけど、どこかでまだ自分は選ばれた人間だとか呆けた自意識が残っているから、面接官の質問に模範解答を返すだけなのが苦痛になってくる。自尊心を噛われたような気分で待っていても、郵便受けに投函されるのは不採用通知だけで心がぼきぼきに折れる」

その時、静香の顔に変化が生じた。

「……うるさい」

「自分は自分で思っていたような人間じゃなかった。選ばれた人間でも突出した人間でもなかった。それでも預金通帳の残高は減っていく。背に腹は代えられない。生活のために、したくもない介護の資格を取得する。資格を取得したらしたで、すぐ現場に回される。放り込まれた職場は想像していたよりも過酷で、法務省付きの心理技官とは雲泥の差」

「うるさい」

「入所者のほとんどは寝たきり老人。起きていると思えば認知症を患っていて数時間前のことさえ憶えていない。失禁・脱糞・罵倒・セクハラ。異臭と汚濁に塗れて疲労困憊になるけど、責任者は取り合ってもくれない。磨り減る神経と自尊心。引き換えに振り込まれるのは一人で生活していくのがやっとの給料」

「うるさいったら」

「入所者からはあれしろこれしろと注文され、経営者からはくれぐれもトラブルを起こさないよう入所者の奴隷になれと示唆される。顔や手先、着ている服は糞尿に塗れ、心の中も助兵衛老人の枯れた性欲と悪口で汚される。そんな時、担当していた老人の一人が昔の悪事を吹聴するのを聞く。自分の生まれる前に起きた事件だがあらましは知っている。日本全国が憤り、警察と検察の無能さに怒り狂った事件。その主犯格がベッドの上にいる。ところが自分はそいつを介護しなきゃならない。食事を運び、吐き散らかしたものを片付け、下の世話をしなきゃならない。本当ならもっと高等で尊敬されるべき仕事に就いているはずの自分が、世にも汚らわしい犯罪者の汚物を処理している。いやいやいやいや、その時の気分たるや、頭から肥溜めに突っ込んだようなものでしょうねえ」

「いい加減、そのへらへらした喋りをやめなさいよっ」

静香の自制心が断末魔の悲鳴を上げた。

「介護の現場なんて見たこともないくせに」

「確かにないなあ。でも紙より薄っぺらな選民意識をへし折られた似非エリートの絶望くらい、手に取るように理解できるよ。だって単純で、典型的で、精神年齢五歳児並みのメンタルだから」

「単純でも典型的でも精神年齢五歳児でもないっ。訂正しなさいよ」

「うふふふふ。そうやってむきになるのは図星を指された証拠。本当に賢かったり人の上に立ったりする人間は、誹謗中傷なんかには耳も貸さない。下賤な者の嫉妬だと分かっているから鼻で嗤っていられる。それができない人はね、やっぱり自分に大した価値がないことに本当は気づいているからなんだよね」

「知った風な口を」

「だって実際に知っているんだもの。他人を嘲笑し蔑視したがるヤツほど、他人に嘲笑され蔑視されるような人間だもの。これも単純な精神構造でねえ。自分が一番されたくないことを他人にするもんなんだよ、幼児って」

「わたしはそんな馬鹿じゃないし底辺でもないっ」

「へえ。でも甲斐甲斐しく宇喜多の介護をこなした訳でしょ。最低の生活水準を維持するために。あんな人間以下の畜生のクソやら小便を顔に引っ掛けられても、文句も言わずへらへら笑っていたんでしょ」

「誰が笑うもんですか」

遂に静香は仮面を脱ぎ捨て、本来の顔を毒島に突きつけた。

「あのクソ男、本当にわたしの顔に自分の排泄物を塗りたくった。さすがにキレて、思わずはたいたわよ」

「へえ、入居者さんに暴力を振るったんだ。それはそれは」

「あんなの入居者でも何でもない。ただの外道よ」

「でも、その外道に手を上げたせいで、〈トーエイホーム〉はクビになっちゃったんでしょう」

「あんなところでずっと働いていたら、わたしがわたしでなくなる」

「我慢して居続けたら、それなりにキャリアもメンタルも上がったでしょうに。ねえ、鵜野さんにとって鵜野さんはどういう人間なんですかね。少なくとも僕の目には自意識だけが肥大しまくった勘違い女か、頭を押さえつけられて地べたに這いつくばる負け犬にしか見えないんだけど」

「頭を押さえつけられた負け犬が人の心を支配できるはずないじゃない。他人を手足みたいに操れるはずないじゃない」

目が据わっていた。一方の毒島は涼しい顔で、静香の怒り狂うさまを眺めている。

「わたしがどれだけ心理学に傾注したか、知りもしないくせに」

「大学で学んだことなんて、そっち方面の仕事に就かない限り何の役にも立たない」

「役に立ったのよ。江ノ島さんを上手く操れたのも、心理学の応用ができたからだった」

「そんなに上手くいくもんかしら。どーも僕は心理学には懐疑的でさ。実験で証明できないものを科学とは呼べないしね」

「江ノ島さんは修一さんを可愛がっていたから、すぐに誘導できた。ツーショットの写真も当時の新聞記事も保管してあったから都合よかった。修一さんが自分の息子だと信じ込ませるのに二週間もかからなかったんだから」

「江ノ島さんに殺人をさせて、いったいどんなメリットがあったの」

「メリットじゃない。宇喜多たちは本来死ぬべき人間だった。担当した検事や裁判官が運よく無能だったから、間違えて生き延びただけ。間違いは早急に正さなきゃならない」

「宇喜多たち三人が生き長らえたことにも理由があると思わないの」

「戦争によって新しい文明や価値観が生まれるように、死ぬことで価値を与えられる人間が存在する。彼ら三人は殺されることによって、初めて世の中の種子となれる」

熱に浮かされたように喋っていた静香は、不意に我に返った様子だった。正面の毒島は、既に興味を失ったかのように例のにやにや笑いを消していた。

「犬ちゃん。今の、ちゃんと記録した？」

「はい」

「そんなつまらないことが動機か。くっだらない」

毒島の揶揄にも、静香はもはや対抗できない。

「動機にチャンスに方法。洩れなく三つとも自供してくれました。これで公判がずいぶん楽になる」

「……今度こそ、本当に喋らないから」

「もう手遅れ」

「今のはただの狂言。だから証拠なんて何もない」

「言い忘れちゃいましたけど証拠、ないこともないんです」

そう言って取り出したのは手の平に収まるほどの黒い筐体だった。

静香の目が大きく見開かれる。

「ボイスチェンジャーです。見覚えあるでしょ。そう、あなたが買ったものと同じ商品。さっきも言った通り、あなたは江ノ島さんのケータイに行動を促したり確認したりする意味で電話を掛けていた。メモ欄にメッセージを残すだけでは、認知症の江ノ島さんが指示に従うかどうか不安だったからです。ただあなたは毎日江ノ島さんと接触しているから声で正体が分かってしまうかもしれない。いくら認知症でも毎日聞いている声だからね。そこでボイスチェンジャーの登場です」

毒島の指先が筐体をくりくりと弄るのを、静香は無視することができない。

「あなたはボイスチェンジャーで声質を変えようとした。最近はスマホのアプリにも搭載されているけど、スマホからの発信では足がつくと警戒していた。だから公衆電話でも使える外付けの装置を用意するしかない」

毒島は手品師のように、次から次へと資料を取り出す。新たに翳したのは、監視カメラの映像と思しき画像だ。

「ネットの通販でも足がつくから、リアル店舗でボイスチェンジャーを買う。中野でも秋葉原でも扱っている店はそれほど多くないから選択肢も限られる。で、この映像は秋葉原の専門店に設置された監視カメラが捉えたものです。真ん中に映っている女性、これって明らかに鴇野さんですよね」

「……わたしかもしれないけど、そんなものを買った憶えはない」

「ふうん。店の親爺さんはきっちり鴇野さんの顔を憶えていたよ。ボイスチェンジャーを購入していく女性なんて珍しいからね。犬ちゃん、時間」

「午後十一時三十七分です」

「鴇野静香。殺人罪における教唆の容疑で逮捕する」


取調室から出てきた毒島を、麻生は早速労う。

「お疲れ様でした」

「んー、特に疲れていませんけどね」

毒島は首を二、三度かくかくと動かしてから、大きく伸びをする。

「あの供述で充分検察を説得できると思うけど、家宅捜索したらもう少し色々出てくるかもしれない。実際に使用したボイスチェンジャーとか殺鼠剤の空き箱とか。流しや台所から硫酸タリウムを抽出した痕跡が発見できればベスト」

「硫酸タリウムと注射器を用意したのは、やはり鵜野静香だったか」

「江ノ島侘助にそんな知識はなかっただろうし、あったとしてもあのざまじゃしょうがない。訪問介護の際、中身の入った注射器を置いていき、後で指示したんだろうね」

取り調べの途中から毒島はすっかり興味薄の様子だった。

「あれだけ熱心に〈教授〉を追っていたのに、いざ捕まえてみると小粒で落胆しましたか」

「班長。僕がいつ、鵜野静香が〈教授〉だと言いました？」

虚を衝かれる思いだった。

「まさか……」

「賀来も塔野も深瀬も〈教授〉とはSNSで繋がり、その後はダイレクトメールでやり取りをしたと証言したでしょ。ところが三人のパソコンを解析しているサイバーセキュリティ対策本部は未だ〈教授〉の素性を探れないでいる。海外サーバーを経由しているとして、そんな芸当が鵜野静香に可能だと思いますか。追跡されるのが怖さに自分のスマホも使えなかった女ですよ。それにぼろぼろ犯行の足跡を残しているのも腑に落ちない。前の三人の事件に比べれば杜撰に過ぎる。とてもじゃないけど同一人物の仕業とは思えません」

「それじゃあ毒島さん。他人を扱うのに慣れたというのは」

「自分の操り人形が別の人形を操れるように仕込んだ。ね。一段と高度な技術でしょ。よほど手慣れてないと、そんな真似はできない。きっと鴇野静香自身、己が〈教授〉だと思い込んでいたんじゃないかしら。だから途中で興味薄れちゃったよね。あの女もただの人形で、しかもすこぶる出来が悪い。幼稚な癖に反社会的。自分を賢いと思っている一番タチの悪いタイプ」

麻生は軽い眩暈を覚えた。殺人教唆を教唆しただと。そんな行為が果たして罪に問えるものなのか。

「鴇野静香が得意げに披瀝していた倫理観も〈教授〉の刷り込みだというんですか、あんたは」

「あの女が信奉しているものを知りたかったのは、それも確認したかったからなんだよね。ほら、これ」

毒島が差し出したのは、犬養が調達してきた小冊子だ。毒島の指は最終ページの末尾に記された編集人の名前を指していた。

「鴇野静香の視野狭窄じみた倫理観は、この小冊子の中で謳っていることのダイジェスト。彼女の世界観や人生観はこの通りのぺらっぺら」

「『蒲田教会　神父宇能光輝』」

「こいつが〈教授〉だと思う。間違いなく、班長や僕が相手をしてきた犯罪者の中で最高に狡猾なヤツだよ」

3

大田区は都心から離れている事情もあり、中小の町工場や昔ながらの住宅地を抱える一方で田園調布という日本屈指の高級住宅街も備えている。

蒲田教会はその高級住宅街の端に建っていた。尖塔の先に十字架を掲げた洋風建築は、周囲の瀟洒な建物とも違和感なく溶け込んでいる。

しかし屋根や壁を仔細に観察すると、褪色や罅割れで経年変化が見てとれる。花壇の花も手入れが行き届いておらず、花弁すら色褪せていた。

「無理してるなあ」

通りから教会を眺めていた毒島は含み笑いをする。教会を前にした笑い方としては不謹慎の謗りを免れないが、元よりこの男に行儀の良さを求めるのは無理というものだ。容赦ない回答だろうと思ったが、同行していた麻生は一応訊いてみた。

「何が無理なんですか」

「この辺りってさ、ムチャクチャ土地が高いんだよね。詳しく言うと相続税の基準になる路線価。こいつがバカ高いもんだから納税もできず、そのまま不動産を物納する相続人さえ出てきた。窮余の一策で、最近じゃあ一軒丸ごとハウススタジオとして貸し出す相続人もいる。ほら、ドラマで邸宅が映し出されるシーンがあるでしょ。あれって大抵そのパターンなんです」

「何だか富裕層の没落を悦んでいるような言い方ですね」

「税金というのは富の再分配なんで、理には適っているんですよ。で、この教会もご多分に洩れず多額の税金に苦しめられている。普通、宗教法人なら固定資産税も優遇されるんですけど、田園調布の地代の高さが優遇措置を上回っちゃってる。それで建物の補修にすらカネが回らない。きっと浄財を期待できる信者が少ないんでしょうねえ。うふ、うふふ」

「やっぱり悦んでいるじゃないですか」

「詐欺師紛いの言説を弄しておきながら、収入のほとんどが非課税だったり優遇されたりの宗教法人てのがどーにも」

へらへら笑いながら喋る毒島を見ていると、自分が同行したのが正しい判断だったと思えてくる。

毒島が宇能光輝神父を〈教授〉だと推察した際、その根拠の薄弱さがひどく気になった。過去の検挙率から毒島に対する信頼度に変わりはないものの、それでも麻生としては危惧を覚える。

「宇能神父が〈教授〉だという根拠、例の小冊子以外にもあるんでしょう」

「いいえ」

「いいえって、あんた」

「鵜野静香の薄っぺらな倫理観は、同じく薄っぺらな小冊子の中身の引き写しだった。僕にしてみれば、それだけで心証真っ黒なんだけどね。どちらにしても現時点では、ただの最有力の容疑者ってだけだから」

インターフォンを鳴らすまでもなく、教会のドアは施錠もされていなかった。なるほど来る者は拒まずという体か。

ベルが付いていたので、ドアを開けた瞬間にちりんちりんと軽やかな音が響き渡った。

毒島は徹底した無神論者らしいが、麻生自身は仏教徒であり他の宗教の存在価値も認めている。だからという訳ではなかったが、礼拝堂の祭壇を見た途端、ある種荘厳な空気を感じた。ところが毒島はいつものにやにや笑いを浮かべている。この男に天罰を与えてくれるのはいったいどこの神様だろうかと、つい妄想してしまう。

「いらっしゃい」

奥から現れたのはスータンを身に着けた中肉中背の男だった。

案の定、この男が宇能神父だった。

生まれてこの方一度も人を憎んだことがないような優しげな顔と柔らかな物腰が印象的だ。慈愛に満ちたなどという手垢の付いた形容も、彼なら相応しいかもしれないと思わせる。

宇能神父は二人が鵜野静香の件で訪れた旨を聞くと、ひどく戸惑う顔を見せた。

「静香さんは確かにこの教会の信者さんですが……殺人教唆というのは穏やかではありませんね」

「直接手を下すよりも悪質ですよ」

「本人は自供しているんですか」

「証拠は揃っているんですがね」

毒島の言葉は嘘ではないが正確でもない。鵜野静香がボイスチェンジャーを購入した際、店のカメラに捉えられていたこと、そしてアパートの流しから硫酸タリウムが検出されたことはあくまでも状況証拠であり、決め手となる物的証拠はまだ発見できていない。静香本人も殺人の教唆を認めておらず、立件するにはまだ足りないのが現状だ。

「本人からの供述に加えて、知人からの事情聴取も必要なんですよ。聴取の結果如何では彼女に対する容疑を切り替える、あるいは立件そのものを考え直すことになるかもしれません。つまり神父のご協力で、一匹の迷える子羊を救えるかもしれないのです」

「そんな風に切り出されたら、お断りするという選択肢がなくなってしまいますね」

「警察も闇雲に事件を解決させようというんじゃありません。罪なき人の疑いを晴らし、咎人に相応の償いをさせるべく働いています。是非とも善良なる市民及び慈悲深い神様のご協力をいただきたい所存です」

「闇雲に神の御名を出されるのは感心しませんが、捜査に協力するに吝かではありません。わたしの証言で静香さんの容疑が晴れるのであれば、それに越したことはありません。しかし、どうしてこちらへ？　静香さん自ら蒲田教会の信者であると告白したのですか」

「いえいえ。彼女の部屋に神の箴言が書かれた紙が貼ってあったからです。彼女の自宅に一番近い教会がこちらでしたから」

「箴言。それはどんなお言葉だったのですか」

「『復讐はわたしのすること、わたしが報復する』と主は言われる」

「〈ローマの信徒への手紙12章19節〉、ですね」

麻生でも小耳に挟んだ聖書の一節で、俗にいう『復讐するは我にあり』だ。同名の小説や映画が評判になって人口に膾炙したが、本来の意味するところは文章から受ける印象とずいぶん違うらしい。もっとも麻生も毒島の説明で誤解を知ったくちなのだが、それにしてもどうして無神論者が聖書に詳しいのか。

「――できれば、せめてあなたがたは、全ての人と平和に暮らしなさい。愛する人たち、自分で復讐せず、神の怒りに任せなさい。『〝復讐はわたしのすること、わたしが報復する〟と主は言われる』と書いてあります。『あなたの敵が飢えていたら食べさせ、渇いていたら飲ませよ。そうすれば、燃える炭火を彼の頭に積むことになる。』悪に負けることなく、善をもって悪に勝ちなさい――。本来は人による復讐を咎め、それよりは汝の敵を愛せという意味が、世間には別のニュアンスで伝わっていますね」

「驚きました」

宇能神父は本当に驚いている様子だった。

「その部分を諳（そら）んじるとは。あなたもクリスチャンなのですか」

「いえいえ。汝の敵どころか立小便する人間さえ許せない狭量な刑事です。まあ、この程度は一般教養の範囲といったところで」

謙遜しているようで嫌味にしか聞こえない。だが宇能神父の方は、相手が聖書を解していることで親近感を覚えたらしい。

「しかし、その一節を壁に貼っている静香さんに、どうして殺人教唆の疑いが掛かっているのか。わたしにはどうも納得がいきません」

「彼女が標的にしたのは三十年以上も昔、一人の若者を寄って集（たか）って嬲り殺しにした三人組です。凶悪な事件にも拘わらず捜査本部は物的証拠を揃えられず、三人は懲役五年という軽い刑罰で済みました」

「静香さんはその三人を罰しようとしたんですか」

「ええ、被害男性の伯父を使って」

「あくまでも容疑ですよね」

「神父のお力添えがないままだと、容疑は晴れません」

「そもそも、彼女が殺人教唆を目論んだ動機は何だったとお考えなのですか」

「主の言葉に感化されてのことではないでしょうか」

毒島の言葉は丁寧で、とても宇能神父を疑っているような素振りも見せない。対する宇能神父は静香のことが心配でならないという顔をしている。

二人を見ているうち、麻生は不安に襲われる。毒島を信頼しているものの、宇能神父はまさしく聖職者といった立ち居振る舞いでとても〈教授〉本人とは思えない。

「復讐は主のすることであって、人は自分で報復してはならない。しかし現実には、悪逆無道の限りを尽くした犯罪者がたったの五年で刑期を終え、シャバの内外で社会保障を受けている。鴇野静香はこの現実に我慢がならなかったのかもしれません」

「静香さんが主の代行をしたというのですか。有り得ません。主の教えを真に理解していれば、そのような愚挙をするはずがありません」

「ええ。だからこそ鵜野静香がどんな信者で、どんな信仰態度であったのかを確認したかったんです。それを証言できるのは、おそらくあなただけではないかと」

宇能神父は一瞬躊躇を見せたが、意を決したように一度だけ頷いた。

「わたしの証言で、咎なき人が救えるのなら」

「では、お手数ですが我々にご同行ください。正式な記録として残さなければなりませんので、事情聴取は署内でさせていただきます」

「いいでしょう。支度をするまで少しお時間をください」

宇能神父はそう言って礼拝堂の奥へと消えていった。毒島はその背中を見送った後、しばらく礼拝堂の内部に視線を走らせていた。

「やっぱり中もところどころ老朽化してるなあ。長椅子も座面がくたびれているし、掃除も行き届いているとは言えない。碌に職員が雇えないんだろうな」

「それが事件と関係あるんですか」

「同じカトリックでも、教区や教会によって予算が潤沢なところとそうでないところがあるんですよ。この辺りは東京大司教区の管轄ですけど、七十九の小教区に分かれています。七十九もあればいきおい収入の格差が発生してくる。清貧に甘んじるという美辞麗句はさておいて、悪意というのは貧困から発生しやすいものでしてね」

「この教会が貧しいから、神父も犯罪者だというんですか」

「そんな短絡的な話でもないんですけどね。宇能神父自身に良からぬ資質が備わっているのが最大の要因なんですが、それを環境が助長したという解釈が、一番しっくりくるような気がしましてね」

「しかし、よく任意同行に応じましたね。彼が本当に〈教授〉だったら、敵の本拠地に乗り込むようなものだ」

「自信があるからですよ」

毒島は何故か宇能神父を誇るような言い方をする。

「自分は絶対に尻尾（しっぽ）を掴まれない。悪意なんて毛ほども見せない。数々の犯罪に関与してきた証拠は皆無。そういう自信があるから取調室に入る羽目になっても動揺しない。事情聴取を拒めば、却って疑念を生む原因にもなりかねませんしね」

毒島はそういう相手から自供を引き出そうとしているのだ。

長い付き合いになるが、麻生は未だに毒島が困惑したり逡巡したりする姿を見たことがなかった。だが今回ばかりはさしたる証拠もなく、毒島の形勢不利としか映らない。無論、毒島は丸腰で敵陣に乗り込むような無鉄砲な男ではなく、教会を訪れる前に相応の下調べをしている。毒島なりの勝算があるに相違なかった。

ただ、それでも尚麻生は不安だった。


宇能神父を伴って毒島たちが署に到着したのは正午過ぎのことだった。既に宇能神父は昼食を済ませていたので、毒島は中断を気にせず、じっくりと事情聴取を行える態勢にある。

いつも通り、犬養は記録係に専念し、麻生はマジックミラー越しに毒島と宇能神父のやり取りを見守ることになる。二人の間に張り詰めた空気はなく、まるで世間話を始めるかのような和みさえ感じさせる。

「わざわざご足労いただいて、すみませんね」

「信者を救うためなら地球の裏側でも馳せ参じます」

宇能は敬虔な神父、毒島は温和な警察官の仮面を被ったままでいる。どちらが先に仮面を剝がすのか、それだけで話の流れが大きく変わる。

「まずは確認事項から。本名とご年齢を」

「宇能光輝、四十七歳です」

「いつから教会にお勤めですか」

「一般企業に勤務していたのですが、思うところがあって二十五歳の時に洗礼を受け、三年後東京カトリック神学院に入学しました」

「神学院の入学が神父になる条件なんですか。神父というのは敬称と聞いています。宇能神父の正式な職名は何ですか」

「助祭です。各教区を束ねるのが司教と呼ばれる方々で、その協力者が司祭、助祭というのはその補佐に当たる役目と考えていただければ結構です」

宇能神父の説明を待つまでもなく、神父の序列と宇能の職名については予め調べ上げている。それにも拘わらず本人の口から職名を語らせるのは、毒島の戦術とみて間違いない。

「二十年も神に仕えてまだ補佐役というのは、ポストの足りない民間企業みたいなものですね。世知辛くありませんか」

「主に仕えるのに階級など意味のないことです」

宗教は一種の権威であり、権威があるところには必ずヒエラルキーが存在する。そのヒエラルキーの中で助祭という身分に甘んじている宇能神父の劣等感を揺さぶるための挑発だった。だが案の定、宇能神父は階級の格差に言及されても顔色一つ変えようとしない。

「では鵜野静香についてお伺いするとしましょう。彼女が蒲田教会を初めて訪れたのはいつですか」

「四年ほど前になりますか。日曜礼拝でお見かけしたのが最初でした」

「彼女は最初からクリスチャンだったんですか」

「いえ、日曜礼拝というのは地域にお住まいの方に開放しており、信者でなくても参加できます。本人も思うところがあったのでしょう。礼拝が終わると、わたしに悩み事を打ち明けてこられたのです」

「懺悔（ざんげ）というヤツですか」

「彼女が罪を犯したのかどうかは、宗教上の守秘義務に当たるので回答できません」

麻生は小さく舌打ちする。聖職者に限らず医師や弁護士といった個人情報を扱う者には守秘義務がある。個人情報保護法以前に刑法で定められており、いかに犯罪捜査とはいえ情報開示を強制する訳にはいかない。

「彼女に限らず、わたしもあなたも罪を背負って生きています。殊更、彼女の罪だけを暴く意味がどこにあるというのでしょうか」

「罪の内容まで問い質すつもりはありません。鵜野静香が宗教を必要とするほど思い悩んでいたかどうかを確認したいだけです」

「彼女には主に縋（すが）る理由がありました。彼女に限らず、原罪を背負う全ての人には主に縋る理由があるのです」

「素晴らしい」

毒島は芝居っ気たっぷりに両手を広げてみせる。

「窮屈な取調室が、まるで礼拝堂になったような気分です。こんな有難い話が聞けるのなら、この商売も悪くありませんね」

何とわざとらしい。

麻生は思わず顔を顰める。取調室からこちらは見えないはずだが、部下の仕草が恥ずかしくてならない。

しかし毒島のことだから、このわざとらしさは計算のうちだろう。嫌味なくらいに分かりやすいので、さすがに宇能神父も眉間に皺を寄せた。

「あまり素晴らしいようには聞こえませんが、もしや毒島さんは信仰する宗教がないのですか」

「信仰する宗教がないというよりも、宗教全般に対して懐疑的なんです。こういう仕事をしていると、悲惨な死と巡り遭うのが日常茶飯事でしてね。小児性愛者に惨殺される幼女、実の親に殺される子供、大手町に勤めているというだけで殺されるサラリーマン、投稿作が認められないからというお門違いの理由で爆破事件の巻き添えになる出版社の社員、嫁き遅れ女の妄執のために顔にどえらい火傷を負った女性たち。そういう被害者を見ていると、神も仏もないものかと思います。本当に神が存在するのなら、どうしてそんな悲劇を放っておくのか」

「神は存在を問うものではなく、存在の意義を問うものです」

「ああ、それはよく分かります。しかし信心と良心の意義を問うにしても、神はあまりに人間を見放しているとは思いませんか」

「悲劇の闇の中にも希望の光はあります。その光の在り処を指し示すのが宗教の力ではないでしょうか」

毒島の現実論に対しても、宇能神父はさすがと思わせる切り返しを見せる。麻生は途中から不安を覚える。このまま話が神学論議に雪崩れ込んだ場合、いかに毒島が口達者でも宗教家である宇能神父が有利なのは火を見るより明らかだ。何より鴇野静香の殺人教唆と〈教授〉の関連まで話が進まないではないか。

しかし毒島は返す刀で、宇能神父の最も脆弱と思える部分に斬り込んできた。

「光の在り処。素晴らしい。鴇野静香の場合、それが認知症を患った老人を操って野に放たれた元懲役囚を屠ることだった。決して自らの手を汚すことなく、安全地帯から彼らに審判が下るのを眺めていた。倫理的にも刑法上も看過できる行為じゃありません。それでもカトリックの宗教観では許せることなんですか」

「断じて違います」

宇能神父は静かに首を振る。

「主が言われるように復讐は人が為すべき行為でありません。静香さんは光の方向を見誤ってしまったのです」

「鴉野静香は熱心な信者でしたか」

「非常に熱心でした。ほぼ毎週のようにやってきては礼拝堂の清掃をしてくれましたし、わたしも折に触れて主のお言葉を伝えていました」

「それだけ交流があったのなら、本人に見誤るような傾向があったかどうかも分かったんじゃないんですか」

「いかに主に仕える身であっても、人の内なる心を見通せる訳ではありません」

「そうでしょうか」

毒島は机の上に蒲田教会発行の小冊子を置く。

「これを書いたのはあなたですね」

「はい。信者以外の方にも主の御心を知っていただきたく、フリーペーパーとして作りました」

「鴉野静香の口からは、この小冊子に書かれた内容がほぼ未消化のまま吐き出されました。たとえばこの部分ですね。――戦争によって新しい文明や価値観が生まれるように、死ぬことで新たな価値が与えられます。一粒の麦は地面に落ちて死ねば、その後に多くの実を結ぶのです――。〈ヨハネによる福音書12章24節〉、でしたね」

「本当にお詳しい」

「これも一般教養の範囲で。この一粒の麦というのはイエス・キリスト自身のことを示しているのだとか」

「左様です。自分の死によって多くの者が実を結ぶような生き方を享受することができる。翻って、わたしたち一人一人も自己の犠牲を厭わず多くの他人のために生きてはどうだろうかという問い掛けになっています」

「ところが鵜野静香の行動は、身近な人間を一粒の麦に仕立てることでした。もちろんキリスト教の教義からは大きく外れていますが、この小冊子の文脈では、そういう解釈も可能なように書かれています」

「それは牽強付会というものです。小冊子の文章は聖書の内容を信者以外の方にも理解してもらうよう、簡便に書いています。聖書からの引用ばかりではページを開くことさえ拒否されますから」

「どうして鵜野静香は教義を誤った方向に解釈したのでしょうか」

「彼女が誤ったのは、わたしの不徳の致すところです。普段の言動からは、そうした萌芽を見つけることができませんでした」

「毎週のように会い、その都度教義について話していたにも拘わらず、ですか」

「ええ。ですから不徳の致すところだと」

「あなたの不徳は、別のところにあるんじゃないんですか」

ここできたか。

麻生は息を潜める。毒島の刃が直接宇能神父に突きつけられた瞬間だった。

「仰っている意味がよく分かりませんが」

「鵜野静香が光の方向を間違ったのではなく、案内人であるはずのあなたが誤った光に誘導したのではありませんか。彼女が叫んでいた狂信的な譫言(うわごと)は、あなた自身が唱えた教義ではなかったんですか」

「わたし自身の教義とは」

「どんなに矮小な命であっても、死ぬことによって価値が生まれる。言い換えれば、自分こそが神に選ばれた人間であり、それ以外はただの麦という選民主義ですよ」

「選民主義というのは否定しません」

宇能神父は吐き捨てるように言った。

「主に選ばれる者とそうでない者には自ずと相違があります。しかし他人の言動を意のままに操るというのは甚だしく反キリスト的です。ましてや人の命を矮小に扱うなど御心に反します」

「ええ、反キリスト的です。だからこそ、あなたには心地いいんじゃありませんか。十字架の祭壇の下で、キリストが唱えたものとは真逆の愛と信念を語る。きっと堪らないほどの優越感でしょうね。彼の顔に汚物を吐きかけ、彼の言葉を嘲笑する行為なんですから」

「何か誤解があるようですが、わたしは一度としてそのような歪んだ教義を口にしたことはありませんよ」

　宇能神父の抗議にも耳を貸さず、毒島は喋り続ける。

「本人に歪んでいるという認識がなければ、そうなるでしょう」

「少し失礼ではありませんか」

「鴟野静香という女性は大学で心理学を専攻していた人間です。心理学で得た知識を今回の殺人教唆にも応用できた。そういう人間を狂気じみた方向に誘導できるのは、よほど彼女が心酔している人物でなければ不可能です」

「だから神父であるわたしが主の言葉を用いて彼女を誘導したというのですか。言い掛かりも甚だしい」

「言い掛かりかどうかはこれからの事情聴取次第です。それに神父とお話ししたいのは鴟野静香の件だけじゃありません」

　すると、ようやく宇能神父の顔に警戒心が表れた。

「単なる事情聴取というのは嘘ですか」

「単なる、なんて言ったことは一度もありません。ああ、断固拒否するということでしたら、それはそれで構いません。いつ席を立っていただいても結構です」

「……己に恥ずべきところがなければ、みすみす疑いを晴らす機会を逃すはずがない。だから席を立った瞬間に、わたしへの疑いが濃厚になるという理屈ですか」

「ご明察です。リトマス試験紙のような単純な理屈ですが、関係者が多い場合は事件の早期解決に有効なのですよ」

「それでも時間的な制約はあるのでしょう」

「一日八時間以内。もちろんただの参考人である場合はもっと短くなります」

「よろしいでしょう」

　今まで前屈み気味だった宇能神父が、椅子に背を預けた。

「毒島さんが納得するまで続けましょう」

「じゃあ、早速十五分間の休憩」

　言うが早いか、毒島はさっさと席を立つ。これには宇能神父も呆気に取られた様子だった。

「長丁場になるかもしれませんから、今のうちにトイレ行っておいた方がいいですよー」

麻生は取調室を出た毒島をすぐに捕まえ、別室へと連れていく。

「ちょっ。班長、何ですか何ですか」

「この後、どう攻めるつもりですか。ちゃんと勝算はあるんでしょうね」

「さあ、どうでしょう。取りあえずわずかでも疑う余地があれば尋問するのが、僕の仕事だし」

「あんたのことだから何か企てているんでしょう」

毒島はそれには答えず、ただにやにや笑っている。

「ただ、相手は宗教家です。神学論議に嵌まったら、どうしたって不利でしょうが」

「あれはいったん相手の目線に下りたまでです。魚だってエサがなきゃ食いつかんでしょ。それにね、班長。たとえ神学論議に持ち込まれても、僕は負けませんから」

「元々無神論者だから話が嚙み合わないとでも？」

「じゃなくて。実在しないものをさも実在するかのように言い張るなんて詐欺師の言説じゃない。詐欺師相手なら僕は絶対に負けませんよ」

またこの男は、世界中の宗教家と信者に喧嘩を売るような真似を。

「そもそも、あの宇能という男自身が根っからの詐欺師なんですよ。スータンなんか着込んで聖職者らしい恰好はしてますけど、言っていることはメチャクチャだ。反キリスト的だと言いながら、選民意識や大義のためなら他人が一粒の麦として殺されるのを肯定している。たとえ相手が異教徒であろうと、他人の命や生活を犠牲にして構わないなんて教義はただのインチキです」

毒島の宣言通り、十五分後に事情聴取が再開された。休憩を取ったことが功を奏したのか、宇能神父は最前に見せた動揺をすっかり収め、今は挑むような目をしている。

「さあって、宇能神父。第二ラウンドといきましょう。ちゃんとインターバル取れましたか」

「お気遣いなく」

「では気遣いしません」

相変わらずの軽口だが、これは無論毒島の戦術だ。ちくちくと相手の感情を刺激して防御の隙を突こうとしている——と麻生は思いたいが毒島生来の性格かもしれず、おちおち感心もできない。

「さて。あなたが鵜野静香に殺人教唆を教唆したんじゃないかという、ややこしい話でしたね」

「ややこしくて手が込んでいる分、実現は困難な気がしますね」

「それはどうでしょう。大学で心理学を学ぶ、鵺野静香本人も臨床心理士や法務省の職員を目指していたようですから、所謂インテリの部類に入ると思いますけど、どうもインテリほど劣等感を抱きやすい人種はいませんね。他人と比べられるのが苦手で、常に評価を気にする。人から認められたくて、無視されるのに耐えられない。そういう人間は扱いやすくありませんか」

「さあ」

「何も殺人教唆の話に限りません。そういう人間ほど信仰の道に引き摺り込みやすくないですか」

「引き摺り込むというのは失礼な言い方ですが、信者に聡明な方が多いのは事実ですね。聡明であればあるほど不安を知っています」

「不安を解消したいから宗教に走る。宗教というのは、人の心の弱い部分につけ込みますからね」

「失礼ではありませんか」

「今のはインチキな宗教についての一般論です。キリスト教や宇能神父に対する揶揄じゃありません。どうです。鵺野静香には、そうした脆弱さがありませんでしたかね」

「心の弱さということなら否定はしません。前の勤め先を辞めた直後は、かなり精神的に疲弊していた様子でしたから」

鵜野静香が退職した理由については〈トーエイホーム勝どき〉から当時の事情を聞いている。職場の人間関係と介護疲れでミスを連発し、とうとう入居者に暴力を振るった末の解雇処分だったという。望まざる職場での解雇処分は、高学歴の静香にどんな劣等感を植えつけたのか想像に難くない。

「彼女はすんなり入信したということですか」

「抵抗なく、という言い方の方が相応しいでしょう。静香さんはまるで乾いたスポンジが水を吸うように、主の教えを習得していきました」

「その過程であなた独自の解釈を混ぜることも容易だったでしょうね」

宇能神父は返事をしなかった。だが毒島は気にも留めない。

「正直な話、鵜野静香を洗脳し殺人教唆を行わせた手管は大したものだと思いますよ。操り人形に別の人形を操らせるようなものですからね。殺人教唆までなら立件できますが、そのまた教唆となると立証はひどく困難でしょう」

「身に覚えのないことで褒められても、少しも有難くありませんね」

そう言いながらも、宇能神父の目がふっと緩んだのを麻生は見逃さなかった。

「鴉野静香の件であなたの教唆技術は最高難度に達したと思います。いやあ実に見事。ただ、わたしの立場はあなたの罪を暴くことだから、感心してばかりもいられない。だから鴉野静香の事件以前について論考するしかない。即ち、四月から五月にかけての大手町連続射殺事件、七月の出版社連続爆破事件、そして八月から九月にかけての連続暴行事件」

毒島は三事件のあらましを逮捕した犯人のプロフィールともども説明する。

「三人に共通するのは、いずれもネット上で知り合った〈教授〉なる人物と交流するうち、犯罪傾向が高まり、明確な犯行計画を立てるに至ったことです。まだ本人がそうとは自覚しないうちに手段や道具の知識を植えつけられるか、もしくは取得させられています。教唆としても立件できるかどうか危ういレベルなんです」

「傍で聞いていても、そう思いますね」

「賀来翔作の場合、就活に失敗した自分を親身になって慰めてくれた。凶器となったトカレフと変装用の制服について入手方法を伝授してくれた。ただし唆したとは断言できない巧妙さで。実際、賀来は計画の全ては己の立案だと信じて疑いませんでした」

「本人が信じているのなら、きっとそうなのでしょう」

「塔野貴文の場合はリストラされた恨みを投稿作品に昇華させようとしたけれど、どの新人賞からも門前払いを食らって、挙句の果てに出版社を逆恨みしました。彼にアンホ爆弾の製造法を伝授したのも、また〈教授〉です。彼はここでも周到さを崩さず、あたかも世間話をするように爆弾の知識を塔野に披露します。ヒントを与えられただけだから、塔野も自身の意思で爆破事件を起こしたと思い込んでいる。〈教授〉の呟きと塔野の犯行との間に因果関係を求めるのはやはり困難です

「知識を習得した者は自分の手柄としか考えないものです」

「三番目の深瀬麻佑子の場合も同様です。被害者をストーカーしたのも暴行に及んだのも、全て自分の意思と信じて疑わない。〈教授〉に対しては恭順と親愛の情まで示している。〈教授〉の言葉の選び方が秀逸なため、本人には操作されたという認識がないんです」

「素朴な疑問なのですが」

宇能神父は前置きしてから、咳払いを一つする。

「その〈教授〉とやらの言葉がまるで唆しているようには受け取れず、また犯罪を実行した者が己の意思を明確にしている時、果たして教唆という要件は成立するのでしょうか」

「本人の裡に眠っていた悪意や殺意を誘発するのは犯罪です」

「たとえば飲酒の問題に置き換えてみましょう。呑んだ上の不埒（ふらち）や事件を酒のせいにする人がいますが、あれは当人の生来の問題であって酒のせいにするのはおかしいと思いませんか。あなたが言われるのは、つまりそれと同じことです」

「酒自体に悪意が存在する訳じゃない。この場合は覚醒剤に喩えるのが妥当でしょう。人を正気でなくさせる薬剤。だから製造も売買も所持も禁じられている。〈教授〉というのは、そういう存在なんですよ」

「覚醒剤のような存在。そんな人間が実在しますか」

「あるいは悪意を増幅させるアンプ。いずれにしても世の中にとっては害毒でしかありません」

宇能神父は不意に物憂げな顔をする。今までとは打って変わったような虚無的な目に、麻生はぞくりとした。

「隠された悪意を白日の下に晒す。それは告解と似ていませんか」

「似て非なる行為ですよ。告解では他人を巻き添えにしないでしょう」

「己の罪を晒した上で懺悔する。それ自体は尊き行為です。主もお赦しくださるでしょう」

「主が赦しても警察が赦しませんよ」

「しかし該当する罪名も与える刑罰もないのでは、逮捕しても意味がない」

宇能神父の唇が微妙に歪む。それが彼独特の笑みであることに気づくのに数秒かかった。

「――『復讐はわたしのすること、わたしが報復する』と主は言われる――。人が裁けない罪びとなら主に裁きを委ねるべきではありませんか。もし静香さんがあなたの言う通りの殺人教唆を行ったとしたら、それが発覚した時点で彼女には刑法上の罰だけではなく、社会的な制裁が下されるはずです。視点を変えれば、それは主の復讐に思えませんか」

宇能神父は得々と嘯いてみせる。教会で会ってから、初めて見せる邪悪な顔だった。

だが毒島も負けていない。

「あはははは。社会的制裁ごときで復讐ですか。ずいぶん安っぽい神様もあったものだ」

「あなたは主に対して傲慢過ぎる」

「傲慢なのはあなたの方ですよ、神父」

毒島は笑いながら宇能神父を指差す。礼を失した行為だが、毒島がやると不思議と絵になる。

「人から誹謗中傷を受ける。後ろ指を指される。有形無形の嫌がらせをされる。まともな職に就けない。大層に社会的制裁といっても所詮その程度でしょう。自分の手を汚さずに他人を殺め、人生を台無しにさせたロクデナシにはぬる過ぎる。そんなものはとても報復とは呼べません。せいぜいお仕置きでしかない」

「神を持たないあなたがそれを言いますか」

「えっと。僕が無神論者だなんて、いつ言いましたっけ」

「いや、しかし」

「僕にだって信奉するものはありますよ。ただ、それがキリストやマホメットやブッダでないだけの話で」

ああ、と麻生はようやく合点する。確かに毒島にも信じる対象があるのだ。宗教でも、哲学でも、良識でもない。

あの男は己をとことん信じているのだ。自分の中にある正義、自分だけに通用する法律を持っているのだ。

「しかし、あなたの信じる神では〈教授〉なる者を捕縛することができない。非常に残念ですね」

「いやいやいやいや、何の何の」

相手の挑発を、毒島は逆に笑い飛ばす。

「罪を犯した者は残らず検挙します。そうしなきゃ、血税で給料いただいている甲斐がない」

「やけに自信がおありのようですね」

「勝算の見込めない勝負はしない主義なんですよ。逆に言えば、この場所に座っているからには相応の勝算があるということで。ところで神父。お調べしたところ、あなたは以前から優秀だったようですね。難関の大学に現役で合格している。しかし卒業はされていない」

「……神の道に学歴は意味を成しませんから」

「神の道どころか人の道に外れたからじゃないんですか」

毒島は懐から一枚の写真を取り出してみせた。どこかの公園をバックに五歳くらいの少女が写っている、何の変哲もない写真だった。

ところが写真を見せられるなり、宇能神父の態度が一変した。

一瞬にして表情が強張り、大きく見開いた目は瞬きすら忘れたようだった。

「んー、どうやらお忘れではなかったみたいですが、念のために説明を。伏見若菜(ふしみわかな)ちゃん、当時五歳。近所の公園で遊んでいるところを連れ去られ、若い男から性暴力を受けました。現在、彼女がどこでどんな暮らしをしているのかは不明ですが、犯人の男については判明しています。当時二十歳の大学生、宇能光輝。自宅で事に及んでいる最中、父親に踏み込まれて御用。即刻逮捕されて懲役五年の判決を受ける」

楽しげに語る毒島と対照的に、宇能神父は追い詰められた小動物のように手先を震わせている。

「刑期を終えて出所してもまともな勤め先がない。窃盗や傷害ならともかく、幼女強姦では就職を斡旋してくれる者もいない。困り果てたあなたが窮余の一策で叩いたのが教会の扉でした。入信に前科は問われない。神学院への入学もそれを不合格の事由にはできない。ひょっとしたらあなたにも贖罪の気持ちがあったかもしれない。ただあなたには天国だったでしようね。神学院では生徒の過去なんて吹聴しないから、誰かから陰口を叩かれることもない」

毒島は少女の写真をひらひらと振りながら、宇能神父を追い込んでいく。

「どんなに塀の外が過酷であったとしても内側の比じゃありませんからね。塀の中の懲役囚なんてどいつも同じような立場だけど、子供を手に掛けるようなヤツだけは別格です。最低な卑劣漢、懲役囚の風上にも置けないってんでほぼ全員から苛められる。懲役囚同士が接触する機会はそうそう多くないけど、それでも最下層の人間として毎日のようにいたぶられる。カマを掘られる囚人もいるって話で。宇能神父はどうでした。お尻、大丈夫でしたか」

宇能神父はじろりと毒島を睨むだけで答えようとしない。だが、その態度が刑務所内での彼の扱いを雄弁に物語っていた。

「さぞかし神学院は居心地よかったでしょうねえ。それとも前科が露見するのが怖くて毎日不安だったりして」

「……わたしには主の導きがありました」

「うんうんうん、導きね。それはようござんした。ただしその導きも、あなたの目にはずいぶん素っ気ないものに映ったんじゃないんですか。神学院を出て各地の教会に派遣されて二十年。それでもあなたは助祭のままだ。いや、ちゃんと聞き取りしたんですよ。東京大司教区の司教座聖堂にね。あなた、かーなり前から自分を司祭にしてくれと司教に働きかけていたらしいじゃないですか」

「わたしに会う前に訊き込みをしていたのか」

　今や宇能神父は行儀よさをかなぐり捨て、敵意を剝き出しにしていた。

「はい。本丸目指す前に堀を埋めない馬鹿はいないでしょ。あなたと同期に入学している人は次々と司祭へと叙階されているのに、あなただけは蚊帳(かや)の外。それでもあなたは教区のために骨身を惜しまず働いた。信徒の信仰生活に尽力し、終身助祭と決めつけられないように妻帯も諦めた。それなのに司教は一向に叙階してくれない。理由は明白でした。いくら洗礼し、どれだけ教区のために働いたとしても、幼女に性的暴力を加えたロリコン神父に叙階などできるはずがなかったからです。神は罪びとにも慈悲を示してくれるはずだったのに。神のために全身全霊を捧げていたのに。結局あなたの神はあなたに微笑んでくれなかった」

　毒島は詩を諳んじるように喋り続ける。相手を挑発しようとしているのか、それともただ燥(はしゃ)ぎたいだけなのか判然としないが、宇能神父の顔は次第に紅潮してくる。今まで必死に抑えていた感情が噴き出そうとする寸前のように見えた。

「毒島さん。あなた、刑務所でのイビリでカマを掘られるとか言いましたね」

「元囚人から聞きました」

「ふん。実際はそんなものじゃありません。わたしは人間便器にされました」

吐いた言葉は聖職者のそれではなかった。

「数人の男に押さえつけられ、無理やりアレを咥えさせられる。そのまま小便を飲まされる。少しでもこぼしたら殴られる。だから堪えて飲み込む。男たちがいなくなった後で、これを必死に吐いた。朝も昼も晩もだ」

「ははあ、そういう健康法もありましたねえ」

「……地獄でしたよ。刑期を終えて洗礼を受け、ようやく新しい人生を歩めると思いましたが、十字架の下でも前科はついて回る。塀の中も外も地続きなんだと知った。その時のわたしの絶望がどれほど深いものだったか、あなたは知る由もないだろう」

「ええ、知ったこっちゃありません。どんな恥辱に塗れようとも、あなたの毒牙に掛けられたこの女の子よりはずっとマシだからね」

毒島は写真を宇能神父の眼前に突き出す。罪悪感からかそれとも嫌悪感からか、宇能神父は目を逸らす。

「神に絶望したあなたが何を考えたのか、僕には手に取るように分かります。あなた自身が神になろうとしたんでしょ？　あなた自身が他人の運命を司りたいと望んだのでしょ？」

「わたしには、その資格がある」

「馬っ鹿なこと言わないでよ。それって自分が他人より賢いと思い込んでる愚か者の常套句なんだから。あんたのやってることはただの犯罪行為であって、神の行為とは似ても似つかない。大体あんたが神だったら、僕ごときに尻尾摑まれるはずないじゃない。あんたは幼女暴行で挙げられた時から少しも成長していない、妄想癖のロリコンなんですよ」

「黙れ」

遂に言葉からも丁寧さが剝がれ落ちた。

「色々と挑発しているようだが、あんたは何もブツを握っていない。せいぜいこの場で悪態を吐くしか能がない」

「うふ、うふふふ」

声を出して笑い始めた毒島に、宇能神父は虚を衝かれたようだった。

「僕は勝算のない勝負はしない主義だって言ったでしょ。ブツはね、ちゃんとあります。ほら、そこに」

毒島が指差したのは宇能神父の持参したカバンだった。

「その中に入っているスマホか、もしくは自分の部屋にあるパソコン。あのですね、あなたから教唆を受けた三人の端末からはＩＰアドレスを辿っても、海外サーバーをいくつも経由しているからなかなか発信元が分からなかった。でも発信元の端末さえ入手できたら、発信履歴を解析できる。自分には捜査の手が及ばないと思い込んでいたんだろうけど、それも他人よりも賢いと自惚（うぬぼ）れている愚か者の典型。あっと、唆された賀来も塔野も深瀬も自分の意思で犯行に及んだと主張しているけど、その洗脳もそろそろ解けつつあるから、あなたからの受信記録を再読したら、唆されたことに気づく可能性が高い。法廷でも進んで証言台に立ってくれるんじゃないかしら」

　己が立たされた場所に気づいた宇能神父は、呼吸を浅くしていた。もう逃げ場はどこにもなく、前方からはじりじりと毒島が迫ってくる。

「『刑法第六十一条、人を教唆して犯罪を実行させた者には、正犯の刑を科する。二、教唆者を教唆した者についても、前項と同様とする』。先に挙げた三人プラス鵜野静香の犯罪の犠牲者を合計したら、いったい何件分何人分の罪状になることやら。しかも今回は再犯だから、裁判所も心置きなく判決を言い渡せる。よほど敏腕な弁護士に担当してもらうか、よほど温情ある裁判官に当たったとしても無期懲役は免れないと思いますよ。そう、あなたが二十歳の時、刑務所で味わった恥辱の日々が今度は死ぬまで続く。ずうっと続く。延々と続く。再犯で執行刑期が十年以上なら、今度収監されるのはＬＢ級刑務所。以前にあなたが入っていたＡ級刑務所とは違って、収容者は札付きばかりです。札付きでも子供相手の新入りには殊の外厳しいし、とっても残酷。さっきは人間便器がどうのこうの言ってたけど、小便飲まされるくらいで済むなら幸運と思ってなきゃ。刑務所の中で死ぬヤツ、結構多いんですよ。ああ、駄目駄目駄目駄目。そんな風に世の中の不幸を全部背負ったような顔しても、警察は赦してくれないし、神様も赦してくれない。ついでに僕も絶対に赦さない。あのさ、もし自分のことを殉教者みたいに思っているんだったら、それ盛大な勘違いだから。あなたはねえ、実社会のエリートに成り損なったから妄想の世界でエリートに成ろうとした、ただの落ちこぼれなの。ほらオウム真理教だっけ。現実世界でエリートに成り損なった連中が、狭い教団の中でやれ外務省やら大蔵省やら科学技術省やら設立してごっこ遊びしてたよね。あれと一緒。自分を認めてほしい、褒めてほしいっていう欲求がこじれにこじれて、自分が神になろうとしたんだよ。だからあなたが選んだ四人も、全員そんな人間ばかりだった。わたしはこんなに頑張っているのに誰も見てくれない。本当はすごい人間なのに誰も褒めてくれない。自分より劣っている他人が成功しているのに自分は報われない。そんな不平不満を抱えた人間ばかりを選んだ。もう見事に自己愛と承認欲求で凝り固まった化け物揃い。それはね、あなた自身が自己愛と承認欲求の化け物だったから。ネットに生息する有象無象(うぞうむぞう)の中で自分と同じ腐臭を発散させているヤツらを探したんだろうね。だけどさ、ごっこはどこまでいってもごっこだから。あなたはただの落ちこぼれ。司祭にはなれないし、ましてや神だなんてとてもとても。せいぜい刑務所の中で別の囚人から小便を飲まされている最中に、聖書の一節を引用するくらいしかできやしない。いや、もっともっと酷い扱いを受けるだろうから、それも無理かなあ。今、四十七歳だっけ。結婚もできず家庭の温かさも知らないまま、あなたはこれから房の冷たさだけを感じて生きていく。十年か二十年か三十年か。あなたの有難い言葉を聞いてくれる者は、もう限られた囚人しかいない。あなたは罵られ、唾を吐きかけられ、女のように犯され、便器の代用にされ、恥辱と汚泥に塗れて野垂れ死んでいく。うふ。うふふ。うふふふふ」

毒島の嘲りはその後も三時間、延々と続いた。

4

少し、休ませてください。

ようやく毒島の悪口が途切れたところで、宇能神父が休憩を願い出た。

「あー、どうぞどうぞ。まだまだ続く予定だから、も一回トイレ行っておいた方がいいよね」

宇能神父は未だに殺人教唆を自供していない。というよりも、毒島が一方的に喋り続けるものだから自供するタイミングを逸しているようだった。話を聞いているだけなのにすっかり憔悴し、立ち上がるのもやっとといった体だ。もちろん携帯端末を預かっているので、彼を退出させても証拠隠滅される惧れは当面ない。

自供していないうちはまだ単なる参考人に過ぎないので拘束できない。宇能神父がいったん取調室から出ていくのを見計らって、麻生は再び毒島を別室に連れ込んだ。

「お疲れ様、というか本当によく疲れませんね。途中からは相手にひと言も喋らせなかったじゃないですか」

同じく退出してきた犬養は片手をぷらぷらと振って愚痴る。

「途中からキーを叩く指を止めちまいました。いったい、どこから自白に移行するかと思いましたよ」

「もうちょっと待ってて」

「待つのはいいんですがね」

堪らず麻生は問い詰める。

「賀来と塔野と深瀬の協力が得られるって、何ですかあれは。三人の洗脳が解けつつあるなんて報告、わたしは受けていませんが」

「でしょうね。まだそんな段階じゃないし、教唆の仕方が巧妙だから法廷に立たせても検察に有利な証言を引き出せるかは甚だ微妙。おまけに端末を押収して彼らとの交信記録を解析できたとしても、直接的なテクニカルタームは使用していないだろうから教唆の事実を認定させられるかどうかも危うい」

だから本人の自白こそが最大の証拠になる。そのために執拗な精神攻撃を続けるという戦法か。

「だったら、わざわざ休憩を与えることはなかったんじゃないですか。傍で見ている限り、ヤツの気力は限界寸前だった。あとひと押しかふた押しで落ちる」

「さすがに僕も喉が渇いちゃって」

しかし毒島の言い訳はどこか腑に落ちない。あれだけ喋り続けても毒島の弁舌はどこまでも滑らかで、声の擦れさえなかったのだ。

この男も人並みに疲れるのだろうかと意外な感を覚えた時、いきなりドアを開けて警官が飛び込んできた。

「参考人が自殺を図りました」

「何だと」

思わず麻生は腰を上げた。

「力任せに窓ガラスを破り、その破片で自分の首を切りました。大量出血で廊下は血の海です」

「宇能神父はどうなった」

「応急手当てはしたものの、どうにも出血量がひどくて……」

畜生、という言葉が自然に洩れた。逃げ場がないと思ったのは麻生の早計だった。まだ、たった一つの退路が残されていたのだ。

「処置を続けてくれ。絶対に死なせるな」

「病院には既に連絡済みです。今は救急車の到着を待っているところです」

「俺たちもすぐに向かう」

見れば犬養も呆然としている。これからだという時に、容疑者に逃げられたと思っているのだろう。

それなら毒島はどうだろうと振り向いた刹那、麻生は固まった。

毒島は何事もなかったかのように泰然自若としていたからだ。

「毒島さん、たった今、宇能神父が自殺を」

「聞いてましたよ。宇能神父の最後の抵抗だったんでしょうねえ」

「どういう意味ですか」

「自殺はキリスト教最大のタブーですから。宇能神父は最後の最後に、しっぺ返しをしたんですよ」

　あっと思った。

　驚かないのも道理だった。毒島は宇能神父の自殺を予想していたのだ。

　いや、違う。

　自殺するように仕向けたのだ。

　彼を極限まで辱め、脅し、自殺以外に逃げ場所がないように追い詰めた。その上で自殺する機会を与えたのだ。

　理由は毒島自身が告白した。仮に宇能神父が自白したとしても、検察側が示せる物的証拠は彼の端末に残る交信記録だけだ。物的証拠としては甚だ心許ない。公判に入れば、また宇能神父が持ち前の狡猾さを発揮するかもしれない。だから法律が裁こうとする前に彼を葬ろうと画策したのか。

　毒島の表情からは真意が読み取れない。

　麻生の中で、問い質したい気持ちと見て見ぬふりをしたい気持ちが渦を巻いていた。

エピローグ

自死を図った宇能神父は警察病院に緊急搬送されたものの、本人の望み通り出血性ショックで息を引き取った。

宇能神父の死だけでも捜査一課には相当な痛手だったのだが、話はこれで終わらない。拘置所に収監されていた鵜野静香が、宇能神父の死を知らされるなり自分のシャツを縄代わりに首吊り自殺を図り、彼女もまた還らぬ人となったのだ。

重大事件の容疑者を立て続けに二人も失った捜査本部は、当然のことながら内外の批判に晒された。

監視体制に不備があったのではないか。

取り調べに行き過ぎた内容があったのではないか。

そもそも容疑者死亡のままでは事件の全容が解明できないではないか。

批判はどれももっともだったが、死人を生き返らせる訳にはいかない。捜査本部は江ノ島侘助の事件に関し、殺人教唆については被疑者死亡のまま送検するしかなかった。

宇能神父についても同様だった。全ての事件に絡む関係者でありながら供述もなく、残された物的証拠は本人の携帯端末だけであり、これも被疑者死亡のまま送検するに至った。宇能神父の方も、教唆の事実が立証困難であるため、生きていても不起訴になる見込みだった。内外からの批判が噴出した際、大抵の組織は生贄を献上して事態の幕引きを図ろうとする。今回警視庁刑事部が選んだ生贄こそ毒島だった。

麻生は刑事部長に対し猛然と抗議したが、意外なことに毒島本人が処分発令前に依願退職を申し出たので何も問題は生じなかった。

こうして宇能神父の死亡から一週間も待たずに毒島の退職が決定したが、無論それで麻生の気が晴れるはずもなかった。

早朝、まだ刑事部屋に麻生の姿しか見えない時刻に毒島が顔を覗かせた。

「本日が最終日なので挨拶にきました」

妙に晴れやかな顔だったので、出鼻を挫かれた気分になる。

「お疲れ様でした。あなたにはずいぶん助けてもらったのに、今回の件では」

「だから、そういうのは言いっこなしです。そもそも僕の方から依願退職を言い出したんだし」

「あれでよかったのですか」

「何が」

「宇能神父のみか、結果的には鵜野静香まで死なせてしまった。あなたにとって最後の事件があんな幕引きで満足できるのですか」

難のある性格だから、奉職中に起こした問題も両手に余る。それでも犯罪捜査を天職としているような毒島は捜査一課になくてはならない人材だった。本人が決めたこととはいえ、こんなかたちで辞めさせるのは麻生も心残りだった。

「最後にしては上出来だったと思いますよ」

毒島は微笑みながら言う。

「自殺した二人にしても同じ。自分の手を汚さずに他人の命を奪ってきたんです。他人に追い込まれて死を選んだんだから本望といえば本望でしょう。自業自得ってヤツです」

だから依願退職を申し出たのか。自分の手を汚さずに犯罪者を罰した責任を取るために――だが、言葉にはならなかった。これが毒島なりの引責というのであれば、自分が口を出す謂れもない。

「そう言えばあなた、再就職の斡旋を固辞したそうじゃないですか」

「元々組織に馴染む体質じゃなし、どうも犯罪捜査以外の仕事がイメージできないんですよお」

「しかし食い扶持は必要でしょう」

「まあ多少の貯えはあるし、ちょっとひと休み」

「でも、いずれは再就職しなきゃならない。何か明確なプランでもあるんですか」

「ほんの手遊びにね、小説でも書いてみようかと思って」

毎度、毒島の言動には驚かされたが、最終日になってもこれか。

「小説って……この期に及んでも意表を突く人ですな」

「塔野の事件の時、幻冬舎という出版社の編集者さんと知り合いになりまして。今まで僕が担当した事件の一部を話すと、俄然興味を持たれちゃって。まあ、ミステリー小説も犯罪捜査に縁がなくもないし」

どこまで本気なのかは判然としないが、畑違いの仕事をさせても何とかしてしまうのではないかと思わせるのが、毒島たる所以だった。

「それじゃあ、また」

お互い長い付き合いだというのに、毒島は至極あっさりと挨拶を終えて刑事部屋を出ていった。

一人残された恰好の麻生はどこか清々しく、しかし一方で一抹の不安を覚えていた。

近い将来、あのにやにや笑いに再会するような気がしてならなかった。

作品内に登場する聖書の引用と参考

引用　新共同訳聖書　ローマの信徒への手紙12章19～21節　p339

参考　新共同訳聖書　ヨハネによる福音書12章24節　p349

解説

芦沢央

中山さんと初めてお会いしたのは、ある作家さんのトークイベントだった。観客として参加したら、同じく客席に中山さんの姿があったのだ。

驚いているうちに打ち上げの席でご一緒することになり、今月の〆切が十四本あるとうかがって、驚きを通り越して白目を剝いた。

月十四本といえば、約二日に一度〆切が来る計算だ。実際には満遍なく〆切がバラけているとは限らないから、今日、あるいは明日が〆切ではないのかもしれないが、だとしてもそれだけの仕事が詰まっている状況で、なぜここに……?

参考になるかわからないが、私は月三本の〆切でも、月半ばには涙目になっている。五本以上になるとほぼパニックで、落とすわけにはいかないというプレッシャーからかえって思考がまとまらなくなってしまう。

それが、十四本。完全に未知の領域だ。

もし私がそんな状況になったら、一カ月間自主缶詰をして寝食をなげうって執筆だけを続けるしかないだろう。しかも、そこまでしてもすべての〆切は守りきれず、泣きながら謝るか逃亡するかのどちらかだ。

それなのに、中山さんは、自分が登壇者なわけでもないトークイベントに参加している。しかも、聞けばしょっちゅう映画を観ていて、書店にも週に何回も足を運んでいるという。さらには、同業者がどこで連載を持っていて、どのくらい本を出しているかなどの情報まで事細かに把握している。

通常、同業者の旺盛な仕事ぶりを聞くと焦りや劣等感に苛まれるものだが、中山さんに対してはそんな感情すら抱きようがなかった。あまりに想像がつかなすぎて、ただぽかんとすることしかできなかったのだ。

後日、別の同業者から「中山七里はサイボーグ」「中山七里は七人いる」という話を聞き、本気で信じそうになった。本当には信じなかったのは、そんなふうに思い込むのはできない自分を慰めるための言い訳にすぎないと戒めていたからだ。

しかし数年後、今度は中山さんと一緒にトークイベントをすることになって再会すると、「やはりこの人は人間ではないのだ」と思わざるをえなくなった。

トイレに行く時間がもったいないから、一日一回しか行かなくて済むようにした。

眠らなくても大丈夫な身体（からだ）にした。

三日で長編のプロットを立てるが、その際一行目から最後の行まで頭の中に出来上がるから、その後は人と話しながらでも書ける。

書くのが速すぎて出版が追いつかず、数年後までの刊行予定が埋まっている（よくある「これから書くつもり」という予定ではなく、すべて書き上がった状態）。

こんなことができるのが、同じ人間なはずがない。

そんなわけで、私にとって中山さんは完全に理解不能な生命体なのに同業者という、とても怖い存在であり続けていたのだが、本作を読んで、別の意味での怖さを感じた。

『毒島刑事最後の事件』は、『作家刑事毒島』に続くシリーズ第二作として刊行された作品だ。

一作目は、元刑事で現役ミステリ作家の毒島真理のもとに舞い込んだ出版業界にまつわる様々な事件を描く短編集だったが、本作は「毒島がなぜ刑事を辞めてミステリ作家になったのか」という、いわゆる「エピソード・ゼロ」を扱った過去編である。

この当時は現役の刑事であるから、捜査に関わる事件は出版業界にまつわるものに限らない。

しかし、どの話にも「承認欲求をこじらせた人たち」が登場するという点が一作目と共通している。

※ここからは各話の後半の展開、最終話の結末に触れます。未読の方はご注意ください。

有名大学を卒業したものの就職活動で挫折し、アルバイト中に自撮りした動画が炎上してアルバイト先にも困るようになった男が連続殺人事件を起こす「不倶戴天」。

新人賞に落選し続ける作家志望者が出版社を爆破する「伏竜鳳雛」。

結婚相談所で「パーティー荒らし」として有名だった女性たちが、次々に硫酸攻撃の被害に遭う「優勝劣敗」。

ここまでは一作目と同様、肥大化した自意識と他罰的思考、現実を客観視できずに承認欲求を歪めてしまった被疑者たちを、毒島が毒舌で責め立てて自白に追い込む形式だが、異なるのが、どの事件にも黒幕らしき存在が浮かび上がってくることだ。

多くの読者が不快感を覚えるだろう人物をコテンパンに言い負かす構造で痛快な読み口を演出しているのに、スカッと消化しきれない謎が存在感を増していく。

そして、その黒い染みが無視できない大きさになったところで、自らの手を汚さずに他人を操って罪を犯させていた黒幕が毒島にロックオンされ、言葉でタコ殴りにされるリングに引きずり出されるのだ。

読者のフラストレーションとその開放をコントロールした巧みな展開だ。

だが、さらに上手いのは、満を持して登場した黒幕が、それまでの被疑者よりは骨があるとはいえあっけなく倒され、拍子抜けしたところを見計らって、ラスボスを出してくる構成だろう。

「他人を操って悪事を働く」〝最低〟な真の黒幕と、「他人の弱味を徹底的に突いて自我を崩壊させる」〝最悪〟な毒島の闘い、という魅力的な構図を最も映えさせるプロットになっているのだ。

そうしたエンターテインメントのお手本のような構成力ゆえに、読み手は物語の筋を追って次々にページをめくらされているうちに、「取るに足らない悪意や嫌悪」を増幅して人を犯罪に駆り立てる「アンプ」の存在を呑み込まされる。

痛快に読んでいればいい物語であったはずなのに、匿名性が増幅させていく悪意が、インターネットという自らにとっても身近なところに存在していることに気づかされるのである。

ここまででも怖いが、この本が真に怖いのは、作中ではインターネットにおける匿名性についてしか触れられておらず、最後まで「痛快な物語」として読める余地を残しているということだろう。

毒島が叩きのめすのは、同情しうる要素が削ぎ落とされ、わかりやすく叩ける場所を剝き出しにした「悪人」たちばかりだ。

だから読み手は、相手の弱味を徹底的に突いて自我を崩壊させる毒島の言動を痛快に感じる。

読み手という安全地帯から、「サンドバッグ」になった作中の登場人物を嗤い、見下し、その破滅を悦ぶことができる。

それは、容疑者に対し「客観視できない」と言い放ち、偏見ではないかと指摘されると「偏見じゃなくて統計と傾向」と反論する毒島が、彼らを叩く「正当性」を理論武装してくれるからだ。

しかし、彼の「統計」は非常に狭い範囲で、恣意的に観測されていることが少なくない。

例えば彼が作家志望者の傾向として断言する内容は、多くの例外を無視した乱暴なものだし、「女の本性」として真実のように語る言葉も、悪意に満ちた主観にすぎない。毒島が登場人物たちを殴る言葉は、現実をデフォルメして導き出した「正しさ」に基づいたものなのだ。

作中で、麻生は毒島について、こう分析している。

〈あの男は己をとことん信じているのだ。自分の中にある正義、自分だけに通用する法律を持っているのだ〉

読み手が拠り所にしていた「客観的な正当性」が揺らいだとき、爽快感は居心地の悪さに変わる。

肥大化した自意識と他罰的思考、現実を客観視できずに承認欲求をこじらせた登場人物たちを嗤い、見下し、その破滅を悦ぶこと自体が、彼らの相似形を成してしまう事実を突きつけられるのだ。

そして、この「相似形」は毒島と黒幕との間にも明示されている。

「僕は、そういう自分では一切手を汚さずに悪さをする人間が一番嫌いでしてね。何故かというと、僕自身がそういうタイプだからなんです」という毒島自身の言葉。

「他人を操って悪事を働く」犯罪者を、毒島が自分の手を汚さずに罰する構図。

つまり本書は、「痛快な勧善懲悪の物語」の仮面を被りながら、「正しさ」を揺るがせることで匿名性を持つ読み手の危うさを炙り出し、増幅させていくアンプのような小説なのではないか。

小説家にとって、書きづらい職業の一つは小説家だと、私は思う。

嫌でも「著者自身がモデルなのか」という視点で読まれるし、そうである以上、自分の倫理観にそぐわない言葉は口にさせたくなくなるのが人情だからだ。

だが、中山さんにはそうした人情はないように思われる。

本書の単行本刊行時のインタビューを読むと、元々は編集者からの「中山七里を主人公にしてくれ」というオファーに応えて書いたものだという。

毒島の外見描写（「どこか飄々としており、童顔も相俟って笑った顔はこの上なく温和だ」『作家刑事毒島』より）からも、中山さん自身がモデルだと読まれるのを想定していることがわかる。

なのに中山さんは、そうした自分の分身と読まれかねない毒島の「正しさ」を平気で揺らがせる。

「悪人」として登場させるラスボスと毒島の相似性を、躊躇（ためら）いなく描く。

ここまで徹底して突き放して書けるのは、中山さんが「こんな人間だと思われたい」というような自意識から自由だからだろう。

毒島を中山さんの分身として読んでしまうこと自体が、「痛快な勧善懲悪の物語」の仮面を強化している——つまり、本書に仕掛けられた罠は、読む前から始まっているのだ。

やはり、中山七里は怖い。

——小説家

この作品は二〇二〇年七月小社より刊行されたものです。

幻冬舎文庫

●好評既刊
作家刑事毒島
中山七里

編集者の刺殺死体が発見された。作家志望者が容疑者に浮上するも捜査は難航。新人刑事・明日香の前に現れた助っ人は人気作家兼刑事技能指導員の毒島真理。痛快・ノンストップミステリ！

●好評既刊
魔女は甦る
中山七里

元薬物研究員が勤務地の近くで肉と骨の姿で発見された。埼玉県警は捜査を開始。だが会社は二ヶ月前に閉鎖、社員も行方が知れない。同時に嬰児誘拐と、繁華街での無差別殺人が起こる……。

●好評既刊
ヒートアップ
中山七里

七尾究一郎は、おとり捜査も許されている優秀な麻薬取締官。だがある日、殺人事件に使われた鉄パイプから、七尾の指紋が検出された……。七尾は窮地を脱せるのか!?　興奮必至の麻取ミステリ！

●好評既刊
ワルツを踊ろう
中山七里

金も仕事も住処も失い、元エリート・溝端は20年ぶりに故郷に帰る。美味い空気と水、豊かなスローライフを思い描く彼を待ち受けていたのは、携帯の電波は圏外、住民は曲者ぞろいの限界集落。

●好評既刊
中山七転八倒
中山七里

原稿の締め切り直前、設定していたトリックの使用不可が判明。栄養ドリンク三種混合を一気飲みし、徹夜で考え抜いた。どんでん返しの帝王が日々のあれこれを大告白。本音炸裂の爆笑エッセイ！

毒島刑事最後の事件

中山七里

令和4年10月10日　初版発行
令和6年8月30日　3版発行

発行人——石原正康
編集人——高部真人
発行所——株式会社幻冬舎
〒151-0051東京都渋谷区千駄ヶ谷4-9-7
電話　03(5411)6222(営業)
03(5411)6211(編集)
公式HP　https://www.gentosha.co.jp/
印刷・製本—中央精版印刷株式会社
装丁者——高橋雅之

検印廃止

幻冬舎文庫

ISBN978-4-344-43236-9　C0193　な-31-6